T0178963

LA ÚLTIMA CARTA

EL CLUB POSDATA: TE QUIERO

La última carta

El club posdata: te quiero

Cecelia Ahern

VERGARA

La última carta

Título original: *Postscript (PS, I Love You 2)*

Primera edición en España: noviembre, 2019
Primera edición en México: diciembre, 2019

D. R. © 2019, Cecelia Ahern

D. R. © 2019, Penguin Random House Grupo Editorial, S. A. U.
Travessera de Gràcia, 47-49, 08021, Barcelona

D. R. © 2019, derechos de edición mundiales en lengua castellana:
Penguin Random House Grupo Editorial, S. A. de C. V.
Blvd. Miguel de Cervantes Saavedra núm. 301, 1er piso,
colonia Granada, alcaldía Miguel Hidalgo, C. P. 11520,
Ciudad de México

www.megustaleer.mx

D. R. © 2019, Borja Folch, por la traducción

ISBN: 978-607-318-600-1

Impreso en México – *Printed in Mexico*

El papel utilizado para la impresión de este libro ha sido fabricado a partir de madera
procedente de bosques y plantaciones gestionadas con los más altos estándares ambientales,
garantizando una explotación de los recursos sostenible con el medio ambiente y beneficiosa para las personas.

Penguin
Random House
Grupo Editorial

Recuerda mirar a las estrellas y no a tus pies. Intenta dar sentido a lo que ves y pregúntate qué es lo que hace que el universo exista. Sé curioso. Por más difícil que parezca la vida, siempre hay algo que puedes hacer y tener éxito en ello. Lo importante es que no te rindas.

STEPHEN HAWKING

A los fans de Posdata: te quiero
de todo el mundo, con sincera gratitud

Prólogo

APUNTA A LA LUNA E INCLUSO SI FALLAS ATERRIZARÁS ENTRE LAS ESTRELLAS.

Está grabado en la lápida de mi marido en el cementerio. Es una frase que decía a menudo. Su talante optimista y alegre formulaba frases de autoayuda como si fuesen combustible para la vida. Ese tipo de palabras positivas de aliento no surtía efecto sobre mí; no hasta que murió. Fue cuando me las dijo desde la tumba cuando realmente las oí, las sentí, las creí. Cuando me aferré a ellas.

A lo largo de un año entero después de su muerte, mi marido Gerry continuó viviendo, dándome el regalo de sus palabras en notas sorpresa que recibía cada mes. Sus palabras eran lo único que yo tenía; ya no palabras pronunciadas sino palabras escritas, surgidas de sus pensamientos, de su mente, de un cerebro que controlaba un cuerpo con un corazón palpitante. Sus palabras significaban vida. Y las agarré, apretando con fuerza sus cartas hasta que los nudillos se me ponían blancos y las uñas se me clavaban en las palmas. Me aferré a ellas como si fuesen mi tabla de salvación.

Son las siete de la mañana del 1 de abril, y esta tonta se está deleitando con la nueva luminosidad del cielo. Los atardeceres se prolongan y la primavera empieza a curar el bofetón seco, contundente e impactante del invierno. Antes me daba pavor esta estación del año; prefería el invierno, cuando cualquier lugar servía de escondite. La oscuridad me daba la sensación de estar oculta detrás de una gasa, de estar desenfocada, de ser casi invisible. Me recreaba en ella y celebraba la brevedad del día, la duración de la noche; el oscurecimiento del cielo era mi cuenta atrás hacia una hibernación aceptable. Ahora que me enfrento a la luz, tengo que impedir que las tinieblas me absorban de nuevo.

Mi metamorfosis fue semejante al choque repentino que experimenta el cuerpo cuando se sumerge en agua fría. Tras el impacto se siente la necesidad incontenible de chillar y salir de un salto, pero cuanto más tiempo permanece uno sumergido, más se aclimata. El frío, igual que la oscuridad, puede convertirse en un engañoso solaz que no se desea abandonar nunca. Pero yo lo hice; con patadas y brazadas me remonté hasta la superficie. Emergí con los labios amoratados y los dientes castañeteando, me descongelé y volví a entrar en el mundo.

Transitando del día a la noche, en la transición del invierno a la primavera, en un lugar transitorio. La tumba, considerada el lugar del descanso final, está menos tranquila bajo la superficie que arriba. Bajo tierra, abrazados por ataúdes de madera, los cuerpos cambian mientras la naturaleza descompone a conciencia los restos. Incluso mientras descansa, el cuerpo se transforma continuamente. La risa atolondrada de los niños que juegan en las inmediaciones rompe el silencio, sin que los afecte el mundo en el que están ni tengan consciencia de él, de los muertos de abajo y los afligidos que los rodean. La pena crea una capa que nos nubla los ojos y ralentiza nuestro paso, nos separa del resto del mundo; y si bien los dolientes quizá sean silenciosos, su dolor no lo es. La herida tal vez sea interna, pero puedes oírla, puedes verla, puedes sentirla.

En los días y meses que siguieron a la muerte de mi marido busqué alguna imprecisa conexión trascendental con él, desesperada por volver a sentirme entera. Fue como una sed insufrible que había que saciar. Los días en que estaba activa, su presencia se acercaba sin hacer ruido y me daba un toque en el hombro, y de repente sentía una soledad insoportable. Un corazón agostado. La pena es perpetuamente incontrolable.

Optó por la cremación. Sus cenizas están en una urna encajada en un nicho en la pared de un columbario. Sus padres habían reservado el espacio contiguo. El nicho vacío que hay en la pared al lado de su urna es para mí. Me siento como si estuviese mirando a la muerte a la cara, cosa que habría aceptado con gusto cuando él murió. Cualquier cosa con tal de estar a su lado. Habría trepado de buena gana hasta ese nicho y me habría retorcido como una contorsionista para acurrucar mi cuerpo en torno a sus cenizas.

Él está en la pared. Pero no está ahí, no está ahí. Se ha ido. Es energía en otro lugar. Partículas de materia disgregada esparcidas por doquier. Si pudiera, desplegaría un ejército para capturar cada átomo suyo y volver a juntarlo, pero todos los caballos y todos los hombres del rey...* Lo sabemos desde el principio, solo nos damos cuenta de lo que significa al final.

Tuvimos el privilegio de no tener solo uno sino dos adioses; una larga enfermedad de cáncer seguida por un año de sus cartas. Se despidió en secreto, sabiendo que habría más cosas suyas a las que podría aferrarme, algo más que recuerdos; incluso después de su muerte encontró una manera para que creáramos juntos nuevos recuerdos. Magia. Adiós, amor mío, adiós otra vez. Tendrían que haber sido suficientes. Pensaba que lo eran. Quizá por eso la gente acude a los cementerios. En busca de más adioses. Quizá no tenga nada en absoluto que ver con decir hola; es el consuelo del adiós, una serena y plácida despedida exenta de culpa. No siempre recordamos cómo nos conocimos, pero a menudo recordamos cómo nos separamos.

Me resulta sorprendente volver a estar aquí, tanto en este lugar como con este estado de ánimo. Siete años después de su muerte. Seis años después de su última carta. Había..., mejor dicho, he salido adelante, pero acontecimientos recientes lo han perturbado todo, me han sacudido el alma. Debería seguir adelante, pero existe una hipnótica marea rítmica, como si su mano tratara de alcanzarme para tirar de mí hacia atrás.

Observo la lápida y leo su frase otra vez.

* Alusión a la canción de Karmina «All the King's Horses», cuyo estribillo reza: «Todos los caballos del rey y todos los hombres del rey no pudieron volver a juntarme».

APUNTA A LA LUNA E INCLUSO SI FALLAS ATERRIZARÁS ENTRE LAS ESTRELLAS.

De modo que así es como tiene que ser. Porque lo hicimos, él y yo. Apuntamos derecho a la luna. Fallamos. Este lugar, todo lo que tengo y todo lo que soy, esta nueva vida que he construido a lo largo de los últimos siete años sin Gerry, tiene que ser lo mismo que aterrizar entre las estrellas.

1

Tres meses antes

—La paciente Penélope. La esposa de Ulises, rey de Ítaca. Un personaje serio y diligente, devota esposa y madre. Hay críticos que la desdeñan como mero símbolo de la fidelidad conyugal, pero Penélope es una mujer compleja que teje sus tramas con tanta destreza como teje una prenda de ropa.

El guía turístico hace una pausa misteriosa y sus ojos escrutan a su intrigado público.

Gabriel y yo estamos viendo una exposición en el National Museum. Estamos en la última fila de la multitud reunida, manteniéndonos un poco aparte de los demás como si no tuviéramos nada que ver con ellos o no quisiéramos formar parte de su grupo, pero no somos tan guais como para arriesgarnos a perdernos algo de lo que nos están contando. Escucho al guía turístico mientras Gabriel hojea el folleto a mi lado. Después será capaz de repetirme literalmente lo que haya explicado el guía. Le gustan estas cosas. A mí me gusta que le gusten estas cosas más que las cosas en sí. Sabe cómo ocupar el tiempo y, cuando lo conocí, ese fue uno de sus rasgos más convenientes porque yo tenía una cita con el destino. Al cabo de sesenta años, como máximo, tenía una cita con alguien en el otro lado.

—Ulises, el marido de Penélope, parte a luchar en la guerra de Troya, que se prolonga diez años, a los que hay que sumar los otros diez que tarda en regresar. Penélope se ve en una situación muy peligrosa cuando ciento ocho pretendientes en total empiezan a pedirle la mano en matrimonio. Penélope es ingeniosa e inventa maneras de dar largas a sus pretendientes, manejando a cada uno de ellos con la promesa de una posibilidad pero sin someterse a ninguno.

De pronto me siento cohibida. El brazo de Gabriel sobre mis hombros resulta demasiado pesado.

—La historia del telar de Penélope que vemos aquí simboliza uno de los astutos trucos de la reina. Penélope se dedicaba a tejer una mortaja para el futuro funeral de su suegro, Laertes, y afirmaba que escogería marido en cuanto la mortaja estuviera terminada. De día trabajaba con un gran telar en los salones reales, y de noche destejía lo que había tejido. Perseveró durante tres años, aguardando a que su marido regresara y engañando así a sus pretendientes hasta que Ulises se reunió con ella.

Esto me crispa.

—¿Él la esperó a ella? —pregunto, levantando la voz.

—¿Disculpe? —pregunta el guía, buscando con los ojos muy abiertos a la dueña de la voz. El grupo se abre y todos me miran.

—Penélope es el arquetipo de la fidelidad conyugal, pero ¿qué hay de su marido? ¿Se reservó para ella, allí en la guerra, durante veinte años?

Gabriel se ríe por lo bajini.

El guía turístico sonríe y habla brevemente sobre los nueve hijos que Ulises tuvo con otras cinco mujeres en su largo viaje de regreso a Ítaca tras la guerra de Troya.

—O sea, que no —digo entre dientes a Gabriel mientras el grupo reanuda la marcha—. Qué tonta, Penélope.

—Ha sido una pregunta muy apropiada —responde Gabriel, y percibo su tono divertido.

Me vuelvo de nuevo hacia el cuadro de Penélope mientras Gabriel sigue hojeando el folleto. ¿Soy la paciente Penélope? ¿Estoy tejiendo de día y destejiendo de noche, engañando a este leal y guapo pretendiente mientras aguardo a reunirme con mi marido? Levanto la vista hacia Gabriel. Sus ojos azules reflejan regocijo, no me están leyendo el pensamiento. Increíblemente iluso.

—Podría haberse acostado con todos ellos mientras aguardaba —dice—. No se divirtió mucho, la mojigata Penélope.

Me río, apoyo la cabeza en su pecho. Me envuelve con un brazo, me estrecha y me da un beso en lo alto de la cabeza. Es sólido como una casa y yo podría vivir dentro de su abrazo; alto, ancho y fuerte, pasa los días al aire libre, trepando a los árboles como jardinero podador; arboricultor, para usar el título que él prefiere. Está acostumbrado a las alturas, le encanta el viento y la lluvia, todos los elementos, es un aventurero, un explorador, y si no es en lo alto de un árbol, puedes encontrarlo debajo, con la cabeza inclinada sobre un libro. Por la tarde, después del trabajo, huele a berros picantes.

Nos conocimos hace dos años en el Chicken Wings Festival de Bray;* estaba junto a mí ante el mostrador, haciendo esperar a la cola mientras pedía una hamburguesa con queso. Me pilló en un buen momento; me gustó su humor, cosa que era su intención, había estado tratando de llamar mi atención. Su manera de flirtear, supongo.

«Mi amigo quiere saber si saldrás con él.»

«Tomaré una hamburguesa con queso, por favor.»

Me pierden los flirteos malos, pero tengo buen gusto para los hombres. Hombres buenos, hombres maravillosos.

Comienza a irse en una dirección y tiro de él en la opuesta, lejos de la mirada de la paciente Penélope. Ha estado observándome y cree que reconoce a las de su tipo cuando las ve. Pero yo no soy de su tipo; no soy ella y no quiero ser ella. No voy a pausar mi vida como hizo ella a la espera de un futuro incierto.

—Gabriel.

—Holly —responde, imitando mi tono serio.

—Sobre tu proposición...

—¿Manifestarnos ante el gobierno contra las decoraciones navideñas anticipadas?

Tengo que arquear la espalda y alargar el cuello para mirarlo a la cara, de tan alto como es. Sus ojos sonríen.

—No, la otra. La de que vivamos juntos.

—Ah.

—Hagámoslo.

* Festival gastronómico que se celebra cada verano en la localidad costera de Bray, dedicado principalmente a las alitas de pollo. *(N. del T.)*

Levanta el puño y da un grito ahogado de alegría, digno de un estadio a rebosar.

—Si me prometes que compraremos una tele y que cada día, cuando me despierte, estarás tan guapa como ahora.

Me pongo de puntillas para acercarme a su rostro. Pongo las manos en sus mejillas, noto su sonrisa bajo la barba de perilla que se deja crecer, recorta y mantiene como un profesional; el hombre que cultiva su propio rostro.

—Es un requisito previo para ser mi compañera de piso.

—Compañera de fornicio —digo, y nos reímos como críos.

—¿Siempre has sido tan romántica? —pregunta, envolviéndome con sus brazos.

Lo fui. Antes era muy distinta. Ingenua, tal vez. Pero ya no lo soy. Lo abrazo con fuerza y apoyo la cabeza en su pecho. Pesco la mirada crítica de Penélope. Levanto el mentón con altivez. Cree que me conoce. Se equivoca.

2

—¿Estás lista? —me pregunta mi hermana Ciara en voz baja cuando ocupamos nuestros sitios en unos pufs en un extremo de la tienda; la gente murmura, aguardando que comience el espectáculo.

Estamos en el escaparate de su tienda de antigüedades y artículos de segunda mano, Magpie,* donde he trabajado con Ciara durante los últimos tres años. Una vez más, hemos transformado la tienda en un pequeño auditorio donde su *podcast* «Cómo hablar sobre...» se grabará con público. Esta noche, sin embargo, no estoy a resguardo en mi sitio habitual, detrás de la mesa del vino y las magdalenas. El caso es que he cedido a las persistentes solicitudes de mi insistente aunque aventurera e intrépida hermana pequeña para ser la invitada del episodio de esta semana, «Cómo hablar sobre la muerte». Me arrepentí de acceder en cuanto dije que sí, y ese arrepentimiento ha alcanzado dimensiones astronómicas cuando me siento de cara a nuestro escaso público.

Hemos arrimado a las paredes los colgadores y expositores de ropa y accesorios, y cinco filas de seis sillas plegables llenan el suelo de la tienda. Hemos despejado el escaparate para que Ciara y yo podamos sentarnos a cierta altura mientras, fuera, la gente que regresa apresurada del trabajo a casa lanza miradas a las maniquíes en movimiento que están sentadas en los pufs.

—Gracias por hacer esto.

Ciara alarga el brazo y toma mi mano sudorosa.

* En inglés, «urraca». (*N. del T.*)

Esbozo una sonrisa mientras evalúo el control de daños si me echara para atrás en este momento, pero sé que no merece la pena. Debo hacer honor a mi compromiso.

Se quita los zapatos y sube los pies descalzos al puf, está perfectamente como en casa en este lugar. Carraspeo y el sonido reverbera a través de los altavoces por toda la tienda, donde treinta rostros curiosos y expectantes me miran fijamente.

Me froto las manos sudorosas y bajo la vista a las notas que he ido compilando frenéticamente, como un estudiante exhausto antes de un examen, desde que Ciara me pidió que hiciera esto. Pensamientos fragmentarios garabateados cuando me sentía inspirada, pero ninguno de ellos tiene sentido en estos momentos. Soy incapaz de ver dónde comienza una frase y termina otra.

Mamá está sentada en la primera fila, a varios asientos de mi amiga Sharon, que ocupa la silla del pasillo, donde dispone de más espacio para su cochecito doble. Un par de piececillos: un calcetín colgando por los pelos, otro calcetín ya caído que asoma bajo la manta del cochecito, y Sharon con su bebé de seis meses en brazos. Gerard, su hijo de seis años, está sentado a un lado de ella sin apartar los ojos del iPad y con auriculares cubriéndole las orejas, y su hijo de cuatro años está declarando histriónicamente que se aburre, tan despatarrado en la silla que tiene la cabeza apoyada contra la base del respaldo. Cuatro chicos en seis años; le agradezco que hoy haya venido. Me consta que lleva en pie desde el alba. Sé cuánto le habrá costado salir de casa, antes de volver a entrar otras tres veces para recoger cosas que había olvidado. Aquí está, mi amiga guerrera. Me sonríe, su rostro, la viva imagen del agotamiento, pero siempre mi amiga complaciente.

—Bienvenidos al cuarto episodio del *podcast* de Magpie —comienza Ciara—. Algunos sois habituales; Betty, gracias por traernos tus deliciosas magdalenas, y gracias, Christian, por el queso y el vino.

Busco a Gabriel entre la concurrencia. Estoy casi segura de que no está aquí, le ordené específicamente que no acudiera, aunque no era necesario. Siendo un hombre muy reservado con su vida privada y que ejerce un firme control sobre sus sentimientos, la idea de verme hablar de mi vida privada con desconocidos lo dejó atónito. Puede que lo hayamos debatido acaloradamente, pero ahora mismo no podría estar más de acuerdo con él.

—Soy Ciara Kennedy, la propietaria de Magpie, y hace poco me pareció que sería una buena idea realizar una serie de *podcasts* titulados «Cómo hablar sobre...» junto con las organizaciones benéficas que reciben un porcentaje de los beneficios de este negocio. Esta semana vamos a hablar sobre la muerte, en concreto sobre la aflicción y el duelo, y tenemos con nosotros a Claire Byrne, de Bereave Ireland, así como a algunas personas que se benefician de la maravillosa labor que lleva a cabo Bereave. Los ingresos de la venta de entradas y vuestras generosas donaciones irán directamente a Bereave. Después hablaremos con Claire sobre el importante y diligente trabajo que hacen, ofreciendo asistencia a quienes han perdido a sus seres queridos, pero antes me gustaría presentaros a nuestra invitada de hoy, Holly Kennedy, que resulta que es mi hermana. ¡Por fin estás aquí! —exclama Ciara con entusiasmo, y el público aplaude.

—Aquí estoy. —Me río, un poco nerviosa.

—Desde que empecé los *podcasts* el año pasado, he estado persiguiendo a mi hermana para que participara. Estoy muy contenta de tenerte aquí. —Alarga el brazo, me coge la mano y la retiene—. Tu historia me ha conmovido profundamente, y estoy segura de que a muchas personas les será de provecho conocer tu andadura.

—Gracias. Eso espero.

Me doy cuenta de que las notas me tiemblan en la mano y suelto la de Ciara para sujetarlas con firmeza.

—«Cómo hablar sobre la muerte» no es un tema sencillo. Estamos tan cómodos hablando sobre nuestras vidas, sobre cómo estamos viviendo, sobre cómo vivir mejor que a menudo la conversación sobre la muerte resulta embarazosa y no la abordamos a fondo. No se me ocurre otra persona mejor con quien mantener esta conversación. Holly, por favor, cuéntanos cómo te afectó la muerte.

Carraspeo para aclararme la voz.

—Hace siete años perdí a mi marido, Gerry, por un cáncer. Tenía un tumor cerebral. Tenía treinta años.

Por más veces que lo cuente, siempre se me hace un nudo en la garganta. Esa parte de la historia todavía es real, todavía arde en mi interior al rojo vivo. Miro un momento a Sharon en busca de apoyo; pone los ojos en blanco exageradamente y bosteza. Sonrío. Puedo hacerlo.

—Estamos aquí para hablar de la pena, así que... ¿qué puedo deciros? No soy única, la muerte nos afecta a todos, y como bien sabéis muchos de quienes estáis hoy aquí, el duelo es un viaje complejo. No puedes controlar tu aflicción, la mayor parte del tiempo es como si ella te controlara a ti. Lo único que puedes controlar es la manera en que lidias con ella.

—Dices que no eres única —interviene Ciara—, pero la experiencia personal de cada uno es única y podemos aprender unos de otros. Ninguna pérdida es más llevadera que otra. Ahora bien, ¿crees que porque tú y Gerry crecisteis juntos la sensación de pérdida fue más intensa? Desde que yo era niña, no había Holly sin Gerry.

Asiento con la cabeza y explico cómo nos conocimos Gerry y yo; evito mirar al público para que me resulte más fácil, como si estuviera hablando conmigo misma exactamente igual que cuando ensayaba en la ducha.

—Lo conocí en el colegio, cuando tenía catorce años. A partir de ese día fuimos Gerry y Holly. La novia de Gerry. La esposa de Gerry. Crecimos juntos, aprendimos el uno del otro. Tenía veintinueve años cuando lo perdí y me convertí en la viuda de Gerry. No solo lo perdí a él y no solo perdí una parte de mí, realmente sentía que me había perdido yo misma. No sabía quién era. Y tuve que reconstruirme.

Unas cuantas cabezas asienten. Lo saben. Todos lo saben, y si todavía no lo saben, están a punto de saberlo.

—Popó —dice una voz en el cochecito, antes de echarse a reír. Sharon hace callar al niño. Mete la mano en una bolsa gigantesca y saca un pastelito de arroz cubierto de yogur de fresa. El pastelito de arroz desaparece en el cochecito. Las risas cesan.

—¿Cómo te reconstruiste? —pregunta Ciara.

Se me hace raro explicar a Ciara una cosa por la que ha pasado conmigo, de modo que me vuelvo y me concentro en el público, en la gente que no lo vivió. Y cuando veo sus rostros, un interruptor se acciona en mi interior. Esto no va sobre mí. Gerry hizo una cosa especial y voy a intentar compartirla en su nombre con personas que están ansiosas por saber.

—Gerry me ayudó. Antes de morir trazó un plan secreto.

—Ay, ay, ay... —anuncia Ciara. Sonrío y miro a los rostros expectantes.

Siento emoción ante la inminente revelación, un nuevo recordatorio de lo absolutamente único que fue el año después de su muerte, si bien con el tiempo su importancia se ha ido desdibujando en mi memoria.

—Me dejó diez cartas que debían abrirse en los meses posteriores a su fallecimiento, y terminaba cada nota poniendo: «Posdata: te quiero».

El público está visiblemente conmovido y sorprendido. Se miran unos a otros y hablan en susurros, se ha roto el silencio. El bebé de Sharon rompe a llorar. Sharon intenta acallarlo acunándolo, dándole golpecitos con el chupete, con la mirada ausente.

Ciara levanta la voz por encima de las quejas del bebé.

—Cuando te pedí que participaras en este *podcast*, fuiste muy concreta sobre el hecho de que no querías abundar en la enfermedad de Gerry. Lo que querías era hablar del regalo que te había hecho.

Niego firmemente con la cabeza.

—No. No quiero hablar sobre su cáncer, sobre lo que tuvimos que pasar. Mi consejo, si os interesa, es que hay que intentar no obsesionarse con lo oscuro. De eso hay más que suficiente. Preferiría hablar a la gente sobre la esperanza.

Ciara me mira orgullosa con los ojos brillantes. Mamá junta las manos con fuerza.

—El camino que tomé fue centrarme en el regalo que Gerry me hizo, y ese fue el regalo que me dio al perderlo: encontrarme a mí misma. No me siento menos persona, como tampoco me avergüenza decir que la muerte de Gerry me partió el corazón.

Sus cartas me ayudaron a encontrarme a mí misma de nuevo. Tuve que perder a Gerry para descubrir una parte de mí que ni siquiera sabía que existía. —Estoy enfrascada en mi discurso y no puedo parar. Necesito que lo sepan. Si yo hubiese estado sentada entre el público hace siete años, habría necesitado escuchar—. Encontré una fortaleza nueva y sorprendente dentro de mí, la hallé en el fondo de un lugar sombrío y solitario, pero lo hice. Pues, lamentablemente, ahí es donde encontramos la mayoría de los tesoros de la vida. Después de mucho cavar en la tierra, esforzándonos a oscuras, finalmente topamos con algo sólido. Aprendí que ese tocar fondo en realidad puede ser un trampolín.

Alentado por una entusiasta Ciara, el público aplaude.

Los quejidos del bebé de Sharon se convierten en chillidos, un sonido agudo y desgarrador como si le estuvieran cortando las piernas. El pequeño le tira el pastelito de arroz al bebé. Sharon se levanta y nos dirige una mirada de disculpa antes de enfilar el pasillo conduciendo el cochecito doble con una mano mientras con la otra lleva al bebé lloroso, dejando a los dos mayores con mi madre. Mientras maniobra torpemente con el cochecito hacia la salida, choca con una silla, arrasa con los bolsos que sobresalen hacia el pasillo, las asas y correas se enredan con las ruedas, y va murmurando disculpas a su paso.

Ciara retrasa su siguiente pregunta mientras espera a que Sharon se haya ido.

Sharon estampa el cochecito contra la puerta de salida con intención de abrirla. Mathew, el marido de Ciara, corre en su ayuda y le sostiene la puerta abierta, pero el cochecito doble es demasiado ancho. Presa del pánico, Sharon choca una y otra vez contra el marco de la puerta. El bebé berrea, el cochecito da golpes y Mathew le dice que pare mientras abre la parte lateral de la puerta. Sharon levanta la vista hacia nosotras muerta de vergüenza. Imito su expresión de antes y pongo los ojos en blanco y bostezo. Sonríe agradecida antes de irse pitando.

—Podemos editar esta parte —bromea Ciara—. Holly, aparte de las cartas que Gerry te dejó al morir, ¿sentiste su presencia de alguna otra manera?

—¿Te refieres a si vi su fantasma?

Algunos asistentes se ríen, otros aguardan desesperados un sí.

—Su energía —dice Ciara—. Como quieras llamarlo.

Hago una pausa para pensar, para evocar la sensación.

—La muerte, curiosamente, es una presencia física; la muerte puede hacerte sentir que hay otra persona en la habitación. El hueco que dejan los seres queridos, el no estar ahí, es visible, de modo que a veces había momentos en los que sentía a Gerry más vivo que la gente que me rodeaba. —Rememoro aquellos días y noches solitarios en los que estaba atrapada entre el mundo real y el de mi mente—. Los recuerdos pueden ser muy poderosos. Pueden ser la escapatoria más dichosa, y un lugar que explorar, porque evocaban a Gerry una y otra vez. Pero ojo, también pueden ser una prisión. Agradezco que Gerry me dejara sus cartas porque me sacó de esos agujeros negros y volví a la vida; me permitió que creásemos juntos nuevos recuerdos.

—¿Y ahora? ¿Transcurridos siete años? ¿Gerry sigue estando contigo?

Me quedo helada. Miro a Ciara con los ojos muy abiertos, como un conejo inmovilizado ante los faros de un coche. Titubeo. No sé qué decir. ¿Lo está?

—Seguro que Gerry siempre será una parte de ti —dice Ciara con gentileza, percibiendo mi desconcierto—. Siempre estará contigo —añade, como para tranquilizarme, como si lo hubiese olvidado.

Del polvo venimos y en polvo nos convertiremos. Partículas disueltas de materia esparcidas a mi alrededor.

—Por supuesto. —Sonrío forzadamente—. Gerry estará siempre conmigo.

El cuerpo muere; el alma, el espíritu, permanece. En el año siguiente a la muerte de Gerry, algunos días sentía como si su energía estuviera en mi interior, reconstruyéndome, haciéndome más dura, convirtiéndome en una fortaleza. Podía hacerlo todo. Era intocable. Otros días sentía su energía y me rompía en un millón de pedazos, me recordaba lo que había perdido. No podía. No quería. El universo se llevó la mayor parte de mi vida y por ello tenía miedo de que se llevase todo lo demás. Y me doy cuenta de que aquellos días fueron preciosos porque, siete años después, ya no sentía a Gerry conmigo en absoluto.

Perdida en la mentira que acababa de decir, me pregunté si sonaba tan vacua como la sentía. En cualquier caso, casi he terminado. Ciara invita al público a que haga preguntas y me relajo un poco, notando el fin a la vista. Tercera fila, quinto asiento, un pañuelo de papel aplastado en la mano, el maquillaje corrido alrededor de los ojos.

—Hola, Holly, me llamo Joanna. Perdí a mi marido hace pocos meses y desearía que me hubiera dejado cartas como hizo el tuyo. ¿Puedes decirnos qué ponía en la última?

—Yo quiero saber qué ponía en todas —dice alguien, y suenan murmullos de asentimiento.

—Tenemos tiempo de escucharlas todas, si a Holly le parece bien —dice Ciara, consultando conmigo.

Respiro profundamente y suelto el aire despacio. Hacía mucho tiempo que no pensaba en las cartas. Como concepto, sí, pero no individualmente, no en orden, no con detenimiento. Por dónde empezar. Una lámpara nueva para la mesilla de noche, un vestido nuevo, una noche de karaoke, pipas de girasol, un viaje de cumpleaños con amigos... ¿Cómo van a comprender lo importantes que fueron para mí estas cosas aparentemente tan insignificantes? Pero la última carta... Sonrío. Esta es fácil.

—La última carta decía: «No tengas miedo de enamorarte otra vez».

Se aferran a esta, una bien bonita, un precioso y valiente final por parte de Gerry. Joanna no está tan conmovida como los demás. Veo en sus ojos su decepción y su confusión. Su desesperación. Está tan sumida en su aflicción que eso no es lo que quiere oír. Sigue aferrándose a su marido, ¿por qué iba a plantearse olvidarlo?

Sé lo que está pensando. Nunca será capaz de volver a amar. No de esa manera.

3

Sharon reaparece en la tienda cuando el público ya se está marchando, aturullada, con el bebé dormido en el cochecito y Alex, el siguiente en edad, cogiéndole de la mano, rojo como un tomate.

Me inclino hacia él.

—Hola, machote.

Me ignora.

—Di hola a Holly —le pide Sharon con ternura.

La ignora.

—Alex, di hola a Holly —gruñe Sharon, canalizando la voz de Satanás tan de repente que tanto Alex como yo nos asustamos.

—Hola —dice Alex.

—Buen chico —añade Sharon con suma dulzura.

La miro con los ojos como platos, siempre me asombra y perturba la doble personalidad que su papel de madre le confiere.

—Estoy muy avergonzada —dice en voz baja—. Perdona. Soy un desastre.

—No hay nada que perdonar. Me alegra mucho que hayas venido. Y eres increíble. Siempre dices que el primer año es el más duro. Dentro de unos meses este muchachito será todo un hombre. Ya casi lo has conseguido.

—Hay otro en camino.

—¿Qué?

Levanta la vista, con los ojos arrasados en lágrimas.

—Vuelvo a estar embarazada. Ya lo sé, soy una idiota.

Se yergue cuan alta es, procurando ser fuerte, pero veo que está destrozada. Está desanimada, agotada. No siento más que compasión por ella, sentimiento que ha ido en aumento con cada descubrimiento de un nuevo embarazo, puesto que los niveles de celebración se han reducido.

Abrazadas, decimos al unísono:

—No se lo digas a Denise.

Me quedo preocupada mientras Sharon se va con los cuatro niños. También estoy agotada después de la tensión nerviosa de hoy, la falta de sueño anoche y una hora hablando en profundidad sobre un tema tan personal. Todo ello me ha dejado exhausta, pero Ciara y yo tenemos que aguardar hasta que todo el mundo se haya ido para volver a poner orden en la tienda y cerrar.

—Ha sido maravilloso —dice Angela Carberry, interrumpiendo mis pensamientos. Angela, una gran defensora de la tienda que dona su ropa, bolsos y joyas de diseño, es una de las razones principales que permiten a Ciara salir adelante con Magpie. Ciara bromea diciendo que Angela compra cosas con el único propósito de donarlas. Va vestida con tanta elegancia como siempre, tiene una melena corta negro azabache con flequillo y la constitución de un pajarito, y lleva una vuelta de perlas en el cuello sobre el corbatín de su vestido de seda.

—Angela, qué bien que hayas venido.

Me quedo pasmada cuando se acerca y me abraza.

Por encima de su hombro, Ciara abre los ojos como platos ante la sorprendente muestra de intimidad de esta mujer por lo general tan austera. Noto los huesos de Angela cuando me estrecha en su abrazo. Poco dada a comportamientos impulsivos o al contacto físico, siempre me ha parecido bastante inaccesible en las ocasiones en que ella misma ha traído cosas a la tienda, los zapatos en sus cajas originales, los bolsos en sus fundas originales, diciéndonos con toda exactitud dónde deberíamos exponerlos y por cuánto deberíamos venderlos, sin esperar un solo céntimo a cambio.

Tiene los ojos humedecidos cuando se separa de mí.

—Tienes que hacerlo más a menudo, tienes que contar esta historia a más gente.

—Oh, no. —Me río—. Lo de hoy ha sido una excepción, más para acallar a mi hermana que por cualquier otra cosa.

—No te das cuenta, ¿no? —pregunta Angela, sorprendida.

—¿Cuenta de qué?

—De la fuerza de tu historia. De lo que le has hecho a la gente, cómo has alcanzado y conmovido a todos los corazones presentes en esta habitación.

Cohibida, miro la cola que se ha formado detrás de ella, una cola de personas que quieren hablar conmigo.

Me agarra el brazo y lo estruja, con demasiada fuerza para mi gusto.

—Tienes que volver a contar tu historia.

—Agradezco tu apoyo, Angela, pero la he vivido una vez y la he contado una vez, y con eso basta.

Mis palabras no son rudas, pero en mí hay una firmeza que no esperaba. Una capa externa filosa y espinosa que nace en un instante. Como si mis espinas se le hubieran clavado en la mano, de inmediato aprieta menos el brazo. Entones, recordando dónde está y que hay otras personas que quieren hablar conmigo, me suelta a regañadientes.

Su mano ha desaparecido, mis púas desaparecen, pero algo de su modo de agarrarme permanece conmigo, como un moratón.

Me meto en la cama al lado de Gabriel; la habitación me da vueltas porque he bebido demasiado vino con Ciara y mamá hasta demasiado tarde en el piso que tiene Ciara encima de la tienda.

Se despierta y abre los ojos, me estudia un momento y sonríe al ver mi estado.

—¿Buena velada?

—Si alguna vez se me pasa por la cabeza volver a hacer algo semejante... no me lo permitas —murmuro cerrando los ojos y procurando pasar por alto lo mareada que estoy.

—De acuerdo. Bueno, lo has hecho. Eres la hermana del año, a lo mejor te aumentan el sueldo.

Resoplo.

—Ya está hecho.

Se acerca y me da un beso.

4

—¡Holly! —Ciara me vuelve a llamar. Su tono se ha elevado de la paciencia a la furia absoluta pasando por la preocupación—. ¿Dónde demonios estás?

En el almacén, detrás de unas cajas, tal vez agachada detrás de ellas, quizá con unas cuantas prendas echadas por encima como en una guarida. Tal vez escondiéndome.

Levanto la vista y veo el rostro de Ciara asomado.

—¿Qué diantre? ¿Te estás escondiendo?

—No. No seas ridícula.

Me echa una mirada, no me cree.

—He estado siglos llamándote. Angela Carberry te andaba buscando, insistía en hablar contigo. Le he dicho que suponía que habías salido a tomar un café. Te ha esperado un cuarto de hora. Ya sabes cómo es. ¿Qué pasa, Holly? Has hecho que pareciera que ni siquiera sé dónde está mi personal, cosa que encima era verdad.

—Vaya. Pues ahora ya lo sabes. Siento no haberla visto.

Hace un mes que grabamos el *podcast* y el empeño de Angela Carberry en que divulgue mi historia está llegando a niveles de acoso, en mi opinión. Me levanto y estiro las piernas con un gemido.

—¿Qué ocurre entre tú y Angela? —pregunta Ciara, inquieta—. ¿Es algo relacionado con la tienda?

—No, qué va. Nada que ver con la tienda, no te preocupes. ¿No acaba de traer otra bolsa llena de ropa?

—Chanel de época —dice Ciara, relajándose, aliviada. Acto

seguido vuelve la confusión—. ¿Pues qué está pasando? ¿Por qué te escondes de ella? No creas que no me he dado cuenta, hiciste lo mismo la semana pasada.

—Tú te entiendes mejor con ella. Yo apenas la conozco. La encuentro muy marimandona.

—Es muy marimandona, y tiene derecho a serlo: nos da artículos por valor de miles de euros. Exhibiría su collar montando desnuda un toro mecánico si ella me lo pidiera.

—Nadie quiere que hagas eso.

Me abro paso, apartándola.

—A mí me gustaría verlo —dice Mathew desde la otra habitación.

—Me ha pedido que te diera esto.

Me pasa un sobre.

Hay algo que me incomoda. Los sobres y yo tenemos una larga historia. No es la primera vez en seis años que abro un sobre, pero este me produce aprensión. Supongo que será una invitación para que hable del duelo en un almuerzo de señoras o algo por el estilo organizado por Angela. Me ha preguntado varias veces si seguiría dando mi «charla» o si iba a escribir un libro. Cada vez que ha venido a la tienda me ha dado el número de un agente de conferenciantes o el de un agente literario. Las primeras veces le di las gracias educadamente, pero en su última visita la corté tan bruscamente que no tuve claro que fuese a volver. Tomo el sobre de manos de Ciara, lo doblo y me lo meto en el bolsillo de atrás.

Ciara me fulmina con la mirada. Nos quedamos en tablas.

Mathew se asoma a la puerta.

—Buenas noticias. ¡Las estadísticas de descargas revelan que «Cómo hablar sobre la muerte» ha sido el episodio con más éxito hasta la fecha! Ha tenido más descargas que todos los demás juntos. Felicidades, hermanas.

Levanta las palmas con entusiasmo para que le demos sendas palmadas.

Ciara y yo seguimos mirándonos de hito en hito; yo enojada porque su *podcast* me ha convertido en objeto de la atención casi obsesiva de Angela, ella enojada porque estoy molestando a su mejor donante por razones desconocidas.

—Venga, chicas, no me dejéis colgado.

Ciara palmea la mano de Mathew con desgana.

—No es lo que me esperaba —dice Mathew, mirándome preocupado mientras baja la mano—. Perdona. ¿Ha sido poco delicado por mi parte? No pretendía chocar los cinco por Gerry, ya sabes...

—Lo sé —digo, e intento sonreír—. No es eso.

No puedo celebrar el éxito del *podcast*. Ojalá nadie lo hubiese oído, ojalá no lo hubiese hecho. No quiero volver a oír hablar de las cartas de Gerry nunca más.

La casa de Gabriel en Glasnevin, una casita de campo victoriana de una sola planta que él mismo restauró amorosa y pacientemente, es un hogar acogedor y ecléctico que, a diferencia del mío, rezuma personalidad. Estamos tumbados en el suelo, recostados en un inmenso puf encima de una alfombra espesa y cómoda, bebiendo vino tinto. La sala de estar ocupa una estancia interior, por eso la luz, aun siendo la luz mortecina de febrero, se derrama sobre nosotros a través de una claraboya. Los muebles de Gabriel son una mezcla de antiguo y contemporáneo, cosas que le gustaron y adquirió sobre la marcha. Cada artículo tiene una historia, aunque no sea conmovedora o tenga valor alguno, pero todo procede de alguna parte. La chimenea es el centro de la habitación; no tiene tele, y en su lugar se entretiene escuchando música desconocida en el tocadiscos o leyendo algún volumen de su abundante colección de libros; ahora mismo está con el libro de arte *Twenty-Six Gasoline Stations*, compuesto por fotografías en blanco y negro de gasolineras de Estados Unidos. La música ambiental es de Ali Farka Touré, un cantante y guitarrista de Mali. Contemplo el cielo del atardecer a través del tragaluz. Es maravilloso, de verdad que sí. Gabriel es lo que necesito, cuando lo necesito.

—¿Cuándo está prevista la primera visita a la casa? —pregunta, impaciente por lo lentas que han avanzado las cosas desde que tomamos la decisión hace bastante más de un mes. He estado tan distraída desde el *podcast* que he perdido el rumbo.

Mi casa todavía no está en venta oficialmente pero me falta valor para reconocerlo, de modo que en cambio le digo:

—Mañana he quedado con el agente inmobiliario en casa. —Levanto la cabeza para beber un sorbo de vino y después la vuelvo a apoyar en su pecho, un esfuerzo tan arduo a tono con el día de hoy—. Entonces serás mío, todo mío. —Me río como una maníaca.

—Ya lo soy. Por cierto, he encontrado esto.

Deja su copa y saca un sobre arrugado de entre el montón de libros desordenados que hay junto a la chimenea.

—Ah, sí. Gracias.

Lo vuelvo a doblar y lo meto en el bolsillo de atrás.

—¿Qué es?

—Un tío me oyó hablar en la tienda. Piensa que soy una viuda sexy y me dio su número.

Tomo un sorbo de vino, muy seria.

Frunce el ceño y me hace reír.

—Una mujer que asistió a la grabación del *podcast* quiere que siga contando mi historia. No deja de fastidiarme para que dé más charlas o escriba un libro. —Me vuelvo a reír—. En cualquier caso, es una mujer rica y pesada que no conozco muy bien y le dije que no estaba interesada.

Me mira con atención.

—El otro día lo escuché en el coche. Hablaste muy emotivamente. Seguro que tus palabras ayudaron a muchas personas.

Es la primera vez que habla favorablemente del *podcast*. Supongo que mis palabras no explicaban nada que él no supiera ya —nuestros primeros días y meses los pasamos en la mutua e íntima exploración de nuestras almas a medida que nos conocíamos—, pero quiero dejarlo todo atrás.

—Ayudé a Ciara. —Pongo punto final a su cumplido—. No te preocupes, no voy a ponerme a hablar sobre mi exmarido para ganarme la vida.

—Lo que me preocupa no es que hables sobre él sino lo que puede causarte que lo revivas constantemente.

—No va a suceder.

Se retuerce en el puf y me envuelve con un brazo, pienso que para abrazarme, pero en cambio su mano se desliza hasta debajo de mí y coge el sobre. Lo saca.

—No lo has abierto. ¿Sabes qué contiene?

—No, porque no me importa.

Me escruta.

—Sí que te importa.

—No. De lo contrario lo habría abierto.

—Te importa. De lo contrario lo habrías abierto.

—De todos modos no puede ser importante, me lo dio hace tres semanas. Había olvidado que lo tenía.

—¿Puedo verlo yo al menos?

Rasga el margen superior.

Intento cogérselo de la mano, pero lo único que consigo es derramar mi copa de vino en la alfombra. Me libero de su abrazo, me levanto del puf con un gruñido y corro a la cocina a buscar un trapo húmedo. Oigo como abre el sobre mientras mojo el trapo bajo el grifo. El corazón me palpita. Vuelven a salirme espinas en la piel.

—«Señora Angela Carberry. El Club Posdata: te quiero» —lee en voz alta.

—¡¿Qué?!

Levanta la tarjeta en el aire y me acerco a él para leerla, el trapo húmedo gotea sobre su hombro.

Se aparta, alterado.

—Holly.

Tomo la tarjeta de su mano. Una pequeña tarjeta de visita impresa con letra elegante.

—«El Club Posdata: te quiero» —leo en voz alta, curiosa y enojada a la vez.

—¿Qué significa esto? —pregunta mientras se seca el agua del hombro.

—Ni idea. O sea, sé qué significa «Posdata: te quiero», pero... ¿Hay algo más en el sobre?

—No, solo la tarjeta.

—Ya estoy harta de este disparate. Raya en el acoso. —Cojo mi teléfono del sofá y me alejo de él para tener intimidad—. O en el plagio.

Se ríe ante mi repentino cambio de humor.

—Tendrías que haberlo escrito para que pudiera serlo. Procura decirle que te deje en paz educadamente, Holly.

Devuelve su atención al libro de arte.

El teléfono suena mucho rato. Tamborileo con los dedos en el mostrador de la cocina, construyendo con impaciencia un contundente diálogo mental sobre por qué tiene que dejarlo estar, dar marcha atrás, irse a la mierda, ponerle fin de inmediato. Sea lo que sea este club, no voy a tener nada que ver con él, e insisto en que nadie más lo haga. Estuve ayudando a mi hermana, y después solo me sentí utilizada y exhausta. Además, esas palabras pertenecen a mi marido, a mis cartas; no tiene derecho a usarlas. Mi enojo va en aumento con cada timbrazo, y estoy a punto de colgar cuando finalmente contesta un hombre.

—¿Diga?

—Hola. ¿Podría hablar con Angela Carberry, por favor?

Noto que Gabriel me está mirando, leo en sus labios un «sé amable». Le doy la espalda.

La voz del hombre suena amortiguada, como si hubiese apartado la boca del micrófono. Oigo voces de fondo y no sé si me habla a mí o a ellas.

—¿Hola? ¿Sigue ahí?

—Sí, sí. Aquí estoy. Pero ella no. Angela. Se ha ido. Ha fallecido. Esta misma mañana.

Se le quiebra la voz.

—Están conmigo los de la funeraria. Estamos con los preparativos. De modo que todavía no puedo informarla.

Freno en seco, derrapo hasta una cuneta, el enojo estrellado y quemado. Intento recobrar el aliento.

—Lo siento. Lo siento mucho —digo, sentándome, y noto al hacerlo que Gabriel me presta toda su atención—. ¿Qué ha sucedido?

Su voz va y viene, débil y fuerte, insegura, lejos del micrófono, cerca otra vez. Comprendo que está desorientado. Su mundo está patas arriba. Ni siquiera sé quién es este hombre y sin embargo su pérdida es palpable como un peso sobre mis hombros.

—El final fue muy repentino, nos pilló por sorpresa. Pensaban que le quedaba más tiempo. Pero el tumor se extendió y eso fue... En fin.

—¿Cáncer? —susurro—. ¿Ha fallecido de cáncer?

—Sí, sí, creía que ya lo sabía... Lo siento mucho. ¿Con quién hablo? ¿Me lo ha dicho? Perdone, pero no estoy pensando con demasiada claridad...

Sigue hablando, confundido. Pienso en Angela, flaca y necesitada, aferrada a mi brazo, apretándolo tanto que me duele. Pensé que era rara, la encontré irritante, pero estaba desesperada, desesperada por que fuera a verla... y no lo hice. Ni siquiera la llamé. Apenas le dediqué tiempo. Claro que la conmovió mi charla, se estaba muriendo de cáncer. Aquel día me agarraba el brazo como quien se aferra a la vida.

Debo de estar emitiendo un sonido, debo de estar haciendo algo porque Gabriel está de rodillas a mi lado y el hombre del otro extremo de la línea está diciendo:

—Dios mío, perdone. Tendría que haberme expresado mejor. Pero no he tenido... Todo esto es muy reciente y...

—No, no. —Intento mantener la calma—. Lamento mucho haberle molestado en un momento así. Mi más sentido pésame para usted y los suyos —agrego enseguida.

Disuelvo la llamada.

Me disuelvo.

5

Yo no maté a Angela, lo sé muy bien, pero lloré como si lo hubiese hecho. Me consta que una llamada por teléfono, una visita a su casa o aceptar participar en uno de sus actos no le habría prolongado la vida, y sin embargo lloré como si hubiese podido hacerlo. Lloré por todas las creencias irracionales que me pasaron en estampida por la cabeza.

Como Angela había sido una generosa donante de la tienda, Ciara se siente obligada a asistir a su funeral y, pese a que Gabriel no está de acuerdo, considero que yo tengo incluso más motivo. Me he estado escondiendo de Angela durante las semanas anteriores a su muerte, la he desdeñado un montón de veces. A menudo no recordamos cómo nos conocimos, casi siempre recordamos cómo nos separamos. Cuando nos conocimos, no le causé a Angela una impresión muy buena; quiero decirle adiós como es debido.

El funeral se celebra en la iglesia de la Asunción de Dalkey, una iglesia parroquial pintoresca en la calle principal, delante del castillo de Dalkey. Ciara y yo pasamos entre la gente que aguarda fuera, entramos directamente a la iglesia y nos sentamos en las últimas filas. Los asistentes al funeral entran detrás del ataúd y la familia y los bancos de la iglesia se llenan. Abre la procesión un hombre solo, su marido, el hombre con quien hablé por teléfono. Le siguen llorosos familiares y amigos. Me alegra ver que no está solo, que la gente está triste, que añoran a Angela, que en su vida había amor.

Enseguida queda claro que el sacerdote no conocía mucho a

Angela, pero lo hace tan bien como puede. Ha recabado información esencial sobre ella, como una urraca atraída por objetos brillantes, y pronuncia un hermoso sermón. Cuando llega el momento del panegírico, una mujer sube al presbiterio. Introducen una pantalla de televisión en la vieja iglesia, con cables y todo.

—Hola, me llamo Joy. Me habría encantado decir unas pocas palabras sobre mi amiga Angela, pero me dijo que no podía. Quería tener la última palabra, como de costumbre.

La congregación se ríe.

—¿Estás preparado para esto, Laurence? —pregunta Joy.

No veo ni oigo la respuesta de Laurence, pero la pantalla cobra vida y el rostro de Angela la llena. Se la ve enjuta, salta a la vista que esto se filmó en sus últimas semanas, pero está resplandeciente.

—¡Hola a todos, soy yo!

Este saludo causa gritos ahogados de asombro, y las lágrimas manan a mi alrededor.

—Espero que lo estéis pasando fatal sin mí. Ahora la vida debe de ser espantosamente aburrida. Siento haberme ido, pero qué le vamos a hacer. Tenemos que mirar hacia delante. Hola, queridos míos. Mi Laurence, mis chicos, Malachy y Liam. Hola, bebés míos, espero que la abuela no os esté asustando. Espero poneros las cosas más fáciles. Bien, prosigamos. Estamos en el cuarto de mis pelucas.

La cámara da media vuelta, manejada por ella, para pasar revista a las pelucas. Pelucas de distintos colores, formas y estilos descansan sobre cabezas de maniquíes en los estantes.

—Así ha sido mi vida durante una temporada, como todos sabéis. Le doy las gracias a Malachy por haberme traído esta de un festival de música hace poco. —Amplía una cresta mohicana. La coge y se la pone en la cabeza.

Todo el mundo ríe y llora a la vez. Pañuelos al viento, los paquetes salen de los bolsos y recorren los bancos.

—Bien, queridos chicos —prosigue Angela—, vosotros tres sois para mí las tres personas más valiosas del mundo y no estoy preparada para deciros adiós. Debajo de estas pelucas he pegado unos sobres en cada cabeza. Cada mes quiero que cojáis una peluca, os la pongáis, abráis los sobres, leáis mis notas y me recordéis. Siempre estaré con vosotros. Os quiero y os doy las gracias por la más feliz, afortunada y hermosa vida que pueda desear una mujer, esposa y madre. Gracias por todo. Posdata —les lanza un beso—: os quiero.

Ciara me agarra el brazo y se vuelve lentamente para mirarme.

—Dios mío... —susurra.

La pantalla se oscurece y todo el mundo, sin excepción, está llorando. Me resulta imposible imaginar cómo debe de sentirse su familia después de esto. No puedo mirar a Ciara. Me encuentro mal. Estoy mareada. Me falta el aire. Nadie me presta la menor atención pero estoy cohibida, como si todos me conocieran y supieran lo que Gerry hizo por mí. ¿Sería una grosería que me marchara? Estoy muy cerca de la puerta. Necesito aire fresco, necesito luz, tengo que salir de esta situación claustrofóbica y asfixiante. Me levanto, me apoyo en el respaldo del banco para serenarme y luego camino hacia la puerta.

—¿Holly? —susurra Ciara.

Una vez fuera, respiro el aire a bocanadas, pero con eso no basta. Tengo que alejarme, irme de aquí.

—¡Holly! —grita Ciara, corriendo para alcanzarme—. ¿Estás bien?

Dejo de caminar y la miro.

—No. No estoy bien. Decididamente, no estoy bien.

—Mierda, ha sido culpa mía. Lo siento mucho, Holly. Te pedí que hicieras el *podcast*, tú no querías y prácticamente te obligué, lo siento mucho, todo es culpa mía. No me extraña que la evitaras. Ahora todo encaja. Lo siento mucho.

Sus palabras consiguen calmarme, no es culpa mía que me sienta así. Es algo que me ha sucedido. No es culpa mía. Es injusto. Me compadece. Me abraza y apoyo la cabeza en su hombro, vuelvo a sentirme débil y vulnerable y triste. No me gusta. Echo el freno. Levanto la cabeza de golpe.

—No.

—No ¿qué?

Me enjugo las lágrimas y enfilo hacia el coche a grandes zancadas.

—Yo ya no soy así.

—¿Qué quieres decir? Holly, mírame, por favor —suplica, intentando verme los ojos mientras miro a un lado y al otro como una posesa, desesperada por enfocar, desesperada por ver las cosas con perspectiva.

—Esto no me está volviendo a ocurrir. Regreso a la tienda. Regreso a mi vida.

El talento que descubrí cuando empecé a trabajar con mi hermana, después de que la revista donde trabajaba cerrara, es que soy buena clasificando. Mientras que Ciara es un ser maravilloso en lo que atañe a ocuparse de la estética, embellecer la tienda y colocar cada artículo en un lugar destacado, yo puedo pasar, y lo hago de buena gana, largas jornadas en el almacén, vaciando cajas y bolsas de basura llenas de cosas que la gente ya no quiere. Me abstrae el ritmo de esa tarea. Esta actividad me resulta particularmente terapéutica en los días que siguen al funeral de Angela Carberry. Lo vacío todo en el suelo, me siento y reviso el contenido de los bolsos y los bolsillos, separando lo valioso y la basura. Lustro joyas hasta que relucen, zapatos hasta que brillan. Quito el polvo a los libros viejos. Descarto todo lo que no es apropiado: ropa interior sucia, calcetines desparejados, pañuelos usados o de papel. Según lo atareada que esté, me dejo llevar por la curiosidad y me enfrasco en el estudio de recibos y notas, tratando de fechar el último uso del objeto, entender la vida de la persona que vivió con él. Lavo y aclaro la ropa, le paso una plancha de vapor para alisar la tela arrugada. Atesoro cualquier cosa de valor: dinero, fotografías, cartas que deben ser devueltas a su remitente. En la medida de lo posible, tomo notas detalladas de quién es el propietario de qué. A veces las pertenencias nunca se reunirán con su dueño; quienes han dejado cajas y bolsas sin datos de contacto están encantados de deshacerse de sus cosas. Otras veces me las arreglo para hacer emparejamientos. Si consideramos que no podemos vender el producto, si no es adecuado según el punto de vista de Ciara, entonces lo volvemos a empaquetar y lo donamos a organizaciones benéficas.

Tomo cosas viejas y las vuelvo nuevas, y me recompensa creer que mi trabajo es estimable. Hoy es un buen día para perderse en una caja de cartón llena de pertenencias que se convirtieron en objetos en cuanto las metieron en bolsas. Cojo una caja de libros en el almacén y la dejo en el suelo de la tienda. Vuelvo a sentarme en el suelo, limpio tapas, aliso páginas dobladas y hojeo los tomos por si contienen marcapáginas interesantes. A veces encuentro fotografías antiguas que se usan como marcapáginas; normalmente no encuentro nada, pero cualquier hallazgo es importante. Estoy sumida en este universo de clasificación cuando suena la campanilla de la entrada.

Ciara está en la otra punta de la tienda batallando con un maniquí desarticulado y decapitado para intentar embutirle el cuerpo en un vestido de tarde de lunares.

—Hola —saluda cordialmente a la clienta.

El trato con las clientas se le da mejor a ella que a mí. Me centro en los productos siempre que tengo ocasión y ella se centra en las personas. Ella y Mathew abrieron la tienda hace cinco años después de comprar esta casa en la Clonliffe Road de Dublín. La fachada ya tenía una ventana que iba del suelo al techo debido a su vida anterior como confitería. Viven en el piso de arriba. Al ser una tienda de segunda mano en una calle de casas adosadas, no atraemos mucho la atención de los transeúntes; la gente tiene que venir expresamente, pero muchas estudiantes de la universidad cercana son clientas nuestras, atraídas por los precios baratos y el factor «enrollado» que trae aparejado el uso de prendas de época. Ciara es la estrella de la tienda: organiza eventos, asiste a ferias, colabora en revistas y es presentadora ocasional de televisión en programas matutinos sobre tendencias y moda, en los que exhibe los últimos artículos llegados. Si ella es el corazón de la tienda, Mathew es el cerebro que lleva las cuentas, gestiona su presencia online y supervisa los aspectos técnicos de los *podcasts*, y yo soy las entrañas.

—Hola —responde la clienta.

No alcanzo a verla, estoy escondida detrás de un expositor, sentada en el suelo. Vuelvo a ensimismarme y dejo que Ciara haga su trabajo.

—La reconozco —dice Ciara—. Habló en el funeral de Angela.

—¿Usted asistió?

—Sí, por supuesto. Angela era una simpatizante entusiasta de la tienda. Fui con mi hermana. La echaremos de menos, era un portento de mujer.

Aguzo el oído.

—¿Dice que su hermana también asistió?

—Sí. Holly está... ocupada en este momento.

Ciara usa la sesera y recuerda que no querré hablar con esta mujer, tal como no he querido hablar para nada del episodio del funeral desde que se celebró hace dos semanas.

Hice lo que dije que haría. Regresé a la tienda, regresé a mi vida, intenté no pensar ni un segundo en lo que ocurrió en el funeral pero, inevitablemente, lo hice. No puedo dejar de pensar en ello. Está claro que mi experiencia con las cartas de Gerry le sirvió de inspiración a Angela para hacer lo mismo por su familia en sus últimas semanas de vida, esto lo entiendo, pero lo que no entiendo es lo de su tarjeta de visita. ¿Qué demonios tenía intención de hacer con el Club Posdata: te quiero? Durante estas últimas semanas he deseado saberlo y al mismo tiempo no quería saberlo, y sin embargo aquí estoy, deseando no ser vista pero al mismo tiempo queriendo escuchar.

—¿Acaso Holly...? —La mujer no termina su pregunta—. Me llamo Joy, encantada de conocerla. Angela adoraba esta tienda. ¿Sabía que se crio en esta casa?

—¡No! Nunca lo mencionó. Nunca, no puedo creerlo.

—Pues así fue. En fin, sería muy propio de ella no explicarlo. Éramos amigas del colegio, yo vivía a la vuelta de la esquina. Hace poco que nos reencontramos, pero me consta que disfrutaba viendo sus pertenencias en el lugar donde creció, aunque tampoco era que por aquel entonces tuviéramos cosas tan buenas. Yo sigo sin tenerlas.

—¡Vaya! No me lo puedo creer —responde Ciara. Al darse cuenta de que la señora no ha venido a curiosear, le brinda su habitual, generosa y, en este caso, molesta hospitalidad—. ¿Le apetece un té o un café?

—Oh, un té sería estupendo, gracias. Con un chorrito de leche, por favor.

Ciara se va a la trastienda y oigo a Joy deambular por la tienda. Rezo para que no me descubra pero sé que lo hará. Sus pasos se acercan. Se detienen, levanto la vista.

—Usted debe de ser Holly —dice. Lleva un bastón.

—Hola —digo, como si no hubiese oído ni una palabra de lo que ha dicho Ciara.

—Soy Joy. Una amiga de Angela Carberry.

—Lamento su pérdida.

—Gracias. Se fue rápido al final. Empeoró muy deprisa. Me pregunto si tuvo ocasión de hablar con usted.

Si fuese cortés me pondría de pie. Impediría que esta señora con bastón tuviera que inclinarse para hablar conmigo. Pero no me siento cortés.

—¿Sobre qué?

—Sobre su club.

Saca de un bolsillo una tarjeta de visita. La misma que me había mostrado Gabriel.

—Recibí la tarjeta, pero no sé en absoluto de qué se trata.

—Montó... Bueno, entre las dos montamos un grupo de personas que somos admiradoras suyas.

—¿Admiradoras?

—Por lo que dijo en su *podcast*, nos conmovió mucho.

—Gracias.

—¿Querría unirse a nosotros? Me gustaría continuar la buena obra que inició Angela... —Los ojos se le arrasan en lágrimas—. Oh, lo siento mucho.

Ciara regresa con el té.

—¿Se encuentra bien, Joy? —pregunta cuando la ve llorando, apoyada en el bastón, mientras yo sigo sentada en el suelo con un libro en la mano. Me lanza una mirada de confusión y horror. Su desalmada hermana.

—Estoy bien. Sí, de veras, gracias. Perdonen las molestias. Creo que voy a irme para... serenarme.

—No es preciso que se vaya, venga a sentarse aquí. —Ciara guía a Joy hasta una butaca que hay junto al probador, un rincón de la pieza provisto de un espejo y una cortina muy teatral, que sigue estando en mi campo visual—. Quédese aquí y descanse hasta que se encuentre bien. Aquí tiene su té. Ahora le traigo un pañuelo.

—Es muy amable —dice Joy con un hilillo de voz.

Me quedo sentada en el suelo. Aguardo a que Ciara se marche antes de hablar.

—¿De qué va el club?

—¿Angela no te lo explicó?

—No. Me dejó una tarjeta pero nunca llegamos a hablar.

—Qué lástima que no te lo explicara ella. Permite que lo haga yo. Angela resplandecía como un sol después de asistir a tu charla; vino a presentarme su idea, y cuando a Angela Carberry se le metía algo en la cabeza, era muy pertinaz. Podía llegar a ser muy insistente, y no siempre de la manera correcta. Estaba acostumbrada a conseguir lo que quería.

Pienso en la mano de Angela estrujándome el brazo, sus uñas clavándoseme en la piel. La insistencia que malinterpreté.

—Angela y yo fuimos juntas al colegio pero perdimos el contacto, suele pasar. Nos reencontramos hace pocos meses y, debido a nuestras enfermedades, creo que conectamos más que nunca. Después de oírte hablar, me llamó y me lo refirió todo. Tu historia me motivó tanto como a ella. Comprobaba a diario si ya estaba disponible para descargarla, y mientras aguardaba a que apareciera se la conté a unas cuantas personas a las que a mi entender les podía hacer bien.

Mientras Joy respira hondo, me doy cuenta de que estoy conteniendo el aliento. Siento presión en el pecho, tengo el cuerpo agarrotado.

—Somos cinco; bueno, ahora cuatro. Tu historia nos llenó de luz y esperanza. Verás, querida Holly, nos juntamos porque hay algo que nos vincula.

Mis manos aprietan el libro con tanta fuerza que casi se está doblando.

—A todos nos han diagnosticado enfermedades terminales.

Nos juntamos no solo por la esperanza que tu historia nos inspiró, sino porque tenemos un objetivo en común. Necesitamos desesperadamente tu ayuda, Holly. Nos estamos quedando sin ideas y... —Inspira como armándose de valor—. Y a todos se nos agota el tiempo.

Silencio mientras hago una pausa, paralizada, intentando asimilar aquello. Estoy sin habla.

—Te he puesto en un aprieto y lo siento mucho —dice, avergonzada. Intenta levantarse, con la taza de té en una mano y el bastón en la otra. Solo puedo observarla; estoy tan desconcertada que no puedo sentirme más que aturdida ante la tristeza de Joy y su club. En todo caso, me irrita que haya vuelto a traer este asunto a mi vida.

—Permítame ayudarla —dice Ciara, corriendo a coger la taza de té y asirla del brazo para sostenerla.

—Tal vez podría dejarte mi número de teléfono, Holly. Así, si quieres...

Me mira esperando que termine yo la frase, pero no lo hago.

—Enseguida traigo bolígrafo y papel —interviene Ciara.

Joy da sus datos a Ciara y le digo adiós mientras se dirige a la salida.

La campanilla suena, la puerta se cierra, los pasos de Ciara repiquetean sobre el parquet. Sus zapatos de tacón sin puntera de los años cuarenta, que lleva con medias de rejilla, se detienen junto a mí. Me mira fijamente, me estudia, y estoy bastante segura de que ha escuchado a escondidas y lo ha oído todo. Aparto la vista y pongo el libro en el estante. Ya está. Sí, creo que aquí se verá bien.

6

—Cuidado con la salsa, Frank —dice mamá, agarrando la salsera que sostiene papá. Papá no la suelta, decidido a terminar de aniquilar el asado inundándolo de jugo de carne y, en el tira y afloja, la salsa se desliza por la boca de la salsera y gotea sobre la mesa. Papá mira a mamá con reprobación, recoge la salsa derramada en el mantel con el dedo y se lo chupa en señal de protesta—. No habrá suficiente para todos —añade, pasándosela a Declan.

Declan rebaña la boca de la salsera con el dedo y se lo chupa. Después se dispone a servirse.

—No vale repetir —advierte Jack, robando la salsera de las manos de mamá.

—Si aún no me he servido —rezonga Declan, intentando recuperarla, pero Jack retiene su posesión y riega su plato.

—Chicos —amonesta mamá—. La verdad, os estáis comportando como niños.

Los hijos de Jack se ríen.

—Deja un poco para mí. —Declan vigila a Jack—. ¿Es que no tienen salsa de carne en Londres?

—En Londres no hay una salsa como la de mamá —dice Jack, mirando a mamá antes de servir un poco en los platos de sus hijos; luego se la pasa a su esposa, Abbey.

—Yo no quiero salsa —se queja uno de los niños.

—Me la tomaré yo —dicen Declan y papá a la vez.

—Prepararé más —anuncia mamá suspirando, y corre de vuelta a la cocina.

Todos atacan los platos como si no hubiesen comido en varios días: papá, Declan, Mathew, Jack, Abbey y sus dos hijos. Mi hermano mayor, Richard, se ha demorado en un ensayo del coro y Gabriel está pasando el día con Ava, su hija adolescente. Como la mayor parte de su vida no ha querido tener mucho trato con él, para Gabriel estas visitas son muy valiosas. Todos están concentrados en su comida excepto Ciara, que me observa. Aparta la vista cuando ve que la miro y alcanza la ensaladera que está en medio de la mesa. Mamá regresa con dos salseras. Deja una en el medio y otra al lado de Ciara. Jack finge ir a cogerla, como si fuese una salida en falso, y hace que a Declan le entre el pánico, salte y la agarre.

Jack se echa a reír.

—Chicos —dice mamá, y ambos se contienen.

Los niños se ríen.

—Siéntate, mamá —digo gentilmente.

Mamá contempla la mesa, su insaciable familia al completo zampando golosamente, y por fin se sienta a mi lado en la cabecera de la mesa.

—¿Qué es esto? —pregunta Ciara, mirando el interior de la salsera que tiene a su lado.

—Salsa vegana —dice mamá, orgullosa.

—Oh, mamá, eres la mejor.

Ciara se sirve, y una sustancia acuosa y turbia se extiende por el fondo de su plato como si fuese sopa. Levanta la vista hacia mí, dubitativa.

—¡Mmm! —digo.

—No sé si me ha salido bien —dice mamá, disculpándose—. ¿Está rica?

Ciara la prueba.

—Deliciosa.

—Mentirosa —dice mamá, y se ríe—. ¿No tienes hambre, Holly?

Mi plato está prácticamente vacío y ni siquiera he empezado a comer. Brécol y tomate son lo único que he soportado ver en el plato.

—He desayunado mucho —digo—, pero esto es fabuloso, gracias.

Me yergo y como con apetito. O lo intento. La comida de mamá, salsa vegana aparte, es realmente deliciosa, y tantos domingos como es posible intenta reunir a la tropa para una comilona familiar, cosa que a todos nos encanta. Pero hoy, como ha sido el caso en las últimas semanas, no tengo ni pizca de hambre.

Ciara observa mi plato y después a mí, preocupada. Ella y mamá cruzan una mirada y me doy cuenta en el acto de que Ciara se ha ido de la lengua y le ha contado lo del Club Posdata: te quiero. Pongo los ojos en blanco.

—Estoy bien —afirmo, desafiante, antes de meterme un trozo entero de brécol en la boca como prueba de mi estabilidad.

Jack me mira.

—Oye, ¿qué pasa?

Tengo la boca llena. No puedo contestar, pero pongo los ojos en blanco y lo miro con frustración.

Se vuelve hacia mamá.

—¿Qué le pasa a Holly? ¿Por qué finge que está bien?

Gruño sin abrir la boca y procuro masticar deprisa para poder poner fin a esta conversación.

—A Holly no le pasa nada —responde mamá con calma.

Ciara abre la boca y suelta una descarga rápida con voz de pito:

—Una mujer que murió de cáncer montó un Club Posdata: te quiero antes de fallecer, formado por enfermos terminales, y querían que Holly los ayudara a escribir cartas a sus seres queridos.

Se muestra aliviada al instante por haberlo sacado de su organismo y, después, temerosa de lo que vaya a suceder a continuación.

Engullo el brécol y por poco me atraganto.

—¡Joder, Ciara!

—¡Lo siento, tenía que decirlo! —exclama Ciara, levantando las manos a la defensiva.

Los niños se ríen de mi lenguaje.

—Perdón —digo a su madre, Abbey—. Vamos a ver, familia. Estoy bien. En serio. Cambiemos de tema.

Mathew mira con desaprobación a la soplona de su esposa. Ciara se encoge más.

—¿Vas a ayudar a esa gente a escribir las cartas? —pregunta Declan.

—No quiero hablar del tema —digo, cortando un tomate.

—¿Con quién? ¿Con ellos o con nosotros? —pregunta Jack.

—¡Con nadie!

—Entonces ¿no los vas a ayudar? —pregunta mamá.

—¡No!

Mamá asiente con la cabeza. La expresión de su rostro es indescifrable.

Comemos en silencio.

Me saca de quicio que su rostro sea indescifrable.

Frustrada, me doy por vencida.

—¿Por qué? ¿Crees que debería hacerlo?

Todos los comensales, excepto los niños y Abbey, que sabe cuál es su lugar en tanto que cuñada, contestan al mismo tiempo y no entiendo nada de lo que dicen.

—Le estaba preguntando a mamá.

—¿No te importa lo que pienso yo? —pregunta papá.

—Claro que sí.

Se concentra en su comida, dolido.

—Creo... —dice mamá, pensativa— que deberías hacer lo que te parezca correcto. No me gusta entrometerme, pero ya que has preguntado: si te tiene tan... —mira mi plato, después a mí— ... alterada, quizá no sea buena idea.

—Ha dicho que ha desayunado mucho —tercia Mathew en mi defensa, y le dedico una mirada agradecida.

—¿Qué has tomado? —pregunta Ciara.

Pongo los ojos en blanco.

—Un plato enorme y pringoso de fritanga, Ciara. Con carne de cerdo y sangre de cerdo y panceta de vaca y huevos y toda clase de productos de origen animal chorreantes de mantequilla. La mantequilla era de vaca.

No es verdad. Tampoco he podido soportar el desayuno.

Me fulmina con la mirada.

Los niños vuelven a reírse.

—¿Puedo filmar, si los ayudas? —pregunta Declan con la boca llena—. Podría hacerse un buen documental.

—No hables con la boca llena, Declan —dice mamá.

—No. Porque no voy a hacerlo —respondo.

—¿Qué opina Gabriel? —pregunta Jack.

—No lo sé.

—Porque todavía no se lo ha dicho —apunta Ciara.

—Holly —me reprende mamá.

—No tengo por qué contárselo puesto que no voy a hacerlo —protesto, aunque me consta que me equivoco. Tendría que haberlo comentado con Gabriel. No es tonto, ya se ha dado cuenta de que se está cociendo algo. Poco importa la revelación de Joy sobre el club; desde que colgué el teléfono tras hablar con el marido de Angela hace unas semanas, no he sido la misma de siempre.

Todos nos callamos.

—Todavía no me has preguntado —dice papá, mirando a los presentes como si todos y cada uno de ellos hubiesen herido sus sentimientos.

—¿Qué opinas, papá? —pregunto, exasperada.

—No, no. Está claro que no quieres saberlo —responde mientras alcanza la salsera rellenada e inunda su segunda ración.

Hinco el tenedor con furia en otro pedazo de brécol.

—Dímelo, papá.

Se traga el orgullo.

—Me parece un gesto muy considerado de atención a las personas necesitadas, y podría ser bueno para ti hacer el bien.

La respuesta de papá irrita a Jack. Mamá, una vez más, indescifrable; está reflexionando, examinando los diversos puntos de vista antes de dar su opinión.

—Tal como está no puede ni comer, Frank —dice mamá en voz baja.

—Prácticamente está inhalando el brócoli —dice papá, guiñándome el ojo.

—Y esta semana ha desconchado seis tazas de té en la tienda —añade Ciara, echando sal a la herida—. Así está de distraída, solo de pensarlo.

—A algunas personas les da igual que las tazas de té estén desconchadas —replico.

—¿Como a quién?

—La Bella y la Bestia —responde Mathew.

Los niños se ríen.

—Que levante la mano quien piense que es una buena idea —propone Ciara.

Los niños levantan la mano, Abbey enseguida se las baja.

Papá levanta su tenedor. Declan también. Mathew da la impresión de estar con ellos, pero Ciara lo fulmina con la mirada y él se la sostiene, aunque no levanta la mano.

—No —dice Jack con firmeza—. Yo no.

—Yo tampoco —dice Ciara—. Y no quiero cargar con toda la culpa si sale mal.

—No se trata de ti —murmura Mathew, descontento.

—No, ya lo sé. Pero es mi hermana y no quiero ser la única responsable de...

—Buenas tardes, familia —saluda la voz de Richard desde el recibidor. Aparece en la puerta. Nos mira detenidamente a todos, percibiendo algo—. ¿Qué está pasando?

—Nada —contestamos al unísono.

Estoy sola en la tienda, detrás del mostrador. Sentada en un taburete, con la mirada perdida. En la tienda no hay un solo cliente, y lleva más de una hora así. He vaciado todas las bolsas y cajas que he podido, separando los objetos valiosos y haciendo llamadas a sus propietarios para organizar su recogida. He ordenado todos los percheros, moviendo prendas unos centímetros a la izquierda o a la derecha. No queda nada por hacer. Suena la campanilla al abrirse la puerta y entra una chica, una adolescente. Es alta, lleva un llamativo turbante negro y dorado en la cabeza.

—Hola —saludo, intentando parecer alegre.

Sonríe entre tímida y cohibida, de modo que aparto la vista. Hay clientas a las que les gusta que les prodiguen atención y otras que prefieren que las dejen en paz. La observo mientras no me mira. Lleva a un bebé en un cochecito. El bebé, que solo tiene unos meses, va sentado de cara adelante, las rollizas piernas embutidas en unos leotardos que patean espontáneamente. Su madre (si es que es su madre, pues parece demasiado joven para tener un hijo, aunque nunca se sabe) domina el arte de ponerse de lado para que el niño no pueda alcanzar las prendas de los percheros. Hace como que mira la ropa pero en realidad no la mira, no me quita el ojo de encima. Me pregunto si va a robar algo; a veces las rateras actúan así, más pendientes de mi ubicación que de los artículos. El bebé berrea, practicando sus gritos, y la adolescente alcanza la mano del bebé; unos deditos le agarran un dedo.

Una vez quise tener un bebé. Fue hace diez años y deseaba tanto tener un bebé que cada día el cuerpo me pedía a gritos que le diera uno. Ese anhelo se desvaneció cuando Gerry se puso enfermo. Se convirtió en el anhelo de otra cosa: que Gerry sobreviviera. Mi cuerpo dedicó toda su energía a hacer lo posible para que sobreviviera, y cuando se fue, el anhelo de tener un hijo murió con él. Había deseado tener un hijo con él, pero él ya no estaba aquí. Mirando su hermoso y retozón bebé, algo resuena dentro de mí, un recordatorio de lo que una vez deseé. Tengo treinta y siete años. Todavía podría suceder. Me voy a vivir con Gabriel, pero creo que ninguno de los dos estamos preparados aún. Él está muy ocupado trabajando la relación con la hija que ya tiene.

—No voy a robar nada —dice la chica, sacándome de mi trance.

—¿Perdón?

—No dejas de mirarme. No voy a robar nada —dice la adolescente, molesta y a la defensiva.

—Lo siento, no estaba, no tenía intención... Estaba soñando despierta —respondo. Me levanto—. ¿Puedo ayudarte en algo?

Me mira fijamente, una larga mirada como si estuviera decidiendo algo, como sopesándome.

—No.

Se va hacia la puerta, suena la campanilla, se cierra. Me quedo mirando la puerta cerrada y recuerdo que ha estado aquí antes. Hace unas semanas, quizá la semana pasada, tal vez varias veces, haciendo lo mismo, curioseando con su bebé. Me acuerdo porque Ciara alabó su turbante y luego, inspirada por la moda, llevó un pañuelo de lunares rojos y blancos durante una semana. La chica nunca ha comprado nada. No pasa nada, la gente siempre curiosea en las tiendas de segunda mano, a la gente le gusta ver lo que antaño fue de otros y luego regalaron, cómo vivieron otros una vez. Hay algo añadido en los objetos que tuvieron un dueño. Hay quien los encuentra más valiosos, otros piensan que usado significa sucio, y luego están quienes disfrutan estando cerca de estas cosas. Pero la chica llevaba razón, no me fiaba de ella.

La camioneta de Mathew y Ciara se detiene delante de la tienda. Ciara se apea; lleva un mono con lentejuelas de los ochenta y zapatillas deportivas. Abren las puertas de atrás y empiezan a sacar artículos.

—Hola, David Bowie.

Ciara sonríe.

—Hemos encontrado verdaderos tesoros, te van a encantar. ¿Qué tal por aquí? ¿Ha ocurrido algo interesante?

—No. Muy poco movimiento.

Mathew pasa a la carrera con dos alfombras enrolladas debajo del brazo, anunciando con su marcado acento australiano:

—Tendremos más alfombras que la casa de un calvo.

Calvo. Pienso en el funeral de Angela, su exposición de pelucas, las cartas para su familia escondidas debajo.

Ciara me observa detenidamente.

—¿Estás bien?

—Sí, Ciara.

Me lo pregunta cada diez minutos.

—Solo quería decirte que lo siento. Una vez más. De verdad que me siento responsable de todo lo que ha ocurrido.

—Ciara, deja...

—No, ni hablar. Si te he complicado la vida, si la he pifiado de plano, lo siento mucho. Por favor, dime qué puedo hacer para arreglarlo.

—No hiciste nada malo, sucedieron cosas, pero no es culpa tuya. Aunque si Joy o algún otro miembro del club pasan por aquí, diles que no estoy interesada, ¿de acuerdo?

—Sí. Por supuesto. Ayer le dije a un tipo que no volviera a venir.

—¿A qué tipo?

—Dijo que era del club. Se llamaba... Poco importa su nombre. No va a regresar, le dejé muy claro que te dejara en paz, sobre todo en tu lugar de trabajo; eso no se hace.

El corazón me palpita con enojo.

—O sea, que vienen aquí.

—¿Vienen?

—Los miembros del club. Antes ha venido una chica. Ya había estado aquí antes, me miraba de una manera extraña. Me ha acusado de acusarla de robar. Seguro que también tiene relación con ellos.

—No... —Ciara me estudia con preocupación—. Mira, no puede ser que pienses que cualquiera que entra aquí y te mira pertenece a ese club.

—Aquella mujer dijo que eran cinco, que quedaban cuatro. Mi Fantasma de la Navidad Pasada,* el de la presente y el de la próxima me han hecho sus respectivas visitas. Nunca van a dejarme en paz, ¿verdad? —pregunto, presa de la ira ante esta invasión de la vida estable, normal y corriente que llevo para superar mi situación personal—. ¿Sabes qué? Voy a reunirme con ellos. Voy a reunirme con la gente de ese club y les diré a las claras que me dejen en paz. ¿Dónde está el teléfono de esa mujer?

Me pongo a revolver los cajones.

—¿Te refieres a Joy? —pregunta Ciara, preocupada—. Quizá sería mejor que lo dejaras correr, Holly; me parece que con el tiempo captarán el mensaje.

Encuentro el trozo de papel y agarro mi teléfono.

—Perdona un momento.

Me voy presurosa hacia la puerta, tengo que hacer esta llamada en la calle.

—Holly —levanta la voz Ciara a mis espaldas—. Recuerda que están enfermos. No son malas personas. Sé amable.

Salgo, cierro la puerta y me alejo de la tienda mientras marco el número de Joy. Voy a decirle a este club que me deje en paz de una vez por todas.

* El Fantasma o el Espíritu de la Navidad Pasada es un personaje de *Cuento de Navidad*, de Charles Dickens. *(N. del T.)*

7

El Club Posdata: te quiero se reúne en la galería de la casa de Joy; el sol matutino del 1 de abril caldea la sala a través de las cristaleras. Su labrador rubio sestea en las baldosas calientes, en el haz de luz solar del centro de la estancia. Tenemos que rodearlo para ir a cualquier parte. Miro a los miembros del club, que están sentados delante de mí, sintiéndome torpe y enojada. Había acordado reunirme con Joy para transmitirle mi bien ensayado y cortés pero firme rechazo a su invitación a involucrarme, pero no que todos los demás fueran a estar aquí. Está claro que cuando le pedí que nos viéramos entendió totalmente lo contrario, y ahora me arrepiento de no habérselo dicho por teléfono en lugar de optar por venir aquí para un honorable desaire cara a cara.

—Es un perezoso, ¿verdad, viejo amigo? —dice Joy, mirando con cariño al perro mientras deja una taza de té y un plato lleno de galletas en una mesa a mi lado—. Está con nosotros desde que nos enteramos de mi diagnóstico, pensamos que nos haría compañía, que sería una distracción para todos, y nos ha venido muy bien. Tiene nueve años —agrega un tanto desafiante—. Tengo esclerosis múltiple.

Bert, un sesentón corpulento que inhala oxígeno a través de una cánula nasal, es el siguiente en hablar.

—Soy demasiado guapo para mi propio bien —dice, guiñando el ojo.

Paul y Joy se ríen entre dientes; Ginika pone los ojos en blanco, la típica adolescente atrapada entre los chistes malos de papá. Estaba en lo cierto sobre lo de la chica de la tienda. No estoy paranoica, después de todo. Sonrío educadamente.

—Pulmones. Enfisema —se corrige Bert, riendo de su broma.

Paul es el siguiente. Es más joven que Bert y Joy, más próximo a mi edad. Guapo, de aspecto engañosamente saludable, es el segundo personaje misterioso que visitó la tienda y que Ciara rechazó.

—Un tumor cerebral.

Joven, guapo, tumor cerebral. Igual que Gerry. Demasiado cercano. Debería marcharme, pero ¿cuál es el momento adecuado para levantarse y marcharse cuando un hombre joven te está hablando de su cáncer?

—Aunque mi situación es un poco diferente a la de los demás —añade—. Ha remitido.

Me quita un ligero peso de encima.

—Es una gran noticia.

—Sí —dice sin dar la impresión de pensar que sea una gran noticia—. Es mi segunda vez, es bastante habitual que los tumores cerebrales vuelvan a aparecer. No estaba listo para irme la primera vez. Si vuelve a ocurrir, quiero estar preparado por el bien de mi familia.

Asiento con la cabeza. El pecho me oprime un poco más; aun reponiéndose se está preparando para morir, por miedo a que reaparezca el tumor.

—Mi marido tenía cáncer cerebral primario —siento la necesidad de agregar, para dar conversación, pero en cuanto las palabras salen de mi boca me doy cuenta de que no es un buen tema de charla. Todos sabemos que mi marido murió.

He venido aquí a poner fin a esto antes de empezar a involucrarme, pero en cuanto he entrado en la sala y he visto al grupo, he tenido la impresión de que alguien había dado la vuelta al reloj de arena. Ahora que los granos de arena están cayendo, me pregunto si tal vez mi presencia aquí esta única vez será todo lo que necesiten. Puedo aliviar mi culpabilidad, intentar ser de ayuda y luego seguir con mi vida. No me llevará más de una hora.

Miro a la adolescente que está sentada a mi lado, Ginika. Tal vez esta visita pondrá fin al acoso de que me han hecho objeto.

Tendrá que ser así, pues voy a decirles a las claras que paren. Su bebé, Jewel, está plácidamente en su regazo, jugando con las pulseras que Ginika lleva en la muñeca. Notando la atención puesta en ella, Ginika habla sin apartar la vista del suelo.

—Cáncer de cuello uterino —dice rotundamente, apretando las muelas al pronunciar estas palabras. Está enfadada.

Bien. Basta. Díselo, acaba de una vez. Diles que no quieres estar aquí, que no puedes ayudarlos. Se hace el silencio.

—Como puedes ver, todos estamos en etapas distintas de nuestras enfermedades —dice Joy, la portavoz del grupo—. La esclerosis múltiple no es una enfermedad terminal sino una afección que dura toda la vida, y últimamente mis síntomas están avanzando. Angela parecía estar reaccionando bien al tratamiento pero luego decayó rápidamente. Paul está muy bien físicamente pero... ninguno de nosotros sabe realmente... Todos tenemos altibajos, ¿verdad? —dice, mirando a sus camaradas—. Creo que puedo hablar en nombre de todos si digo que no sé cuánto tiempo de calidad nos queda. Aun así, aquí estamos, y eso es lo importante.

Todos asienten con la cabeza excepto Ginika, para quien estar aquí no es lo importante.

—Algunos tenemos ideas para nuestras cartas, otros no. Agradeceríamos tu punto de vista.

Esta es la ventana por la que puedo escapar. Son humanos, lo comprenderán, y aunque no lo hagan, qué más me da si les trae sin cuidado mi estabilidad mental; ante todo debo pensar en mí misma. Me enderezo en el asiento.

—Tengo que explicaros...

—Yo tengo una idea —se lanza Bert. Jadea al hablar, pero eso no parece limitar la cantidad de palabras que usa—. Se trata de una ruta del tesoro para mi esposa, Rita, y me vendría bien tu ayuda para poner pistas por todo el país.

—¿Por todo el país?

—Es como un concurso de pub. Por ejemplo, primera pregunta: ¿dónde perdió la vida Brian Boru* en su última bata-

* Rey de Irlanda a finales del siglo X y principios del siglo XI.

lla? Así que Rita va a Clontarf y yo tendré la siguiente pista esperándola allí.

Le da un ataque de tos.

Parpadeo. No es exactamente lo que esperaba oír.

—Creo que estás siendo tacaño —bromea Paul—. Deberías enviar a Rita a Lanzarote como Gerry hizo con Holly.

—¡Anda ya! —resopla Bert, y cruza los brazos sobre el pecho y me mira—. ¿Por qué te envió allí?

—Fue el destino elegido para su luna de miel —contesta Paul por mí.

—¡Ay, sí! —Joy cierra los ojos, embelesada—. Y allí fue donde viste los delfines, ¿verdad?

La cabeza me da vueltas mientras hablan de mi experiencia como si fuese un episodio de un *reality show* de televisión. Una tertulia de cotilleo.

—Dejó los billetes en la agencia de viajes para que ella fuese a recogerlos —dice Ginika a Bert.

—Ah, sí —responde él, recordándolo.

—¿Cuál era la conexión con los delfines? Creo que no lo dijiste en el *podcast* —pregunta Paul, alcanzando una galleta de chocolate.

Todos tienen los ojos puestos en mí y me siento extraña al oírles hablar sobre las cartas de Gerry de esta manera. Me consta que hablé brevemente de ellas con Ciara, en una tienda pequeña, delante de treinta personas, pero olvidé que aquello podía llegar más lejos, que podría descargarse en dispositivos para que la gente lo escuchara en su casa a modo de entretenimiento. Oírles comentar tan despreocupadamente uno de los momentos más importantes, profundos y oscuros de mi vida hace que me sienta lejana, como si estuviera en un viaje astral.

Miro a unos y a otros, intentando seguir el ritmo de su conversación. Me dirigen preguntas como si estuviese participando en un concurso televisivo, a contrarreloj. Quiero contestarles pero no logro pensar lo suficientemente deprisa. Mi vida no puede resumirse en rápidas respuestas monosilábicas; requiere contexto, puesta en escena, explicaciones y respuestas emocionales, no ráfagas de preguntas a quemarropa. Oírles hablar sobre el proceso de escribir y dejar aquellas cartas de manera tan caballeresca tiene algo de surrealista que hace que me hierva la sangre. Tengo ganas de sacudirlos a todos y decirles que escuchen lo que están diciendo.

—La carta que realmente me interesa a mí es la de las semillas de girasol. ¿Es verdad que esta es tu flor favorita? —pregunta Joy—. ¿Gerry te pidió que las plantaras? La idea me gusta bastante. Me gustaría pedir a Joe que plantara un árbol o algo por el estilo en mi nombre, así luego lo verían cada día y pensarían en...

—Los años transcurridos desde que dejaste este mundo —interrumpo sin pensar. Mi tono es más áspero de lo que pretendía.

—Oh —dice, primero sorprendida, después disgustada—. No me lo había planteado así. Más bien como algo que les hiciera acordarse de mí.

Mira a los demás miembros del club en busca de apoyo.

—Pero es que se acordarán de ti. Te recordarán cada segundo de cada día. Serán incapaces de dejar de recordarte. Todo lo que digan, todo lo que huelan, coman, oigan, absolutamente todo lo que conforma sus vidas está vinculado a ti. En cierto modo, los rondarás. Constantemente estarás en su mente, incluso cuando no te quieran ahí, porque necesitarán que te hayas ido para poder salir adelante. A veces harán cualquier cosa con tal de no pensar en ti. No necesitarán plantas y árboles nuevos para verte, no necesitarán un cuestionario para recordarte. ¿Lo entiendes?

Joy asiente con la cabeza rápidamente y me doy cuenta de que he levantado la voz. Ha parecido que estuviera enojada cuando no era esa mi intención. Procuro controlarme, retomar las riendas. Mi reacción me ha sorprendido por la aspereza de mi tono de voz.

—Holly, las cartas de Gerry te gustaron, ¿verdad? —pregunta Paul, rompiendo el silencio atronador.

—¡Sí, por supuesto!

Noto que lo he dicho a la defensiva. Claro que me gustaron. Viví un año entero esperando sus cartas.

—Es solo que me ha parecido un poco... —comienza Paul, pero le interrumpe la mano que Joy posa en su rodilla.

—¿Un poco qué?

—Nada.

Levanta las manos como disculpándose.

—Tienes razón, Holly —dice Joy lenta y pensativamente, estudiándome mientras habla—. Quizá lo verían como un indicador de mi muerte más que como una manera de conmemorar mi vida. ¿Fue eso lo que te hicieron sentir las semillas de girasol?

Me noto sudorosa. Acalorada.

—No. Los girasoles me gustaron. —Vuelvo a oír mis palabras, tan cuidadosamente precavidas que parecen llevar armadura—. Cada año los planto el mismo día. Gerry no me dijo que lo hiciera. Simplemente decidí que quería seguir haciéndolo.

Joy se queda impresionada y toma nota en su libreta. No les explico que fue idea de mi hermano Richard, que los ha estado plantando y manteniendo vivos todo este tiempo. Pero lo cierto es que los miraba. Los miraba constantemente. A veces no podía soportar verlos, otras veces me atraían; en los días buenos apenas reparaba en su presencia.

Joy prosigue con sus cavilaciones mientras yo, incómoda, siento vergüenza ajena.

—Plantar algo cada año en la misma fecha. Quizá el día de mi fallecimiento... o, no... —Hace una pausa y me mira, señalándome con el bolígrafo—. Mi cumpleaños. Es más positivo.

Esbozo un gesto de asentimiento.

—Me falta imaginación para este tipo de cosas —suspira.

—A mí me sobra —dice Bert; le toca defenderse—. Lo tengo todo planeado. Me dio la idea mi vecino. Me encantan los concursos. Se divertirá mucho, hace tiempo que no hemos salido de viaje por culpa de esto —dice, señalando la bombona de oxígeno con el pulgar.

—¿Y si no sabe las respuestas? —pregunto.

Todos me miran.

—Cómo no va a saberlas. Será un concurso de cultura general. ¿Dónde fue derrotado Brian Boru? ¿Qué grupo de islas dan nombre a un suéter? ¿De dónde es Christy Moore?* Y entonces se irá a Limerick a buscar la pista siguiente.

—Christy Moore es de Kildare —digo.

—¿Cómo? ¡No, qué va! —responde Bert—. Estoy seguro, le escucho constantemente.

Paul saca su teléfono para buscarlo en Google.

—Kildare —dice Ginika, poniendo los ojos en blanco—. Por el amor de Dios, Bert. Esto no va a funcionar si ni tú mismo sabes las respuestas a tus propias preguntas. ¿Y a cuál de las islas Aran se supone que tendrá que ir? ¿Y a qué edificio? ¿Encontrará tu carta en el suelo cuando baje de la barca? ¿Estará bamboleándose dentro de una botella en la playa? Tienes que ser más concreto.

Paul y Joy se ríen. Yo no puedo. Todo esto es demasiado irreal. ¿Cómo he terminado tan empantanada en esta conversación?

—Ya vale, basta —dice Bert, poniéndose nervioso.

—Menos mal que tenemos a Holly aquí para guiarnos — dice Joy, dejando de mirarlos para mirarme, frunciendo el ceño con perplejidad, como diciendo: «¿Ves? Por eso te necesitamos».

Hace bien en preocuparse. Esto es serio, tienen que dejarse de payasadas. Debo ayudarlos a centrarse.

—Bert, ¿y si tu esposa no sabe las respuestas? Estará afligida. Te quedas con el cerebro averiado, créeme. Puede que se sienta presionada, como si se tratara de un examen. Quizá deberías apuntar las respuestas y dejárselas a alguien para que se las dé.

—¡Entonces hará trampa! —exclama Bert—. La verdadera razón de todo esto es que se vaya lejos de aquí, a pensar.

—Dale las respuestas a Holly —sugiere Joy—. Y si Rita se atasca en alguna, podrá llamar a Holly.

Se me revuelve el estómago. Se me cae el alma a los pies. Solo voy a estar aquí una hora. Una hora, nada más. Díselo, Holly, díselo.

—Holly, puedes ser la guardiana de nuestras misivas, si quie-

* Christy Moore es un cantante, compositor y guitarrista folclórico irlandés. (N. del T.)

res —dice Bert, saludándome—. Mientras nosotros nos vamos a la guerra.

Esto no es lo que había planeado. Me había convencido a mí misma de que podía pasar una hora con ellos, escuchar sus ideas para las cartas, orientarlos, y después desaparecer de sus vidas. No quiero involucrarme. Si Gerry hubiese contado con alguien que le ayudara con sus cartas, yo habría atosigado con preguntas a ese alguien. Habría querido saber más y más, acosándolo para enterarme hasta del último detalle de sus momentos secretos. Faltó poco para que invitara a Barbara, la guía turística, a tomar copas en mi casa por Navidad a fin de que pasara a formar parte de mi vida, pero me di cuenta de que sería una imposición. Barbara no podía darme más información, la estaba exprimiendo hasta dejarla seca sobre lo que había sido una experiencia corta, rogándole que me la refiriera una y otra vez.

Y aquí están estos desconocidos, haciendo planes para convertirme en su guardiana cuando mueran. Se habrán ido, y el consejo que les dé afectará a sus seres queridos para siempre. Debería marcharme de inmediato, antes de involucrarme más de la cuenta, antes de que sea demasiado tarde. Debería ceñirme a mi plan. He venido aquí a decirles que no cuenten conmigo.

—Oh, mira por dónde —dice Joy, vertiendo lo que queda de té en su taza, llenándola de tal manera que el té se derrama por el borde y se acumula en el platillo—. Nos hemos quedado sin té. Holly, ¿te importaría?

Cojo la tetera en un estado de aturdimiento, paso por encima del perro y salgo de la habitación. Mientras espero que el agua hierva, intentando dilucidar cómo escapar de esta pesadilla, sintiéndome atrapada y presa del pánico, oigo que se abre la puerta exterior de la cocina y que entra un hombre. Se limpia los pies en el felpudo. Se mete en la cocina mientras me preparo para nuestro encuentro.

—Oh —dice el hombre—. Hola. Tú debes de ser del club de lectura.

Me quedo atónita.

—Sí, sí, el club de lectura —contesto; dejo el hervidor y me seco las manos en los vaqueros.

—Soy Joe, el marido de Joy.

—Yo, Holly.

Me da la mano, me mira detenidamente.

—Te veo... bien... Holly.

—Estoy muy bien, gracias —digo riendo, y una fracción de segundo más tarde capto lo que quiere decir. Quizá no sepa la verdadera razón que se esconde tras el supuesto club de lectura, pero sin duda ha reparado en que sus miembros no están nada bien.

—Me alegra saberlo.

—Estaba a punto de marcharme, en realidad —digo—. Solo estaba preparando más té antes de irme. Llego tarde a una cita. Ya la he cancelado dos veces y realmente no puedo volver a hacerlo, o no me la volverán a dar —cotorreo.

—Pues será mejor que te vayas, no voy a permitir que la pierdas otra vez. Yo me encargo del té.

—Gracias. —Le paso la tetera—. ¿Le importaría darles mis disculpas por haberme tenido que ir?

—En absoluto —dice Joe.

Me dirijo hacia la puerta principal. Puedo escapar fácilmente. Pero hay algo en sus movimientos que me detiene y hace que le observe.

Abre un armario y después otro. Se rasca la cabeza.

—¿Té, dices? —pregunta, abriendo un cajón. Se vuelve a rascar la cabeza—. No sé muy bien... —musita mientras busca.

Me acerco a él, alcanzo el armario que queda encima de la tetera y abro la puerta, revelando la lata del té.

—Aquí está.

—Ah —dice, cerrando el cajón de abajo, que contiene ollas y sartenes—. Así que aquí es donde lo guarda. El té siempre lo prepara Joy. Seguramente también querrán el azucarero. —Se pone a abrir más armarios. Me mira—. Vete enseguida, no quiero que pierdas esa cita.

Vuelvo a abrir el armario. Está al lado del té.

—Lo encontré.

De repente da media vuelta y tumba un jarrón con flores. Me apresuro a ayudarlo y recojo el agua con un trapo. Cuando termino, el trapo está inutilizable.

—¿Dónde tienen la lavadora?

—Oh, diría que está... —Mira en derredor otra vez.

Abro el armario que hay al lado del lavavajillas y encuentro la lavadora.

—Ahí la tienes —dice—. Conoces este sitio mejor que yo. A decir verdad, Joy es quien lo hace todo aquí —reconoce con un aire de culpa, como si yo no lo pudiera haber supuesto—. Siempre dice que estaría perdido sin ella.

Parece una frase que soliera decir, pero que ahora tiene un significado real. La vida sin Joy se está aproximando. Es real.

—¿Cómo está ella? —pregunto—. Se la ve muy positiva.

—Joy siempre está animada, al menos ante los demás, pero para ella es cada vez más difícil. Pasó una buena temporada sin que hubiera cambios, no empeoraba. Creíamos que eso iba a ser todo, pero luego avanzó; y cuando avanza el cuerpo se deteriora.

—Lo siento —digo en voz baja—. Por los dos.

Frunce los labios y asiente con la cabeza.

—Pero sé dónde está la leche —dice, reanimándose y abriendo una puerta.

Cae una escoba.

Ambos nos echamos a reír.

—Más vale que te vayas a esa cita —dice otra vez—. Sé cómo son esas cosas. Lista de espera tras lista de espera, la vida es una enorme sala de espera.

—No pasa nada. —Recojo la escoba del suelo, se me han quitado las ganas de huir. Suspiro para mis adentros—. Eso puede esperar.

Cuando regreso al grupo con la tetera llena, Bert ha palidecido. La energía que su medicación le ha dado durante una hora se ha esfumado, y se ha quedado exhausto. Como si ya lo hubiese previsto, su cuidador ha llegado para recogerlo.

—¿Por qué no hablamos sobre esto con más detalle la próxima vez que nos reunamos? —propone Bert. Se toca la nariz de una manera discreta pero terriblemente obvia, y ladea la cabeza hacia su cuidador, que está hablando con Joe en el recibidor. La barbilla se le bambolea al moverse—. Y que no sea en mi casa porque Rita sospechará.

—Pues aquí —dice Joy—. Podemos volver a reunirnos aquí.

—Sería abusar de ti, Joy —dice Paul.

—Puedo tomar el relevo donde Angela lo dejó. Prefiero hacerlo de esta manera —añade Joy con firmeza, y queda claro, al menos para mí, que a Joy le conviene quedarse en casa por más de un motivo.

—Por mi parte, de acuerdo —responde Bert—. ¿Qué os parece dentro de dos días, a la misma hora? Si quedamos mañana, Rita tendrá celos de Joy. —Ríe entre dientes y guiña el ojo—. ¿Volverás a venir, Holly?

Todos me miran una vez más.

No debería involucrarme en este club. No quiero involucrarme en este club. No puede ser saludable.

Pero todos me están mirando, esperanzados y expectantes. Jewel, el bebé de Ginika, emite un sonido, como sumándose a ellos, tratando de convencerme junto con el grupo. Gorjea felizmente. Tiene seis meses, podría tener un año cuando su madre muera.

Miro uno tras otro a los miembros de esta abigarrada pandilla. A Bert le cuesta trabajo respirar, Joy apenas logra mantener la compostura. Yo ya he pasado por eso, sé lo cortos que pueden ser seis meses, lo deprisa que todo puede cambiar, cómo puede deteriorarse la salud en dos semanas, cómo pueden cambiarlo todo veinticuatro horas.

Leí un artículo sobre cómo se detienen los relojes para mantener nuestro tiempo en sincronía con el universo. Se llama el segundo intercalar: un ajuste de un segundo que se aplica al Tiempo Universal Coordinado porque la velocidad de rotación de la Tierra cambia irregularmente. Se inserta un segundo intercalar positivo entre el segundo 23.59.59 y el segundo 00.00.00 de la fecha siguiente, ofreciendo a nuestra vida un segundo adicional. Los artículos de periódicos y revistas han planteado la cuestión: ¿qué puede suceder en un segundo? ¿Qué podemos lograr con este tiempo adicional?

En un segundo se envían casi dos millones y medio de e-mails, el universo se expande quince kilómetros y explotan treinta estrellas, una abeja puede aletear doscientas veces, el caracol más rápido recorre 1,3 centímetros, los objetos pueden caer un metro ochenta, y un «¿Quieres casarte conmigo?» puede cambiar una vida.

Nacen cuatro bebés. Mueren dos personas.

Un segundo puede separar la vida y la muerte.

Sus rostros expectantes me miran fijamente, aguardando esperanzados.

—Démosle tiempo para que lo piense —dice Joy gentilmente, pero su decepción es patente.

Todos se baten en retirada.

8

La ira ha regresado y se ha adueñado de mí. Estoy enojada, estoy furiosa. Quiero chillar. Necesito espantarla a gritos, quitármela de encima llorando, exorcizarla antes de regresar a casa en bici. Seguramente mi bicicleta no soportaría el peso adicional, no podría lidiar con el desequilibrio emocional en constante cambio. Pedaleo hasta perder de vista la casa de Joy, desmonto, suelto perezosamente la bicicleta en el suelo y me pongo en cuclillas apoyada contra una pared rebozada, pintada de blanco, cuyo revoque se me clava en la espalda. El Club Posdata: te quiero no es Gerry pero lo representa, simboliza su viaje, su lucha, su propósito. Siempre sentí en el corazón que el objetivo de las cartas de Gerry era guiarme; sin embargo, la motivación de esta gente es el miedo a ser olvidada. Me parte el alma y me pone furiosa. Porque, Gerry, amor mío, ¿cómo ibas a pensar que te olvidaría, que podría olvidarte?

Tal vez la raíz de mi rabia sea que mentí a Ciara cuando le dije que ya no sentía su presencia. Jamás podré olvidarlo, pero Gerry se está desdibujando. Aunque vive en las historias que nos contamos y en mi memoria, cada vez me resulta más difícil evocar con nitidez al emotivo y animado Gerry que fue en vida. No quiero olvidarlo, pero cuanto más sigo adelante y más experiencias nuevas tengo, más apartados a un lado quedan los recuerdos. Vender la casa, irme a vivir con Gabriel... La vida no permite que me quede quieta y recuerde sin cesar. No. Tomé la decisión de no permitirme quedarme quieta y recordar. Aguardando... ¿Aguardando qué, una reunión en la muerte que ni siquiera sé si tendrá lugar?

—Hola.

Oigo una voz a mi lado y me pongo de pie, sobresaltada.

—Hola, Ginika, me has dado un buen susto.

Observa la bicicleta, el lugar donde me encuentro, mi postura. Tal vez reconozca los escondites a primera vista.

—No vas a volver, ¿verdad?

—He dicho que lo pensaría —respondo, poco convincente. Estoy cabreada, estoy nerviosa. No sé qué demonios quiero.

—Bah, no volverás. No pasa nada. Bueno, todo esto es un poco raro, ¿no crees? Nosotros, el grupo. Aun así, nos da algo que hacer. Algo en lo que concentrarnos, pensando en nuestras cartas.

Exhalo lentamente. No puedo enfadarme con Ginika.

—¿Tienes idea de lo que quieres hacer?

—Sí. —Agarra mejor el muslo del bebé que lleva apoyado en la cadera—. Pero no es, digamos, tan ingeniosa como las de los demás.

—No tiene que ser ingeniosa, basta con que sea tuya. ¿Qué idea has tenido?

Le da vergüenza y evita mirarme a los ojos.

—Es una carta, sin más. Una sola carta. De mí para Jewel.

—Qué idea tan hermosa. Es perfecta.

Parece disponerse a decir algo y me preparo. Ginika es fuerte, resuelta, dispara desde la cadera, una cadera que carga con el bebé que parió.

—Antes te has equivocado al decir que todos nos recordarán cuando nos hayamos ido. Jewel no me recordará. —Agarra al bebé con más firmeza—. No se acordará en absoluto de mí. Ni de mi olor ni de ninguna de las demás cosas que dijiste. No mirará nada que le haga pensar en mí. Sea para bien, o sea para mal. Nunca.

Lleva razón. No lo había tenido en cuenta.

—Por eso tengo que contárselo todo. Todo desde el principio, todas las cosas sobre mí que ahora sabe pero que no va a recordar, y todas las cosas sobre ella de bebé, porque no habrá nadie que se lo cuente. Porque si no lo escribo todo sobre ella, nunca lo sabrá. Lo único mío que tendrá será una carta para el resto de su vida, y esa carta tengo que escribirla yo. Hablando de mí y de ella. Todo lo que solo nosotras sabemos, pero que ella no recordará.

—Es una idea preciosa, Ginika, y muy acertada. Estoy segura de que Jewel la guardará como oro en paño.

Son palabras ligeras comparadas con el peso de su realidad, pero algo tengo que decir.

—No puedo escribirla.

—Claro que puedes.

—No, en serio. No sé escribir. Apenas sé leer. No puedo hacerlo.

—Oh.

—Dejé el colegio. Me costaba demasiado seguir el ritmo. —Mira alrededor, avergonzada—. Ni siquiera puedo leer ese letrero de ahí arriba.

Miro la señal de tráfico. Estoy a punto de explicarle que dice «Calle sin salida», pero caigo en la cuenta de que no importa.

—No puedo leerle cuentos a Jewel cuando la acuesto. No puedo leer las instrucciones de mis medicamentos. No puedo leer el papeleo del hospital. No puedo leer direcciones. No identifico los autobuses. Sé que tú eres muy lista y tal, probablemente no lo entenderás.

—En realidad no soy lista, Ginika —digo, con una risa amarga. Si hubiese sido lista, hoy no habría ido a casa de Joy y ahora no me encontraría en esta situación. Si fuese lista, podría pensar con claridad a través de la bruma y la niebla, y sabría exactamente qué paso dar a continuación, en lugar de estar plantada aquí, sintiéndome emocionalmente disminuida, siendo supuestamente una adulta con experiencia enfrentada a una adolescente pero incapaz de ayudarla u orientarla. Quisiera encontrar perlas de consejo e inspiración, pero mis manos se mueven inútilmente en el vacío. Estoy demasiado enfrascada intentando limpiar la mierda de mis propias alas en lugar de enseñar a volar a una mujer más joven.

—No pido ayuda —dice Ginika—. Siempre he sido capaz de arreglármelas por mi cuenta. No necesito a nadie. —Pasa a Jewel a la otra cadera—. Pero alguien debe ayudarme a escribir la carta —dice como si le arrancaran las palabras con un sacacor-chos de tanto que le cuesta expresarlo.

—¿Por qué no pides a alguien del club que te la escriba? —sugiero, tratando de escabullirme—. Seguro que Joy lo haría de maravilla. Puedes contarle exactamente lo que quieres decir y ella puede ponerlo por escrito, exactamente como tú quieras. Puedes confiar en ella.

—No. Quiero escribirla yo. Quiero aprender a escribir esta carta para Jewel. Así sabrá que he hecho algo bueno por ella, gracias a ella. Y no quiero pedírselo a nadie del club. Tienen bue-na intención pero no se enteran de nada. Te pido ayuda a ti.

La miro atónita, aturdida por la enormidad de esta petición.

—¿Quieres que te enseñe a escribir? —pregunto lentamente.

—¿Puedes? —Me mira, sus grandes ojos castaños profundos y suplicantes.

—Podría... —empiezo a decir, nerviosa, pero acto seguido pongo coto a mis emociones, el deseo de protegerme es dema-siado fuerte—. Me gustaría tomarme un tiempo para pensarlo.

Ginika hunde los hombros, su actitud se distiende. Se ha tra-gado el orgullo para pedir ayuda y, egoísta y cobarde, me falta valor para decirle que sí.

Sé que es prosaico, sé que resulta tedioso decir esto cuando ha transcurrido tanto tiempo, cuando todo va bien, cuando soy algo más que una mujer afligida, pero a veces hay cosas que me afectan y todo se va al garete. Pierdo a Gerry una vez más y vuel-vo a ser solo una mujer afligida.

La rotura de su tazón favorito de *La guerra de las galaxias*. Tirar nuestras sábanas. Cuando su ropa perdió su olor. La cafe-tera estropeada, el sol que perseguíamos todos los días como dos planetas desesperados. Pérdidas pequeñas pero enormes. To-dos tenemos alguna cosa que nos hace descarrilar cuando esta-mos avanzando suave, dichosa y fervorosamente. Este encuen-tro con el club es la mía. Y duele.

Mi reacción instintiva es replegarme, retroceder, enroscarme como un erizo, pero nunca esconderme o huir. Los problemas son excelentes cazadores con las fosas nasales dilatadas y los dientes afilados; sus órganos sensoriales garantizan que no existe un lugar donde no vayan a encontrarte. Nada les gusta más que tener el control, estar al mando, depredadores de la presa que eres tú. Esconderte de ellos les otorga poder, incluso nutre sus fuerzas. Lo que hace falta es un encuentro cara a cara, pero bajo tus condiciones, en tu territorio. Voy al lugar donde proceso y reconozco lo que está sucediendo. Pido ayuda; me la pido a mí misma. Sé que en última instancia soy la única persona que puede curarme. Está en nuestra naturaleza. Mi mente perturbada llama a mis raíces para que caven hondo y me estabilicen.

Pedaleo alejándome de Ginika, con el corazón palpitando, las piernas temblorosas, pero no me voy a casa. Como si fuese una paloma mensajera, una brújula interior toma las riendas y me encuentro en el cementerio, mirando una pared del columbario. Leo las consabidas palabras de una de las frases predilectas de Gerry y me pregunto cómo y cuándo empezó a perseguirme el pasado, cuándo empecé a huir y en qué momento me alcanzó. Me pregunto cómo es posible que todo lo que tanto trabajo me ha costado construir se haya derrumbado tan repentinamente.

Maldito seas, Gerry. Has regresado.

9

Observo cómo clavan el cartel de SE VENDE en la tierra del jardín delantero.

—Me alegra de que por fin lo hayamos conseguido —dice la agente inmobiliaria, interrumpiendo mis pensamientos.

Tomé la decisión de vender la casa en enero, y ahora estamos en abril. He cancelado nuestras citas unas cuantas veces, una clara muestra del péndulo yin-yang que oscila en mi recién alterado estado de ánimo, aunque a Gabriel le decía que quien cancelaba una vez tras otra era la agente inmobiliaria. Tuve que forcejear para tirar su teléfono al suelo cuando amenazó con decirle lo que pensaba. Mi renuencia no se ha debido a que haya cambiado de opinión, sino a que parece ser que he perdido la capacidad de concentrarme en las tareas más normales y corrientes. Aunque mientras contemplo el cartel de SE VENDE perturbando la paz del parterre de narcisos, constato que esta no es una tarea normal y corriente.

—Perdona, Helen, mi agenda no para de cambiar.

—Lo comprendo. Todos llevamos vidas muy ajetreadas. La buena noticia es que tengo una lista de personas muy interesadas; es un primer hogar ideal. Así que pronto me pondré en contacto contigo para organizar visitas.

Un primer hogar. Miro el cartel por la ventana. Echaré de menos el jardín; para nada hacer el trabajo físico que delegué en mi hermano jardinero Richard, pero echaré de menos la vista y la evasión. Richard creó un refugio para mí en el que podía desaparecer cuando se me antojaba. Él añorará este jardín y yo encontraré a faltar la relación que tenemos gracias a este jardín; es algo que nos vincula. La casa de Gabriel tiene un patio en la parte de atrás, con un hermoso, maduro y solitario cerezo de flores de color rosa. Me siento en la galería a mirarlo, cautivada cuando está en flor y deseosa de que florezca en invierno. Me pregunto si debería cultivar más plantas, cómo se sentiría Gabriel si añadiera una maceta de girasoles, en consonancia con mi tradición anual desde que Gerry me envió las semillas en una de sus diez cartas. Si este es mi primer hogar, ¿significa que la casa de Gabriel es el gran acontecimiento? ¿O habrá un tercer plato con él o con otra persona que tengo que esperar con impaciencia?

Helen me está mirando.

—¿Puedo hacerte una pregunta? Es acerca del *podcast*. Lo encontré precioso, increíblemente conmovedor, no sabía por lo que habías pasado.

Eso me irrita; no estoy en absoluto preparada para el repentino viraje hacia mi vida y mis pensamientos personales en medio de un momento normal de la vida.

—El marido de mi hermana murió. Infarto, repentino. Solo cincuenta y cuatro.

Veinticuatro años más de los que tenía Gerry. Solía hacer esto, un cálculo de cuántos años más que yo había pasado la gente con el amor de su vida. Resulta frío, pero me ayudaba a alimentar la amargura que de vez en cuando cobraba vida y se zampaba cualquier cosa esperanzadora. Parece ser que he recuperado ese don.

—Lo siento mucho.

—Gracias. Me estaba preguntando... ¿Has conocido a alguien?

Me quedo de piedra.

—En su última carta, tu marido te dio su consentimiento, su permiso para que encontraras a otro. Parece tan... insólito. No me imagino a mi cuñado haciendo algo semejante. Aunque tampoco me la imagino a ella con otro. Xavier y Janine. Te sale así sin más, ya sabes.

No del todo, pero esa es la cuestión, ¿no? Personas que no

encajan de repente lo hacen y luego no cabe imaginar que otra persona pueda encajar. Circunstancia y casualidad chocan para sincronizar a dos personas que hasta entonces se repelían, por lo que se ven arrastradas a un campo electromagnético. El amor, tan natural como el movimiento de las placas tectónicas con consecuencias sísmicas.

—No.

Parece incómoda por haber preguntado, comienza a recular.

—Supongo que solo existe un amor verdadero. Tienes suerte de haberlo conocido —me espeta—. Al menos es lo que dice mi hermana. Bien, pues pondré esto en marcha y te llamaré tan pronto como concierte visitas.

Quizá parezca una mentira, que soy un Judas para mi Gabriel, pero no quería decirle que no he vuelto a encontrar el amor. Lo que me ha empujado a contradecirme ha sido el oírla parafrasear la última carta de Gerry. No recibí ni necesitaba el consentimiento ni el permiso de Gerry para enamorarme otra vez; siempre he tenido ese derecho humano a elegir a quién amar y cuándo amarlo. Lo que hizo Gerry fue darme su bendición, y fue esa bendición la que resonó más fuerte en el coro griego de mi mente cuando empecé a salir de nuevo. Su bendición alimentó un deseo que ya residía en mí. Los humanos tenemos anhelos insaciables de riqueza, posición y poder, pero tenemos hambre, sobre todo, de amor.

—¿En qué habitación sucedió? —pregunta Helen.

—¿Su muerte? —pregunto a mi vez, sorprendida.

—¡No! —dice espantada—. ¿Dónde fueron escritas o descubiertas o leídas? Se me ha ocurrido que podría ser útil cuando muestre la casa. Siempre viene bien una anécdota que contar. La habitación donde se escribieron las preciosas cartas de Posdata: te quiero —dice sonriendo, su cabeza de vendedora a toda máquina.

—Fue en el comedor —digo, inventándomelo. No sé dónde escribió las cartas Gerry, nunca lo sabré, y las leía en todas las habitaciones, constantemente, una y otra vez—. La misma habitación donde murió. También puedes contárselo a los clientes.

Su aliento, caliente, en mi rostro. Sus mejillas hundidas, su piel pálida. Su cuerpo está muriendo, su alma sigue aquí.

—Nos vemos en el otro lado —susurra—. Sesenta años. Preséntate o te arrepentirás.

Sigue intentando ser divertido, es la única manera en que puede hacer frente a la situación. Mis dedos en sus labios, mis labios en los suyos. Inhalo su aliento, inhalo sus palabras. Las palabras significan que está vivo.

Todavía no, todavía no. No te vayas todavía.

—Te veré en todas partes. —Mi contestación.

No hablamos más.

10

Observo a Denise, buscando un indicio para saber a qué atenerme. Parece tranquila pero es imposible descifrar su expresión. Recuerdo la cara que puso cuando anunció su compromiso, su piso, su ascenso, unos codiciados zapatos conseguidos en unas rebajas; cualquier anuncio de buenas noticias se ha visto precedido por esta solemnidad, a fin de engañarnos para que pensemos que nos va a dar malas noticias.

—No.

Niega con la cabeza y arruga el semblante.

—Oh, cariño —dice Sharon, alcanzándola para darle un abrazo.

Hacía varios años que no veía a la efervescente Denise. Está más amansada, más reservada, distraída. Nos vemos con menos frecuencia. Está agotada, constantemente somete su cuerpo a situaciones de estrés. Este es el tercer intento de inseminación artificial que fracasa en seis años.

—Se acabó, no podemos volver a hacerlo.

—Podéis seguir probándolo —dice Sharon en un tono reconfortante—. Conozco a una pareja que lo intentó siete veces.

Denise llora más.

—No puedo hacerlo cuatro veces más. —Su voz rezuma tristeza—. No podemos permitírnoslo ni siquiera una vez más. Esto nos ha arruinado. —Se enjuga las lágrimas bruscamente, la pena convertida en enfado—. Necesito una copa. —Se levanta—. ¿Vino?

—Deja que la pida yo —digo, levantándome a mi vez.

—No —me espeta—. La pido yo.

Me siento enseguida.

—Tú también tomarás una copita, Sharon —digo en un tono que espero sepa descifrar.

Quiero que pida vino, que acepte la copa, que haga como que se la bebe, cualquier cosa con tal de distraer la atención del hecho de que Sharon tiene algo creciendo dentro de ella que es lo único que desea Denise. Pero Sharon no lo capta. Cree que se me ha olvidado. Hace carotas ridículas, abriendo mucho los ojos, en un intento de recordármelo en secreto, pero Denise repara en la pantomima y sabe en el acto que está pasando algo.

—Para mí agua con gas —dice Sharon finalmente a Denise.

Suspiro y me apoyo en el respaldo. Lo único que tenía que hacer era pedir la maldita copa. Denise no se habría fijado. Los ojos de Denise recorren el cuerpo de Sharon, como si estuviera haciéndole una ecografía.

—Felicidades —dice secamente Denise, antes de dirigirse a la barra.

—Micrda —dice Sharon, exhalando.

—Solo tenías que pedir vino —entono—. Era lo único que tenías que hacer.

—Pues claro, ahora lo capto, pero no entendía lo que estabas haciendo; creía que lo habías olvidado. Ay, Dios mío —agrega, llevándose la mano a la cabeza—. Pobre Denise.

—Pobre de ti.

Denise regresa a la mesa. Deja las copas de vino y el agua, se acerca a Sharon para darle un abrazo. Se abrazan durante largo rato.

Tomo un buen trago de vino que me quema la garganta.

—¿Puedo consultaros una cosa?

—Claro —dice Denise, preocupada y contenta de que la distraigan.

—Después del *podcast* de Magpie, una señora del público se quedó tan conmovida por lo que había oído que ha montado un club. Lo llama el Club Posdata: te quiero. Lo forman personas que están enfermas y quieren escribir cartas a sus seres queridos, tal como lo hizo Gerry.

—Madre mía... —dice Denise, mirándome con los ojos como platos.

—Vinieron a verme y me pidieron que los ayude a escribir sus cartas.

Denise y Sharon cruzan una mirada de preocupación, cada cual intentando averiguar lo que piensa la otra.

—Necesito vuestra sincera opinión, por favor.

—¿Quieres ayudarlos? —pregunta Denise.

—No —contesto tajante—. Pero luego pienso en lo que los estaría ayudando, sé el valor de lo que están haciendo y me siento un poco obligada.

—No estás obligada —dice Sharon, tajante.

Ambas se quedan pensativas.

—Mirando el lado positivo —comienza a decir Denise—, es bonito que te lo pidieran.

No podemos negar la belleza de ese gesto.

—Pero siendo realistas —interviene Sharon—, para ti será como revivirlo todo otra vez. Sería ir para atrás.

Se hace eco de las preocupaciones de Gabriel con el *podcast* y también de lo que opina la mitad de mi familia. Voy mirando a una y a otra como si asistiera a un partido de tenis; mis dos mejores amigas reproducen la misma conversación que he tenido en la cabeza toda la semana.

—A no ser que en realidad la impulse hacia delante. Ha progresado mucho —defiende Denise—. Ahora es una Holly distinta. Tiene una vida nueva. Trabaja. Se asea. Está vendiendo su casa, se va a vivir con el arboricultor sexy.

Cuanto más habla Denise, más nerviosa me pongo. He trabajado muy duro para conseguir todas estas cosas. No las puedo deshacer.

Sharon me observa, preocupada.

—¿Están muy enfermos?

—¡Sharon! —Denise le da un codazo—. Estar enfermo es estar enfermo.

—Estar enfermo no es estar enfermo —replica Sharon—. Está la enfermedad y luego está...

Saca la lengua y cierra los ojos.

—¿Lo espantoso? —concluye Denise.

—No todos son enfermos terminales —admito, procurando parecer esperanzada—. Hay un tío, Paul, que se está recuperando, y Joy tiene una enfermedad degenerativa... crónica.

—Vaya, qué panorama tan prometedor —dice Sharon con sarcasmo. No le gusta la idea. Me mira con su temible cara de madre que no admite tonterías—. Holly, debes estar preparada. Estarás ayudando a esas personas porque están enfermas y se van a morir. Vas a tener que decir adiós una y otra vez.

—Pero imagina lo bonito que podría ser. —Denise cambia de tono, ante nuestra sorpresa—. Cuando escriban las cartas. Cuando mueran sabiendo que lo han conseguido. Cuando sus seres queridos lean sus cartas. Piensa en esa parte. ¿Recuerdas cómo nos sentíamos, Sharon, cuando Holly abría un sobre el primer día de cada mes? Nos era imposible aguardar a saber de ella.

»Holly, recibiste un regalo de Gerry y estás en condiciones de pasárselo a ellos. Si te ves capaz, si crees que te hará bien, deberías hacerlo; si piensas que te deprimirá, no lo hagas y no te sientas culpable por ello.

Sabias palabras, aunque un tajante *sí* o un tajante *no* me habría sido de más ayuda.

—¿Qué opina Gabriel?

—Todavía no se lo he contado, pero ya sé lo que dirá. Dirá que no.

—¿Dirá que no? —dice Sharon, malhumorada—. No le estás pidiendo permiso.

—Ya lo sé, pero... Ni yo misma sé si es buena idea.

—Pues en este caso, ahí tienes tu respuesta —dice Sharon en un tono categórico.

Entonces ¿por qué sigo haciéndome la pregunta?

Desconecto durante el resto de su conversación, la cabeza me va de un lado para otro persiguiendo ambas opciones, buscando una decisión. Siento que debería hacerlo, sé que no debería.

Nos separamos, volvemos a nuestras vidas, volvemos a nuestros problemas.

A tejer y destejer, a destejer y tejer.

11

Son las dos de la madrugada y recorro las habitaciones de la planta baja de mi casa. No son muchas. La sala de estar, el comedor, una cocina pequeña en forma de U en la que solo caben dos personas de pie y un cuarto de aseo debajo de la escalera. Es ideal para mí porque solo la ocupamos yo y, de vez en cuando, Gabriel. Su casa es más bonita y nos quedamos allí más a menudo. La mía y de Gerry era un primer hogar, una construcción nueva en las afueras de Dublín donde comenzar el resto de nuestra vida en común. Todo estaba nuevo y reluciente, limpio, fuimos los primeros en utilizar la ducha, la cocina, el cuarto de baño. Qué contentos estuvimos cuando vinimos de nuestro piso alquilado a nuestra propia casa de dos plantas.

Voy hasta la escalera y miro hacia arriba.

—¡Holly! —me llama Gerry.

Él estaba donde ahora estoy yo, al pie de la escalera, con una mano en la barandilla.

—¡Dime! —chillo desde arriba.

—¿Dónde estás?

—¡En el baño!

—¿En cuál? ¿En el de arriba?

—Gerry, el cuarto de baño está arriba.

—Pero tenemos un aseo abajo.

Me río, comprendiendo.

—Sí, ya, pero estoy en el baño de arriba. ¿Tú dónde estás? ¿Estás abajo?

—¡Sí! ¡Estoy aquí abajo!

—¡Vale, genial! ¡Te veo dentro de nada, cuando baje de aquí arriba!

—De acuerdo. —Pausa—. Ten cuidado con los escalones. Hay un montón. ¡Agárrate a la barandilla!

Sonrío al recordarlo mientras acaricio la barandilla y toco todos los lugares que él tocaba, deseando sentir su roce.

Llevaba años sin dar uno de estos paseos nocturnos por las habitaciones, desde los meses que siguieron a su fallecimiento, pero ahora tengo la sensación de que la casa merece una atenta despedida. Las ideas se me agolpan en la cabeza. El «concurso» de Bert, la carta de Ginika, los árboles y plantas de Joy. No pregunté a Paul qué quería hacer. Tenían más preguntas para mí que yo para ellos, sobre los delfines, las vacaciones, los girasoles. Los girasoles. La carta de octubre de Gerry. Un girasol entre dos tarjetas y una bolsita de semillas «para iluminar los oscuros días de octubre que tanto detestas», había escrito.

Cuando Gerry estaba vivo, yo odiaba los inviernos. Cuando murió, los recibía con los brazos abiertos. Ahora, simplemente los acepto al ritmo natural en que llegan. Las semillas llegaron dentro de la octava carta de Gerry. Conté a todo el mundo que se debía a que los girasoles eran mis flores favoritas. No lo eran. En realidad no soy el tipo de persona que tiene una flor favorita, las flores son flores y en general casi todas son bonitas. Pero los girasoles tenían un significado, una historia. Dieron pie a una conversación. Gerry se las arregló para iniciar una conversación desde su lecho de muerte, otro regalo de Gerry.

El primer mes que pasamos en casa teníamos muy pocos muebles. Casi todos los muebles de nuestro piso alquilado pertenecían a los propietarios, de modo que tuvimos que empezar de cero, y eso significó que no pudimos comprarlo todo de golpe, pero es que además no se nos daba muy bien organizar horarios de entrega, esperábamos que los sofás estuvieran disponibles en cuanto los eligiéramos en la tienda... Los típicos errores de principiantes. De modo que pasamos tres meses en la casa sin sofá ni mesa de centro. Nos sentábamos en el cuarto de la tele, en pufs, a beber vino, usando las cajas de la mudanza aún sin abrir a modo de mesas auxiliares.

—Cariño —digo una noche cuando estamos acurrucados en un puf muy grande con una botella de vino tinto tras haber cenado un filete con patatas fritas.

—Oh, oh —dice Gerry, mirándome de reojo, y me río.

—No te preocupes, no se trata de nada malo.

—Bien —responde, alcanzando su plato, que está en el suelo, para pinchar un resto de filete.

—¿Cuándo quieres tener un bebé?

Abre los ojos cómicamente y acto seguido se mete el filete en la boca y lo mastica despacio.

Me río.

—Vamos. ¿Qué piensas?

—Pienso —dice mientras mastica—, que tenemos que empezar a marinar los filetes.

—De acuerdo, si no vas a tener una actitud más adulta al respecto, hablaré yo. Llevamos dos años casados y, aparte de un verano que fue horroroso y de las dos semanas que rompimos cuando te vi besar a Jennifer O'Brien, hemos estado juntos...

—Yo no besé a Jennifer O'Brien.

—Pues ella te besó a ti —digo, sonriendo. A estas alturas ya lo he superado. Teníamos catorce años en aquel entonces.

—No llegó a besarme. Se inclinó y me rozó los labios, y si solo los rozó fue porque aparté la cabeza. Olvídalo ya —me asedia, bromeando.

—Mmm. Lo que tú digas. Déjame continuar.

—Adelante, por favor.

—Llevamos dos años casados.

—Ya lo has dicho antes.

No le hago caso y prosigo:

—Y llevamos doce años juntos. Más o menos.

—Más. Siempre más.

—Y dijimos que en cuanto dejáramos el piso infestado de ratas...

—Un ratón. Una vez.

—Y compráramos nuestra primera casa, hablaríamos sobre cuándo tener un hijo. Ahora hemos comprado una casa que no será nuestra hasta dentro de cien años, pero ¿no crees que ha llegado el momento de hablarlo?

—Y no hay mejor momento que justo ahora, cuando el Manchester United acaba de hacer el saque inicial contra el Arsenal. Nunca podría haber un momento mejor.

Me río.

—Tienes un trabajo estable...

—Vaya, sigues hablando.

—Y cuando trabajo, mis empleos son estables.

—Entre temporadas de inestabilidad —puntualiza.

—Sí. Pero actualmente tengo un empleo que me desagrada mucho y que no echaré de menos mientras esté de baja por maternidad.

—Me parece que no dan bajas por maternidad en los trabajos temporales. Estás cubriendo la baja de otra persona. —Me mira con ojos burlones.

—De acuerdo, quizá no me den la baja por maternidad pero sí una baja laboral —razono—. Lo único que tengo que hacer es embarazarme y darme de baja...

Se ríe.

—Y eres guapo, y te quiero, y tienes un potente supersemen que no debería mantenerse alejado del mundo, escondido ahí abajo, en un lugar oscuro, completamente solo.

Pongo cara de pena.

Se ríe a carcajadas.

—Están a punto de crear una superespecie. Lo intuyo.

—Todavía está hablando —dice.

—Y te quiero. Y serás un papá increíble.

Me mira, ahora serio.

—¿Has terminado?

Pienso un poco más.

—Y te quiero.

Sonríe.

—Quiero tener un hijo contigo —dice. Me pongo a chillar y me corta—. Pero ¿qué me dices de Gepetto?

—¡No! —Me separo de él y echo la cabeza para atrás, frustrada, y miro el techo—. No vuelvas a sacar el tema de Gepetto.

—Gepetto era un muy amado miembro de nuestra familia y tú... Francamente, Holly, lo mataste. Nos lo quitaste.

—Gerry, ¿podemos mantener una conversación adulta por una vez?

—Esto es una conversación adulta.

—Gepetto era una planta.

—Gepetto era un ser vivo que respiraba, que necesitaba aire, luz y agua, igual que nosotros. Resulta que además era un bonsái carísimo que tenía exactamente la misma edad que nuestra relación. ¿Sabes lo difícil que fue encontrar ese bonsái? Tuve que ir hasta Derry para conseguirlo.

Gruño y me levanto del puf. Llevo los platos a la cocina, medio irritada, medio divertida por la conversación. Gerry me sigue, ansioso de asegurarse que en realidad no me ha hecho enfadar pero incapaz de detenerse cuando está en este plan, pinchando, hurgando como un atizador en el fuego.

—Me parece que estás más molesto por haber tenido que ir en coche hasta Derry a comprárselo a un vendedor poco fiable que conmigo por haberlo matado.

Tiro los restos de comida a la basura. Meto los platos en el fregadero. Todavía no tenemos lavavajillas, cosa que motiva casi todas nuestras disputas.

—¡Ah! O sea, que admites que lo asesinaste.

Levanto las manos como quien se rinde.

—Claro que lo maté. Y volvería a hacerlo si tuviera ocasión.

Gerry se ríe.

Doy media vuelta para revelarlo todo.

—Estaba celosa de las atenciones que prodigabas a Gepetto, la manera en que me marginabais. De modo que cuando te fuiste dos semanas fuera, llevé a cabo mi plan. Lo puse al lado de la ventana, el sitio donde da más el sol y... no le di agua. —Cruzo los brazos y observo cómo Gerry se parte de risa—. De acuerdo, ahora en serio: si esta conversación sobre Gepetto es para distraerme porque no estás preparado para tener un hijo, por mí está bien. Puedo esperar. Solo lo he sacado a colación para hablarlo.

Se enjuga los ojos y su sonrisa se esfuma.

—Quiero tener un hijo contigo. No tengo ninguna duda.

—Estoy lista.

—Cambias mucho de opinión.

—Sobre qué vestido ponerme, y si debería comprar tomate troceado en lata o ciruelas enteras peladas. Sobre los trabajos. Sobre los colores de la pintura para la pared y sobre las baldosas para el suelo del cuarto de baño. No sobre los bebés.

—Devolviste el perro al cabo de una semana.

—Se comió mis zapatos favoritos.

—Cambias de trabajo cada tres meses.

—Se llama trabajar como empleada temporal. Significa que tengo que cambiar. Si me quedo más tiempo, me sacan a la fuerza.

Se queda callado. Tuerce las comisuras de los labios.

—No voy a cambiar de opinión sobre esto —digo; al final me estoy poniendo nerviosa con esta conversación en la que debo demostrar mi valía, yo, una adulta crecidita, a mi propio marido—. De hecho, ya he esperado tres meses para sacar el tema.

Porque tiene razón, siempre cambio de parecer. Aparte de mi compromiso con Gerry, casi todas las demás decisiones que conllevan cambios a largo plazo me dan miedo. Firmar la hipoteca de esta casa fue aterrador.

Alarga el brazo para impedir que me vaya y tira de mí hacia él. Sé que no está intentando enfurecerme a propósito, me consta que quiere asegurarse de que hablo en serio, de la única manera que a su juicio no provocará una disputa. Nos besamos tiernamente y siento que ha llegado la hora de tomar la decisión, un momento que cambiará nuestras vidas.

—Pero... —dice sin dejar de besarme.

Gimo.

—Todavía no puedo dejar de pensar que tenemos que demostrarlo.

—No te voy a demostrar una mierda. Quiero un hijo.

Se ríe.

—Primero... —Levanta el dedo con teatralidad y pongo los ojos en blanco e intento salir del lugar donde me ha clavado contra la encimera—. Por Gepetto y por el futuro de nuestro superhijo, harás una cosa. Tienes que demostrar que eres capaz de cultivar y mantener viva una planta. Entonces y solo entonces podremos tener un bebé.

—Gerry —me río—, creo que esto es lo que dicen a la gente que termina una terapia de desintoxicación y quiere iniciar nuevas relaciones.

—Sí, personas inestables como tú. Es un buen consejo. En nombre de Gepetto.

—¿Por qué eres siempre tan dramático?

—¿Por qué no lo eres tú?

Se aguanta la risa.

—De acuerdo —digo, siguiéndole el juego—. Quiero tener un hijo, de modo que acepto tu desafío y subo la apuesta. Ambos tenemos que plantar unas semillas para demostrar que los dos somos capaces de cuidar a un bebé. Te sorprenderé.

—Me muero por verlo. —Sonríe—. Empieza el juego.

—Mamá —susurro por teléfono.

—¿Holly? ¿Te encuentras bien? ¿Te has quedado sin voz? ¿Quieres que te mande un poco de sopa de pollo con fideos?

—No, estoy bien de la garganta —respondo, y acto seguido me lo repienso—. Aunque la sopa me encantaría. Te llamo porque Gerry y yo estamos haciendo una cosa. Una especie de competición.

—La verdad, vaya par —dice, riendo.

—¿Qué semilla de flores es la más rápida que puedo plantar? —pregunto, asegurándome de que Gerry no me oiga.

Mamá ríe a carcajadas.

Lavo un tarro de mermelada. Gerry me observa mientras toma un café antes de irse a trabajar. Relleno el tarro con algodón y luego meto dos alubias blancas entre el algodón. Vierto un poco de agua, solo la justa para empapar el algodón.

Gerry ríe a carcajadas.

—¿Vas en serio? Si así es como crees que se cultivan las flores, no quiero ni pensar cómo crees que se hacen los bebés.

—Fíjate —digo, llevando el tarro de mermelada al alféizar de la ventana—. Mis pequeñas alubias brotarán en el mismo lugar donde pereció Gepetto.

Se lleva la mano al corazón como si le hubiesen pegado un tiro.

—Solo espero que valiera la pena que vendieras una vaca para hacerte con estas alubias mágicas.

—Ya estoy ganando. ¿Dónde está tu planta?

—Me sorprende que hayas comenzado tan deprisa. Algunos tenemos que comprar sustrato y semillas. Aunque aún no haya plantado nada, sigo ganando porque lo único que has hecho es plantar alubias en un pedazo de algodón —dice, y se parte de risa.

—Tú espera y verás. Quiero ser madre. Cultivaré estas alubias con toda determinación —digo, sonriente, encantada con el sonido de estas palabras dichas en voz alta. «¡Quiero ser madre!» Gerry lleva razón, estas aseveraciones son impropias de mí, y resulta emocionante ser una persona que por una vez sabe lo que quiere. Aunque también soy testaruda y a menudo me aferro a mis argumentos en cualquier discusión, tanto si me los creo como si no. Pero este no es el caso.

Dos días después, cuando bajo por la mañana reparo en que de una alubia ha empezado a brotar una raicilla que se ve a través del cristal. Agarro el tarro y voy corriendo arriba. Salto a la cama, lo despierto, lo fastidio dando saltos con mi floreciente alubia.

Se restriega los ojos y, malhumorado, se fija en el tarro.

—Es imposible, ¿cómo pueden crecer en un pedazo de algodón? ¿Me estás tomando el pelo?

—¡No! No soy tramposa. Simplemente las he regado.

A Gerry no le gusta perder. Esa misma tarde regresa del trabajo con un paquete de semillas de girasol, pero se ha olvidado de comprar una maceta y sustrato.

El cuarto día, cuando no ha hecho más que plantar las semillas de girasol, la raíz de mi alubia tiene diminutos zarcillos.

Gerry empieza a hablar a sus semillas de girasol, les lee un libro. Cuenta chistes a las semillas. Mantiene conversaciones con las semillas mientras yo me río. Dos días después, mientras las semillas de Gerry siguen estando enterradas en el sustrato, mis alubias brotan. Gerry lleva la maceta con semillas de girasol a los pufs y juega a videojuegos con ella, llegando incluso a extremos como colocar un mando delante de la maceta.

Una mañana entro en el cuarto de baño y encuentro la maceta de girasoles sentada en la tapa del retrete con una revista porno abierta.

Al cabo de diez días en este plan, me planto.

—Bien, reconócelo: he ganado. Mis alubias han brotado y echado raíces, y hay una gran maraña de retoños que salen de la raíz principal, con un tallo bien recio que crece derecho y ya sobresale del algodón.

Como era de esperar, Gerry no se da por vencido.

La mañana siguiente se levanta de la cama y baja a preparar el café antes que yo, cosa poco frecuente y harto prodigiosa, y deduzco que está ocurriendo algo. Se pone a gritar como un loco y, por un momento, pienso que han entrado a robar. Salto de la cama, bajo dando tumbos y lo encuentro bailando en calzoncillos, sosteniendo su maceta con un girasol de seis centímetros de altura.

—¡Es un milagro! —dice sin salir de su asombro.

—Eres un tramposo.

—¡Lo he conseguido! —Continúa bailando con el girasol; me sigue a la cocina y me señala con un dedo acusador—. Pensaste que podías enterrarme, no sabías que era una semilla.

—Es muy mono —asiento. Se acabó el juego—. ¿Significa que podemos tener un hijo?

—Desde luego —dice muy serio—. Es lo que siempre he querido.

Eufóricos por la decisión, tomamos el café matutino, él con su tazón de *La guerra de las galaxias*; nos sonreímos el uno al otro como lunáticos, como si ya estuviéramos esperando el bebé. El correo aterriza en el suelo del recibidor.

Gerry recoge los sobres y los trae a la cocina, les echa un vistazo y uno le llama la atención. Veo como lo abre, sonriendo a mi guapo marido que quiere tener un hijo conmigo en mi casa nueva con una escalera para ir de abajo arriba y de arriba abajo, sintiendo que la vida no podría ser más perfecta.

Observo su semblante.

—¿Qué ocurre?

—Tengo una cita para la resonancia magnética.

Me pasa la carta y cuando levanto la vista me doy cuenta de que está nervioso.

—No es más que un control rutinario. Solo para descartar cosas.

—Sí, ya lo sé —dice, y me da un beso rápido, distraído—. Aun así, lo detesto. Voy a ducharme.

—¿Dónde? ¿Arriba? ¿En la ducha de arriba?

Se detiene al pie de la escalera y sonríe, pero su luz se ha apagado.

—Ni más ni menos. Cuida de Esmeralda. Le gustan el porno y los videojuegos.

—¿Esmeralda? —Miro la flor y me río—. Encantada, Esmeralda.

Esmeralda no vive mucho más tiempo; nuestro sentido del humor se estancó un poco después de los resultados de la resonancia magnética. Pero aquella mañana aún no lo sabíamos. Aquella mañana estábamos ocupados planeando la vida.

Gerry sube corriendo por nuestra escalera nueva y oigo correr el agua de la ducha.

Tiene veintisiete años.

Termino el paseo por las habitaciones en la puerta de mi dormitorio. Echo un vistazo a la habitación. Cama nueva, cabecero nuevo, cortinas nuevas, pintura nueva. Nuevo bulto protector grande y fuerte debajo del edredón. Gabriel se despierta, y una mano me busca, palpando la cama. Levanta la cabeza de la almohada, recorre la habitación con la vista y me encuentra en la puerta.

—¿Todo bien?

—Sí —susurro—. He ido a buscar un vaso de agua.

Me mira las manos y no ve ningún vaso de agua; imposible

engañarlo. Me encaramo a la cama y le doy un beso. Levanta el brazo, me vuelvo de espaldas y me arrimo a su cálido cuerpo. Me envuelve con el brazo y me relajo al instante. Puede protegerme del pasado que me persigue, crear una burbuja a mi alrededor donde los recuerdos y el retroceso emocional no puedan alcanzarme. Pero ¿qué ocurre cuando la luz radiante de la mañana lo despierta y la seguridad del letargo se escabulle, revelando la verdad? Por más que quiera, no puedo esconderme en él para siempre.

12

Gabriel y yo nos levantamos temprano para ir a trabajar. Aún es de noche, la casa está fría y húmeda, imposible calentarla dado que necesita una caldera nueva, y ambos estamos cansados. Hablamos poco, arrastramos los pies por la cocina diminuta, nos estorbamos mientras cada uno intenta prepararse el café tal como le gusta, así como las gachas de avena. Las mías las preparo con leche, Gabriel las prefiere con agua. Arándanos en las mías. Miel en las suyas. Gabriel está agotado por sus problemas familiares y, francamente, yo estoy demasiado cansada para escuchar el nuevo drama que ha montado Ava, su hija de dieciséis años, fuente de sus alegrías y pesares. Mal marido y mal padre confeso, ha dedicado los últimos años a reencontrarse con su hija. Ha sido él quien la ha perseguido. Su hija es su mundo, él es su autoproclamada luna y ella lo sabe: cuanto más deprisa gira, mayor es su atracción gravitatoria. Mi cerebro zumba lentamente mientras se prepara para la jornada. Ni Gabriel ni yo somos mañaneros; a estas horas, cada cual va a lo suyo.

Me apoyo contra la encimera mientras espero a que el primer sorbo de café me espabile y ordeno mis ideas para hablarle del Club Posdata: te quiero. Es un buen momento porque es un mal momento. Ambos tenemos que marcharnos pronto si no queremos llegar tarde al trabajo, de modo que habrá poco tiempo para comentar o discutir el asunto. Así me haré una idea de su punto de vista y podré prepararme mejor para mantener una larga conversación después. Intento practicar una frase introductoria que no parezca ensayada.

—¿Qué hace esto aquí? —pregunta Gabriel, mirando el interior del armario de los tazones.

Sé bien a qué se refiere, pero finjo ignorancia.

—¿Mmm? —Me doy la vuelta y veo el tazón roto de *La guerra de las galaxias*—. Ah, sí. Se me rompió.

—Ya lo veo —responde, mirándolo durante más tiempo del necesario.

Extrañada por su interés, me concentro en soplar mi café y calentarme las manos con el tazón.

El armario se cierra, por suerte, pero entonces me mira a mí. Demasiado rato.

—¿Quieres que arregle el tazón?

Esto sí que no me lo esperaba.

—Oh, cariño, eres muy amable, gracias. Pero no es necesario. Tarde o temprano lo tiraré.

Una pausa por todo lo que debería ser dicho.

—Vale.

Otra pausa por todo lo que no será dicho.

Tendría que hablarle del Club Posdata: te quiero. Explicarle que los he conocido. Que bajo ningún concepto voy a echarles una mano. Realmente debería decírselo ahora. Está aguardando algo.

—Holly —dice—, si tienes dudas sobre irte a vivir conmigo, dímelo, por favor.

—¿Qué? —respondo estupefacta, pues es lo último que esperaba oír—. En absoluto. Ni la más mínima duda. ¿Por qué lo dices?

Parece aliviado, después confundido.

—Porque tengo la sensación de que estás... No sé, frenándote. Estás distraída. Has tardado mucho tiempo en poner la casa en venta, por ejemplo.

—No tengo la menor duda en cuanto a vivir contigo —replico con firmeza, y lo digo en serio—. Siento haber sido lenta para ponerlo en marcha.

Ayer había planeado esperar en la cafetería del barrio mientras enseñaban la casa. Pero quise saber quién estaba en mi hogar, de modo que miré por las ventanas, sintiéndome como una espía, y vi a unas personas en la sala de estar. Fue de lo más raro ver a unos desconocidos en mi casa, deambulando por mis habitaciones, determinando cómo cambiar los cimientos de mi vida y alterarlos para adaptarlos a la suya. Derribar tabiques, borrar mis rastros, como si la constancia de mi existencia fuese una mancha en su nuevo comienzo. Y así corroboré que estaba preparada para hacer lo mismo.

—Entonces ¿todo va bien? —pregunta Gabriel otra vez.

—Sí —contesto animadamente.

—Tanto mejor —dice, y me da un beso—. Perdona, te he malinterpretado. Ava hace que lo analice todo más de la cuenta.

Cierro los ojos y me odio por mentirle. Es como si estuviera engañándolo con pensamientos sobre mi marido muerto.

—¿Esta noche en mi casa? —pregunta finalmente.

—Sí, perfecto —respondo, excesivamente aliviada.

Se lo diré entonces. Solo que no sé qué le diré exactamente.

Al final de la jornada, estoy llevando mi bicicleta desde el almacén hacia la puerta de la tienda cuando llama Gabriel. Su tono de voz me dice al instante que algo va mal.

—Lo siento, tengo que cancelar lo de esta noche —dice, y suspira. Se oyen gritos y golpes en segundo plano—. ¡Cállate! —grita, lejos del teléfono pero lo bastante alto para darme un susto. Rara vez veo a Gabriel enfadado. Gruñón y molesto, sí, pero la ira no es algo que suela mostrar, y menos conmigo; normalmente es comedido, o se guarda el enojo para sí y lo desembucha los días que no estamos juntos. La capacidad de contención es una delicadeza que adoptas tras una primera relación importante, una fortaleza de ánimo.

—Perdona. —Vuelve al teléfono.

—¿Qué está pasando?

—Ava tiene problemas con su madre. Ha acudido a mí. Kate ha venido en su busca. Han decidido que este es el mejor sitio para discutir sus desavenencias.

Oigo un chillido de Kate, luego un grito de Ava. Y un portazo.

—¡Dios mío! —digo con los ojos como platos.

—Creo que me espera una noche muy larga.

—Oh, Gabriel. Lo siento.

—Yo también lo siento, pero me alegra de que haya recurrido a mí. Es lo que quería.

Termino la llamada.

—Cuidado con lo que deseas —le digo en voz baja al teléfono.

—¿Quién desea qué? —inquiere Ciara. Me ha estado rondando, fisgoneando. Guardo el teléfono en mi mochila.

—Nadie y nada.

—¿Te quedas a cenar con nosotros? —pregunta—. Chile con carne vegano, si puedes soportar que no sepa a animal torturado.

—¡Haré filete a la parrilla! —grita Mathew desde la trastienda.

—Tentador. —Sonrío—. Gracias, pero me voy a casa. Tengo que empezar a recoger mis cosas antes de mudarme, y es una buena ocasión para hacerlo.

—¿Va todo bien entre tú y Gabriel? ¿Ya se lo has contado?

—Todo va bien, no se lo he contado, pero lo haré pronto. —Me estremezco solo de pensar en esa conversación . ¿Por qué me pongo tan nerviosa?

—Porque... —Suspira—. No quieres que te diga que no.

Sus palabras me impresionan porque dan en el clavo.

Me pongo el casco con visera, monto en la bici y me dispongo a escapar, no de la tienda sino de mi cabeza.

Empecé a ir en bicicleta después de la muerte de Gerry. Antes a duras penas era capaz de arrastrarme hasta el gimnasio, aunque mi cuerpo, al ser más joven, sobrellevaba mejor la falta de ejercicio. Ahora me encanta hacer ejercicio. Lo necesito. No es que me ayude a pensar, me ayuda a no pensar. Todo lo que encontraba que me impidiese pensar era y es un regalo. Esforzarme al máximo me proporciona una liberación que no alcanzo a conseguir de ninguna otra manera. El movimiento es un bálsamo. Me gusta poder elegir una ruta distinta cada vez, incluso para ir a un mismo sitio. No tengo que estar pendiente del tráfico para llegar puntual. Mi trayecto solo depende de mí, soy la autora de mi propio destino. Veo estatuas y árboles en los que no me fijaba cuando iba en coche, reparo en la manera en que la luz ilumina los edificios, cosa que antes no veía. Puedo hacer inventario de todo, sentir el viento en el pelo, la lluvia y el sol en la piel. Es un tipo de desplazamiento que me ayuda a apreciar las cosas, no que estanca mi mente y retiene todo lo que hay en ella.

Me siento libre.

Hay muchas cosas de mí que Gerry no reconocería. Soy mayor de lo que él nunca fue, sé cosas que jamás supo, que nunca sabrá. Y son las pequeñas cosas las que me hacen parar en seco. Jamás en su vida oyó la palabra *hambrejado*.* Cada vez que oigo esta palabra pienso en él, le habría encantado cuando tuviera la panza llena y detestado cuando vacía. La invención de cosas que habría apreciado. Los nuevos teléfonos. Las nuevas tecnologías. Nuevos dirigentes políticos, nuevas guerras. Los *cronuts*.** Las nuevas películas de *La guerra de las galaxias*. Su equipo de fútbol ganando la FA Cup.*** Cuando murió, heredé su sed de conocimiento de las cosas que amaba, y en los primeros años después de su muerte quise descubrirlas por él. Siempre andaba buscando nuevas maneras de conectar con él, como si yo fuese la intermediaria entre su vida y su muerte. Ahora ya no hago esas cosas.

Sobreviví a mi marido, y ahora lo he aventajado. La belleza y el desafío de las relaciones a largo plazo es que cada cual cambia en momentos distintos y en direcciones diferentes, codo con codo bajo el mismo techo. Las más de las veces, estos cambios son sutiles e inconscientemente uno se va adaptando sin cesar a la gradual pero constante transición del otro ser humano con el que está estrechamente vinculado; como dos mutantes batallando para coincidir, para bien o para mal. Seguir siendo como eres mientras el otro evoluciona, o cambiar con él. Alentarlo a tomar otra dirección; empujar, tirar, moldear, podar, alimentar amablemente. Aguardar.

* «Hangry» en el original, combinación de *hungry*, hambriento, y *angry*, enojado. *(N. del T.)*

** Bollos elaborados con masa de cruasán y forma de donut. *(N. del T.)*

*** La FA Cup, llamada oficialmente Football Association Challenge Cup, es una competición inglesa de fútbol de eliminación directa, organizada por la Football Association. Es el torneo de fútbol más antiguo del mundo y se disputó por primera vez en la temporada 1871-1872. *(N. del T.)*

Si Gerry estuviera vivo, quizá habría adaptado su forma de ser para aceptar y hacer sitio en su corazón y en su mente a la mujer que soy en la actualidad. No obstante, a lo largo de los últimos siete años he cambiado mi talante sin tener que tolerar la energía de otra persona. Si Gerry regresara y conociera a esta mujer siete años después, no me reconocería. Posiblemente no me amaría. Ni siquiera sé si esta Holly tendría la paciencia necesaria con él. Pero a pesar de que ahora me conozco y me gusto, siempre lamentaré que Gerry no llegara a conocerme tal como soy hoy.

Al día siguiente, Gabriel y yo estamos sentados en la terraza de un café. El tiempo es más cálido, pero todavía vamos abrigados bajo el sol de mayo.

—¿Qué ocurrió anoche?

—Han expulsado a Ava del colegio dos días.

—¿Por qué?

—Por fumar cannabis en el recinto escolar. Otra amonestación supondrá la expulsión definitiva.

—Con un poco de suerte, eso la amedrentará. El mayor problema en el que me metí fue por besar a Gerry en el recinto escolar —digo sonriente.

Me observa. Por lo general no le importa que saque a Gerry a colación, de manera que a lo mejor me estoy poniendo paranoica.

—Fuiste una buena chica —dice finalmente.

—Lo fui. ¿Eras como Ava en el colegio?

—Por desgracia, sí. Siempre he esperado ver en ella algo de mí, aunque esta no es la faceta que quería —dice, frotándose la barba con cansancio—. Pero por fin recurre a mí.

—Mmm —digo, dubitativa, y me arrepiento en el acto.

—¿Qué significa eso?

Me cuestiono el momento que ha elegido Ava. No quiso tener nada que ver con su padre hasta que empezó a meterse en líos. A medida que aumentan las disputas con su madre y su padrastro, más a menudo llama a la puerta de Gabriel. Y él es más benévolo con ella. Se desvive por complacerla, por volver a formar parte de la vida de su hija.

—No quiero que se aproveche de tu buen carácter, eso es todo.

—¿Qué se supone que significa eso?

Hoy está hecho un basilisco.

—Significa... lo que significa, Gabriel. No te lo tomes tan a pecho.

Aguardo un momento para cambiar de tema.

—Bien, me consta que te has dado cuenta de que últimamente he estado despistada y tengo que hablarte al respecto.

Me presta toda su atención.

— El Club Posdata: te quiero —dice.

—¿Estás al corriente?

—Cambiaste en cuanto viste la tarjeta. Ojalá no hubiese abierto el maldito sobre —dice, y percibo la irritación que ocultan sus palabras.

—Vaya.

Su humor y su tono de voz me lo están poniendo difícil.

—Deduzco que has descubierto qué es —insiste, presionándome.

—Sí. En efecto, es un club. Lo forman cuatro personas con enfermedades terminales. Lo que dije en el *podcast* sobre las cartas de Gerry les dio esperanza, y también una idea. Quieren escribir sus propias cartas siguiendo el ejemplo de Posdata: te quiero.

—Es un poco retorcido, ¿no?

Me encrespo. Revancha por mi comentario sobre Ava, supongo.

—Me reuní con ellos.

Se inclina hacia delante, me siento intimidada, acusada.

—¿Cuándo?

—Hace unas semanas.

—Gracias por decírmelo.

—Te lo estoy diciendo ahora. Primero tenía que aclararme las ideas. Además, me preocupaba que reaccionaras así.

—Reacciono así porque has tardado mucho en decírmelo.

Hemos entrado en un círculo vicioso.

—Quieren que los ayude a escribir sus cartas. Que los oriente.

Me mira. Sus ojos azul cristalino me abrasan. Le sostengo la mirada.

—Iba a preguntarte qué pensarías si lo hiciera, pero creo que puedo adivinarlo.

Apura su café y se apoya en el respaldo.

—El *podcast* me pareció mala idea, y pienso que esto es mala idea.

Parece dispuesto a marcharse.

—¿Tienes prisa? ¿Podemos hablarlo? Necesito comentarlo. Está claro que te molesta, así que dime por qué opinas que es mala idea.

—Porque has salido adelante y no deberías retroceder. Pienso que ver cómo muere esa gente puede hacerte regresar a una época en la que eras tan desdichada que apenas te sentías capaz de levantarte de la cama.

Asiento con la cabeza, asimilándolo. Entiendo su preocupación, pero me aturde su ira. Tal vez resulte difícil que una persona que conoces se confunda con la persona que era antes. Llevamos juntos dos años, dos intensos años de profundas transformaciones en nuestras vidas, en los que todo lo que nos rodeaba nos daba excusas de peso para alejarnos el uno del otro y, sin embargo, seguimos regresando el uno al otro una y otra vez. Mi desconsuelo, mi tristeza, su autoimpuesta soledad, nuestros miedos y problemas de confianza. Superamos todo eso, seguimos haciéndolo para que cada día sea positivo. Irnos a vivir juntos es algo que ninguno de los dos pensó que haría jamás. Él porque no quería vivir de nuevo con otra mujer, yo porque pensaba que nunca amaría a otro hombre con la misma pasión.

—Has pasado las últimas semanas escabulléndote como si te estuvieras viendo con otro. Sabía que ocurría algo... Tendrías que habérmelo dicho, Holly.

—No he estado escabulléndome —respondo, molesta—. Y bien, si eso te va a inquietar tanto, no los ayudaré.

—Ah, no. No me vengas con eso —dice, sacando dinero del bolsillo y contándolo para pagar los cafés—. Hiciste el *podcast* por Ciara, y no vas a dejar de ayudar a ese club por mí. Asume alguna responsabilidad por tu cuenta, Holly.

Suelta el dinero en la mesa y se marcha.

Camino de casa en la bici, la presión se ha intensificado. Decidir no ayudar al club me liberaría del estrés constante de pensar en el club, pero dudo de que sea capaz de dejar de pensar en Joy, Bert, Paul y Ginika durante el próximo año de mi vida; de no preguntarme qué están haciendo y cómo les va. Y luego está Jewel. ¿Ginika volverá a tragarse el orgullo para pedirle a alguien que la ayude a escribir su carta? No lo sé.

Se oye el bocinazo enojado de un coche. Noto un golpetazo en la pierna derecha y pierdo el control de la bici. El empujón me estrella contra el suelo.

Gritos, alaridos, chillidos, un bocinazo potente y largo, me zumban los oídos. El coche se ha detenido, el motor sigue en marcha. La bocina por fin se calla. Estoy tendida en el suelo, el corazón me late con fuerza, la pierna me palpita. Veo un zapato suelto cerca de mí. Una de mis zapatillas. Tengo encima algo pesado y pienso que es el coche, que está encima de mí y me atrapa. Tardo un momento en darme cuenta de que es mi bicicleta.

Después de la cacofonía, hay un silencio aturdido.

La portezuela de un coche se cierra de golpe. Se reanudan los gritos; esta vez, enojados. Me abrazo. Mi nariz toca el suelo de frío hormigón. Intento respirar acompasadamente, intento impedir que el corazón se me salga del pecho, estoy hecha un trapo.

Conozco a la muerte. La muerte me conoce. ¿Por qué me sigue persiguiendo?

13

El taxi que me embistió había girado bruscamente a la izquierda para evitar chocar con el coche de delante, que había frenado en seco para torcer a la derecha sin poner el intermitente. Consiguió evitar la colisión con el coche de delante, pero como no miró por el retrovisor no me vio en el carril bici. Con la caída me rompí el tobillo izquierdo y me hice un montón de moretones al golpear el suelo. Gracias al casco, tengo la cabeza intacta. También recuperé mi zapatilla.

—Te quiero, te quiero, te quiero —me murmura Gabriel al oído en el hospital, susurros cálidos y reconfortantes una y otra vez, en mi oído, en mis labios, rociándome el rostro, el cuerpo, con besos de mariposa, mientras el agotamiento me hace dormir profundamente y me empuja hasta el mismo sueño repetitivo.

Estoy tendida en el duro hormigón, en torno a mí hay cristales rotos, un coche abollado, una bicicleta retorcida y destrozada. De alguna manera me las arreglo para levantarme y el cristal cruje bajo mis pies. Encuentro una zapatilla. La calle está llena de coches vacíos. ¿Dónde se ha ido todo el mundo? Rodeo un coche tras otro con la zapatilla suelta en la mano. Estoy agotada; llevo horas haciendo lo mismo. Sigo buscando, dando vueltas alrededor de los coches, uno tras otro; resulta mareante, las zapatillas que encuentro son idénticas, todas del mismo pie, pero no consigo formar un solo par.

Me despierto sudada y jadeando, con el corazón palpitante, confundida por lo que me rodea. Mamá está a mi lado y empieza a hablarme con calma, dulcemente, pero mi mente sigue medio atrapada en mi reciente pesadilla. Miro en derredor, intentando orientarme. Estoy en casa. En el hogar de mi infancia, donde me crie. En mi antiguo dormitorio, donde lloré y soñé, intrigué, hice planes y sobre todo esperé, esperé que pasaran las semanas escolares, que comenzaran los veranos, que me llamaran los chicos, que empezara mi vida. Papá y mamá insistieron en que pasara unos días con ellos cuando me dieron el alta en el hospital.

—¿Estás bien? —pregunta mamá.

—Creía que estaba muerta.

—Estás a salvo, corazón —dice mamá en voz baja, apartándome con delicadeza el pelo de la frente, y después sus labios me rozan la piel.

—Por un momento, cuando el conductor se me acercó, preguntando una y otra vez si estaba bien, mantuve los ojos cerrados como si fingiera estar muerta —explico.

—Ay, cielo.

Mamá me rodea los hombros con un brazo y apoyo la cabeza en su pecho. Solo hay una postura que me permita estar tendida en la cama, con el tobillo roto escayolado.

—Hacerse el muerto —dice papá, inesperadamente.

Levanto la vista y lo veo de pie en la puerta, recién levantado y con el pelo revuelto, como hacía mucho tiempo que no lo veía. Se está limpiando las gafas con la camiseta, antes de ponérselas sobre los adormilados ojos que aumentan de tamaño en cuanto están detrás de las lentes. Entra en la habitación y se sienta a los pies de la cama. Mis padres, de vuelta en la misma escena en la que resolvieron las pesadillas de mi infancia. Hay algo reconfortante en esto y es que por más que el mundo cambie, por más que nuestras relaciones con otras personas evolucionen, para mí siguen siendo quienes son y siempre lo serán.

—Hacerse el muerto es una conducta en la que los animales aparentan estar muertos —prosigue papá—. Es una forma de engaño animal que también se conoce como inmovilidad tónica, mediante la cual los animales parecen quedar temporalmente paralizados e insensibles. Ocurre ante una amenaza extrema, como ser capturado por un depredador. Lo mismo puede suceder en humanos sometidos a un trauma severo, que se paralizan en respuesta a situaciones que ponen en peligro la vida. Lo vi en un documental.

—Oh.

—Frank —dice mamá, molesta por su explicación.

—¿Qué pasa? Lo único que digo es que es completamente natural —replica papá.

—Pues ¿por qué no dices solo eso? No creo que Holly necesite una conferencia sobre muerte aparente en un momento como este.

—De acuerdo, de acuerdo —responde papá, levantando las manos a la defensiva.

Sonrío, luego me río, recostada en la almohada mientras los oigo discutir.

Pero es posible que papá no vaya descaminado.

Aunque quiero reincorporarme enseguida al trabajo, Ciara me da una semana de fiesta. Estoy un poco atontada por los analgésicos y como Gabriel tiene que trabajar, papá y mamá han insistido en que me quedara con ellos hasta que el dolor de la pierna haya remitido, me acostumbre a usar las muletas y mi miedo haya menguado. Hay días en los que me quedo en la cama soñando despierta y viendo programas diurnos de televisión. Otros días me traslado al sofá para hacer lo mismo. Paso tiempo con mi familia: comparto una sesión de pintura con mi madre; veo documentales de naturaleza e historia con mi padre, que hace comentarios constantemente; escucho las ideas de Declan para realizar nuevos reportajes, con tiempo para orientarlo y darle consejo; superviso con Richard la plantación en el jardín de papá y mamá; interrogo a mis sobrinas y sobrinos acerca de su vida; juego al Snap* con Jack; Gabriel me conforta.

Busco solaz, busco soledad, busco compañía, me busco a mí misma. Anhelo salir a dar una vuelta en bicicleta y me doy cuenta de lo mucho que he usado el movimiento y el «hacer» como

* Juego de naipes de reglas muy simples en el que cuenta más el azar que la estrategia. *(N. del T.)*

una manera de no pensar. Yo misma era la amiga a la que evitaba porque no me gustaba el tema de conversación, porque me afectaba demasiado. Quizá haya sido necesario durante una temporada para salir de mi cabeza, pero ahora tengo que entrar de nuevo en ella y estar cómoda. Hay pensamientos que debatir, actos que analizar y decisiones que tomar. Por una vez no puedo huir de mí misma.

Bajo la escalera apoyándome en el trasero un jueves por la mañana, que desde que papá está jubilado se parece mucho a un fin de semana en casa de mis padres. Agarro las muletas al pie de la escalera y me dirijo a la cocina bamboleándome. Ambos están sentados a la mesa de la cocina. Mamá se está enjugando los ojos llorosos pero sonríe, y el rostro de papá es el vivo retrato de la emoción.

—¿Qué ocurre?

—Nada malo. —Mamá adopta su voz tranquilizadora y retira una silla—. Ven a sentarte con nosotros.

Me siento con ellos y me fijo en una caja de zapatos que está abierta encima de la mesa. Está llena de montones de hojas de papel dobladas.

—¿Qué es todo esto?

—¿Te acuerdas? —comienza papá, pero le tiembla la voz y tiene que carraspear. Mamá le acaricia una mejilla y los dos se echan a reír—. ¿Te acuerdas de cuando eras pequeña y yo tenía que salir de viaje por trabajo?

—Sí, claro que me acuerdo. En cada viaje acostumbrabas a traerme una campanilla. Tenía docenas.

—Detestaba volar —dice papá.

—Sigues detestándolo.

—Simplemente, no es natural —asevera con firmeza—. Los seres humanos fueron creados para estar en el suelo.

Mamá y yo nos reímos ante su seriedad mortal.

—Bien, cada vez que tenía que subir a uno de esos aparatos espantosos estaba convencido de que se caería —prosigue.

—¡Papá! —exclamo, sorprendida.

—Es verdad —dice mamá, sonriendo—. Era más estresante tratar con tu padre cuando se marchaba que con vosotros echándolo en falta.

—En cada viaje que tenía que tomar un avión, me sentaba la noche antes y os escribía una nota a cada uno de vosotros. Por si el avión se caía y nunca volvía a hablar con vosotros. Las dejaba en el cajón de la mesita de noche con instrucciones estrictas a Elizabeth para que os diera los mensajes.

Sorprendida, los miro a los dos.

—A mí no me dejaba cartas, figúrate —dice mamá, bromeando.

—No es lo mismo que Gerry hizo por ti, no es lo mismo en absoluto. Nunca he equiparado mis notitas con las cartas de Gerry. Ni siquiera usé sobres. Pero las guardé. Solo necesitaba poner por escrito las cosas que querría deciros si no estuviese aquí. Palabras de orientación para vuestra vida, supongo. —Desliza la caja de zapatos hacia mí—. Estas son tuyas.

—Papá —susurro, mirando el contenido de la caja—. ¿Cuántas hay?

—Unas quince. Seguro que no escribí una antes de cada viaje. Los vuelos cortos al Reino Unido no me daban mucho miedo. Y las cartas más largas son de cuando iba a tomar un avión de hélices.

La risa hace resoplar a mamá.

Mientras saco las notas de la caja y les doy un vistazo, papá añade:

—He pensado que ahora podrían serte útiles. Para ayudarte a tomar tu decisión.

El nudo que tengo en la garganta es tan grande que no puedo hablar. Me levanto para abrazar a papá, pero apoyo el peso en el pie que no debo.

—¡Ay, mierda! —gimo, y vuelvo a sentarme.

—Después de tantos años, esta es la repuesta que recibo —dice él, divertido.

Inclinada junto a papá sobre las cartas esparcidas encima de la mesa, con una caja de campanillas que mamá bajó del desván, elijo una al azar. Papá la desdobla y la revisa. Me doy cuenta de que disfruta con el juego de reconstruir su pasado.

—Mmm, vamos a ver. Viaje a Barcelona. Conferencia de ventas con Oscar Sheahy, el de aquella horrible halitosis, que siempre tenía más tiempo para salir con azafatas que para asistir a reuniones.

Me río y rebusco entre las campanillas. Una minúscula campanilla de porcelana con el mango negro y una catedral con un cielo al atardecer. En torno a la base pone BARCELONA, escrito a mano con letras blancas. Hago sonar la campanilla y papá me da la carta. Leo en voz alta:

Querida Holly:

Esta semana cumples seis años. Estaré de viaje para tu cumpleaños y me da mucha rabia. Tendrás una fiesta con payasos. Espero que Declan no se asuste, odia los payasos y en la fiesta de Jack le dio una patada a uno en los cataplines. Pero a ti te encantan. Este año te disfrazaste de payaso por Halloween e insististe en contar un chiste en cada puerta a la que llamamos. «¿Cómo se llama un zoo donde solo hay un perro?», preguntaste a la señora Murphy. «Un shih tzu.»* Te encanta contar este.

Lamento perderme tu cumpleaños, este día tan importante de tu vida, pero estaré pensando en ti todo el rato. No quería estar lejos de ti en un día tan especial, pero papá tiene que trabajar. Estaré a tu lado en todo momento, aunque no puedas verme. Y, por favor, acuérdate de guardarme un trozo de pastel de cumpleaños.

Te quiere mucho,

PAPÁ

—Oh, papá. —Alargo el brazo y le cojo la mano—. Esto es precioso.

Mamá está de pie junto al fregadero, escuchando.

—Ese fue el día en que Jack saltó del tejado del cobertizo y se rompió dos dientes.

* El shih tzu es una raza de perro originaria de Tíbet. El juego de palabras que constituye el chiste es intraducible porque es fonético, dado que zoo en inglés suena igual que «tzu», y precedido por «shih» suena como «shit zoo», «zoo de mierda». *(N. del T.)*

La miramos sorprendidos.

—Y me comí todo el pastel de cumpleaños —agrega.

Tras la muerte de Gerry me quedé estancada. Sus cartas me pusieron de nuevo en pie. El año siguiente comencé a ir en bicicleta y desde entonces pedaleo rauda. Pero ahora tengo que estar quieta y aprender a caminar otra vez. Son la simpleza de esta vida y el funcionamiento rítmico, casi como el de una cadena de fabricación, los que me llevan a pensar que estoy a un mismo tiempo tan aterrada ante la vida como alborozada de vivirla.

Egoístamente, después de la muerte de Gerry consideraba que el universo estaba en deuda conmigo. Sufrí una tremenda tragedia a una edad temprana y pensaba que estaba acabada, pero lo superé y cambié. En un mundo de posibilidades infinitas, debería haber sabido que el sentimiento de pérdida que podemos experimentar es inacabable, pero no somos conscientes del conocimiento y el crecimiento que resultan de él y a pesar de él. Ahora creo que haber sobrevivido a lo primero me preparó para lo segundo, para este momento y para cualquier otra cosa que me depare el futuro. No puedo impedir que ocurran tragedias, soy impotente ante las artimañas de la vida, pero mientras me lamo las heridas y me curo, me digo que, aunque el coche me derribara de mi pedestal, hiciera añicos mi confianza momentáneamente, me desgarrara la piel y me rompiera los huesos, me estoy curando y la piel que me está volviendo a crecer es más gruesa.

Mi mente envió un SOS a mis raíces. Y esto es lo que me han devuelto mis raíces: mi desmoronamiento actual podría ser mi oportunidad para ser quien soy. Al fin y al cabo, ya ocurrió una vez, ¿por qué no puede volver a ocurrir?

Hubo un tiempo en el que quise morir.

Cuando Gerry murió, quise estar muerta.

Cuando murió, una parte de mí murió con él, pero también nació otra parte de mí.

Sin embargo, en medio de mi aflicción, si me hubiese encontrado frente a un coche que se abalanzaba sobre mí, habría deseado vivir. Tal vez no sea la muerte lo que nos enoja o espanta, sino la constatación de que no tenemos control sobre ella. No se nos puede arrebatar la vida sin nuestro consentimiento. En un momento dado, y habiendo otorgado nuestro consentimiento, aceptaríamos nuestro destino y planearíamos nuestra muerte oportunamente. Mas no podemos hacerlo. Todo lo cual me lleva de vuelta una y otra vez al Club Posdata: te quiero.

Hacerse el muerto para sobrevivir.

Jugar a vivir mientras estás muerto.

Queremos controlar nuestra muerte, nuestra despedida del mundo, y si no podemos hacerlo, podemos al menos controlar cómo lo abandonamos.

14

Gabriel desayuna en silencio. Llegué a su casa anoche, bastante tarde, justo cuando iba a acostarse, y yo hice lo mismo, agradecida de que no hubiera escaleras que salvar. En casa de mis padres, cada noche había subido la escalera apoyándome en el trasero como Gretl von Trapp* cantando «So Long, Farewell». No hablamos, al menos no sobre lo último que discutimos, y después me dormí, pero Gabriel no. Me di cuenta porque cada vez que abría los ojos lo encontraba incorporado, leyendo en su teléfono. O bien mi accidente le ha afectado profundamente, o quizá nuestra discusión, o bien estoy siendo ingenua y es otro asunto el que le ocupa la mente. Está de pie junto a la isla de la cocina, desnudo de cintura para arriba, totalmente concentrado en los huevos pasados por agua.

—¿Estás bien?

No contesta.

—¿Gabriel?

Levanta la vista.

—¿Mmm?

—¿Va todo bien?

—Los huevos están duros —dice, observándolos otra vez. Su tostada salta de la tostadora. Está quemada. Suspira dramáticamente, en broma—. Hoy va a ser uno de esos días.

Sonrío. Unto mantequilla en la tostada, esparciendo migas incineradas por toda la encimera.

* Personaje de la película *Sonrisas y lágrimas*, interpretado por Kym Kath. *(N. del T.)*

—Vas a ayudar al Club Posdata: te quiero, ¿verdad? —dice, leyéndome el pensamiento.

—Sí.

Guarda silencio. Traslada los huevos pasados por agua y la tostada a la barra del desayuno que está en un extremo de la isla y se sienta en un taburete alto. Rostro sereno, cabeza agobiada. Coge la tostada que ha cortado en rectángulos y la moja en el huevo. La tostada se dobla. No se hunde en la yema como a él le gusta, no la hace rezumar por la cáscara para que pueda recogerla con el dedo y lamerla.

—Joder —dice enojado, y suelta la tostada.

Su exabrupto me da un susto, aunque me temía que mi amigo usualmente imperturbable reaccionaría de esta manera.

—Tengo que vestirme —dice, y se dirige al dormitorio.

—¿Quieres que lo hablemos?

Se detiene a medio camino.

—Ya lo has decidido. Te he descubierto. Largos silencios y no decir nada durante meses significa que tomas tus propias decisiones. No importa, así es como tú y yo funcionaremos a partir de ahora. Que cada cual haga lo suyo y se lo comunique al otro después.

Desaparece en el dormitorio. Mientras suelto el aire despacio, aparece en el umbral de la sala de estar, todavía sin camiseta.

—No hace mucho que te atropelló un coche, Holly, seguramente porque estabas pensando en ese club y no prestabas atención a lo que estabas haciendo. No deberías tomar decisiones precipitadas después de algo así.

—No es precipitada. Fue hace más de una semana, y a veces los sustos te hacen pensar más deprisa, con más perspectiva. Lo veo más claro que nunca. No hay absolutamente ninguna razón por la que ayudarlos me haga volver a estar como antes. Las circunstancias son totalmente diferentes. Puedo ayudarlos. Y, además, el accidente no fue culpa mía, el taxi invadió el carril bici, no hubo manera de evitarlo.

—¿Qué me dijiste la noche del *podcast* cuando volviste a casa? Si alguna vez decido volver a hacer esto, no me lo permitas. Me acuerdo bien, tú quizá no. Ya has pasado por mucho.

Sabe Dios qué demonios estás pensando después de lo que te ocurrió.

—Pienso que esto me ayudará.

—¿Vas a hacerlo por ti o por ellos?

—Por todos nosotros.

Levanta los brazos.

—¡Por poco haces que un coche te atropelle!

—Chocó él conmigo. ¡Me hizo daño en el tobillo, no en la cabeza! Y al menos mi recuperación te ha permitido pasar más tiempo con Kate y Ava —le espeto.

Mi maliciosa respuesta no encaja ni de lejos con la manera en que quería mencionar la cantidad de tiempo que Gabriel ha pasado con su hija y su exmujer desde el accidente. No debería echárselo en cara como algo negativo porque me consta, desde que lo conocí, que lo que más anhela es pasar tiempo con su hija. Aunque fue decisión mía quedarme una semana en casa de mis padres, me ponía un poco de los nervios cada vez que él estaba con ellas.

—Por si estás celosa, no voy a volver con Kate.

—Por si estás celoso, no voy a volver con Gerry.

Se calma y sonríe. Se pasa la mano por el pelo.

—Pero ¿por qué? —pregunta simplemente—. ¿Por qué eliges estar rodeada de tanta... muerte?

—No voy a huir de ella y fingir que no me ha afectado. Esto lo veo como una manera positiva de lidiar con ello. Gabriel, no voy a permitir que este club nos afecte, si eso es lo que te preocupa.

—Sin embargo, estamos discutiendo. Ahora. Sobre nosotros. Por culpa de ellos.

Pero en realidad una discusión nunca es sobre una sola cosa. Es una criatura que se alimenta de su huésped y me deja preguntándome sobre qué estamos discutiendo exactamente.

15

De vuelta al trabajo me muevo despacio por la tienda, pero aun así soy capaz de funcionar. Aunque no puedo ir en bicicleta, sí que puedo conducir, y agradezco que mi coche sea automático, ya que mi pie izquierdo está escayolado pero todavía puedo manejar los pedales con el derecho. Estoy lista para reanudar mis quehaceres. Ha transcurrido más de un mes desde que tuve noticias del Club Posdata: te quiero o hablé con ellos, y tengo la abrumadora necesidad de comenzar cuanto antes. Era Bert quien tenía una idea clara de lo que deseaba conseguir con sus cartas, y en mi opinión era Bert el más desorientado. Oír el tipo de cosas que iba a hacer para su esposa me recordó exactamente lo que Gerry hizo para mí y me enojó que se estuviera equivocando. Me da que, si tengo alguna oportunidad de ayudar al club, Bert ocupa el primer lugar de mi lista.

Llamo a Bert y aguardo un poco nerviosa para ver si la pandilla que dejé de lado cuando me necesitaba está dispuesta a aceptarme de nuevo. Caminaría de acá para allá, pero la escayola me estorba, me pone trabas de muchas maneras diferentes.

—Hola, Bert, soy Holly Kennedy.

—Holly Kennedy —resopla.

—La del *podcast*, conocí a vuestro grupo hace algún tiempo.

—Posdata: te quiero, Holly —dice.

—¿Cómo lo estás llevando, Bert?

—Así, así —resopla—. Tuve una... infección pulmonar... Ahora en casa... mientras pueda.

—Lo siento mucho.

—Mejor estar en casa. —Sus palabras son un susurro ronco.

—¿Escribiste tus cartas de Posdata?

—Sí. Decidimos continuar.

—Lamento haberos fallado.

—No hay nada que lamentar.

Tose. Con tanta fuerza y violencia que tengo que apartar el teléfono del oído.

—Me preguntaba si todavía os gustaría que os ayudara.

Me doy cuenta, mientras espero, de que realmente deseo que diga que sí.

—Has cambiado de opinión.

—Quizá sea que ahora tengo una.

—Vamos, vamos, no seas tan dura contigo —dice sin aliento.

—No me expresé claramente cuando nos reunimos en casa de Joy. Estaba de mal humor, incómoda con lo que sucedía. No os apoyé y me disculpo. Creo que pareció que estaba a la defensiva o que no me gustaban las cartas de Gerry. Y no es verdad. Por eso pido, por favor, que dejéis que me redima. ¿Quizá podría echar un vistazo a tus cartas y darte algún consejo? Podría enfocarlo desde el punto de vista de tus seres queridos.

—Me gustaría —susurra.

Aliviada, gano confianza.

—Para mí, las cartas de Gerry fueron especiales por varias razones. Me he dado cuenta de que lo que Gerry hizo para mí fue establecer una conversación entre nosotros. O, cosa que es más importante aún, continuarla. Incluso después de que falleciera, seguimos teniendo una relación y un vínculo que iba más allá del revivir recuerdos. Estábamos creando momentos nuevos después de su muerte. Esa es la magia. Tal vez deberías centrarte en eso. Tus cartas a Rita no son con fines de entretenimiento, bueno, al menos no exclusivamente, y tampoco son un test de su amor por ti. Estoy convencida de que esto no es lo que tenías planeado conseguir.

—No.

—¿A Rita le gusta la historia?

—¿La historia? No.

—¿Alguna de las preguntas que le haces está relacionada con

una broma privada o tiene un significado secreto para vosotros dos?

Aguardo.

—No.

—Bien. Lo que deberías hacer, si todavía estás dispuesto a aceptar mi consejo, es hacerle preguntas que solo guarden relación con vosotros dos, que solo vosotros dos conozcáis. Personaliza tu «concurso» de modo que signifique algo para ella, que desbloquee un recuerdo especial y que luego la lleve al lugar que corresponda para que resulte aún más intenso. Lleva a Rita de viaje, Bert, haz que sienta que estás a su lado y que lo estáis haciendo juntos.

Se queda callado.

—¿Bert? ¿Sigues ahí?

Oigo sonidos de asfixia.

—¿Bert? —Me estoy asustando.

Se echa a reír, chirridos jadeantes.

—Solo... bromeaba.

Maldigo su sentido del humor.

—Me parece que tendré que empezar otra vez desde el principio.

—Ahora tengo que volver al trabajo, pero puedo pasar por tu casa cualquier día de esta semana para planearlo, ¿te parece bien?

Una pausa.

—Esta tarde. El tiempo... es... esencial.

Al salir de trabajar visito a Bert en su casa tal como he prometido. Su cuidadora me abre la puerta y no tengo más remedio que contarle la historia que conlleva el ver mis muletas y la escayola, y me siento en una silla del recibidor, como si estuviera en una sala de espera mientras la familia está reunida en el salón. Como era el caso en mi casa durante la enfermedad de Gerry, ha sido reconvertido en un dormitorio para que Bert no tenga que subir y bajar la escalera. Así podía estar con Gerry en todo momento, incluso cuando preparaba la comida que indefectiblemente no se comía, y se sentía más conectado con el mundo en lugar de estar escondido en el dormitorio, aunque prefería bañarse que ducharse en el aseo que habíamos montado abajo. El cuarto de baño estaba arriba. Instalamos una silla salva escaleras. Gerry odiaba utilizarla, pero aún detestaba más tener que apoyarse en mí, de modo que se tragó el orgullo. En la bañera cerraba los ojos y se relajaba mientras yo lo lavaba con una esponja. Bañarlo, sostenerlo, secarlo y vestirlo fueron algunos de los momentos más íntimos que pasamos juntos.

La puerta de la habitación de Bert está cerrada, pero alcanzo a oír que está llena de gente; los niños son los más ruidosos. El Club Posdata: te quiero es un secreto que añadir a la sorpresa después de la muerte, y no sé qué ha contado Bert a su familia sobre mí, si es que les ha contado algo, pero por suerte la idea de un club de lectores es una buena tapadera y por eso he traído las memorias de un deportista para fingir que quiero recomendarlo como nuestra próxima lectura.

De repente se oye una música muy bonita cuando un coro de voces jóvenes canta el villancico «Fall On Your Knees». Las voces de sus nietos para levantarle el ánimo, probablemente no saben que están despidiéndose, pero sus padres sí. Bert también. Seguramente los mira a todos uno por uno mientras cantan y se hace preguntas sobre su futuro, esperando que les vaya bien, adivinando quién se dedicará a qué, deseando poder verlo. O tal vez quienes le preocupan sean sus propios hijos, mientras miran cantar a sus hijos con sonrisas forzadas y dolor en el corazón, y él percibe su tristeza, sus esfuerzos, sabe las dificultades que han superado en la vida y le preocupa cómo las afrontarán en el futuro. Porque conoce sus personalidades, incluso en su lecho de muerte mientras se preocupan por él, es incapaz de dejar de estar inquieto por ellos. Su padre, para siempre. Y tal vez piense en Rita, que se enfrentará sola con ello cuando él se haya ido. Me imagino todo esto mientras las dulces voces atraviesan las paredes.

La puerta se abre y se oyen los gritos de «Adiós, abuelo», «Te queremos abuelo». Los nietos salen corriendo de la habitación, dando brincos y saltos, charlando alegremente; los siguen los hijos y los yernos y nueras, que me sonríen al pasar para irse por la puerta principal, deteniéndose para abrazar a Rita. La esposa de Bert es una mujer menuda vestida con pantalones de golf y un suéter rosa, con un aderezo de perlas y pintalabios a juego con su atuendo. Me levanto mientras cierra la puerta detrás del último que se va.

—Perdón por la espera —me dice cariñosamente—. Lo siento, pero Bert no me había dicho que estabais citados. ¡Dios mío, pobrecita! ¿Qué te ha ocurrido?

No parece que esté ni una pizca emocionada después de la escena que acabo de presenciar, no tan conmovida como yo, pero recuerdo la sensación de ser siempre la persona más animada en todas las habitaciones porque si no lo eras, todo se volvía insufrible. Las emociones exaltadas, las despedidas y las charlas sobre el final devienen la norma, y el alma desarrolla una capa adicional de armadura cuando se enfrenta a ello. Estando a solas, las cosas eran muy diferentes. Estando a solas era cuando todo tenía libertad para derrumbarse.

—Un accidente en bicicleta —contesto—. Pronto me habré curado, por suerte.

—Te está esperando —dice, conduciéndome a su habitación—. Pondré agua a hervir. ¿Café o té?

—Té, por favor. Gracias.

Bert ocupa una cama de hospital en la sala de estar. Han retirado los sofás a un lado. Está conectado a una bombona de oxígeno y cuando me ve me hace señas para que cierre la puerta y me siente a su lado. Obedezco.

—Hola, Bert.

Señala los tubos de la nariz y pone los ojos en blanco. La energía de nuestro primer encuentro en la galería de Joy se ha esfumado, pero hay una chispa de brillo en sus ojos gracias a nuestro proyecto.

—Tienes peor pinta que yo —dice entre jadeos.

—Me curaré. Solo me faltan cuatro semanas. Te he traído este libro para nuestro club de lectores.

Guiño el ojo y lo dejo encima del armarito que tiene al lado.

Se ríe. Después tose, una tos airada que le arranca la vida. Me levanto y me acerco y me cierno sobre él, como si eso fuese a servir de algo.

—A Rita le he dicho otra cosa.

—Oh, Dios, ¿me conviene saber qué?

—Mis pies —dice, y miro los dedos que menea al final de la manta que la tos ha apartado. Pies planos con costras y largas uñas duras y amarillas. No pienso tocar esos pies por dinero ni por amor.

—Pie... masaje... terapia.

—Bert... —Lo miro con los ojos como platos—. Vamos a tener que encontrar una tapadera mejor.

Se vuelve a reír, disfrutando de lo lindo.

Oigo ruido de tazas y platos en la cocina mientras Rita prepara el té.

—De acuerdo. —Niego con la cabeza—. Vayamos al grano. ¿Has pensado en las preguntas nuevas?

—Debajo de la almohada.

Me levanto y le ayudo a incorporarse. Riendo, retiro los papeles de debajo del enorme montón de almohadas y se los doy.

—Desde que era niño, siempre he querido planear un atraco.

—Bueno, sin duda has estado ocupado maquinando.

—No tengo nada... más que hacer.

Me muestra un mapa con pegatinas redondas de colores en ubicaciones concretas. Para mi inmenso alivio, todas están en Dublín, pero su letra es tan enmarañada que apenas puedo leerla.

—Es un borrador. Tendrás que volver a escribirlo —dice, quizá al percatarse de mi esfuerzo.

El tintineo de una bandeja y unos pasos se acercan a la puerta. Escondo los papeles debajo del abrigo que he dejado en la silla y le abro la puerta a Rita.

—Aquí lo tenéis —dice con alegría.

La ayudo a trasladar la mesa con ruedas más cerca de Bert. Una tetera bonita con tazas y platitos dispares y un plato de galletas.

—¿Te entorpecerá en tu trabajo? —pregunta, preocupada.

—No, no, qué va —contesto, detestando mentir—. Puedo moverla fácilmente.

La apartamos en cuanto nos deja solos. Estoy convencida de

que la alivia disponer de una hora para ella. Recuerdo que a mí me pasaba. En las profundidades de una realidad difícil miraba programas de reformas de casas, de transformación de jardines, de cocina, todo lo que tuviera que ver con cambios e invitados sorprendidos y llorosos. Me perdía en su tristeza y me animaba su esperanza.

Bert se ríe entre dientes. Le encanta intrigar. A mí no, pero me pregunto si a Gerry le ocurría lo mismo cuando su cuerpo y su mente estaban siendo analizados y poseídos por todos los demás, si disfrutaba guardándose algo para sí.

Vuelvo a sacar los papeles y los estudio.

—¿Has escrito poemas?

—Quintillas. Rita es fan de la poesía y detesta las quintillas —dice con una mirada traviesa.

—Bert —digo en voz baja—. Uno de los motivos por los que me encantaban las cartas de Gerry era que estaban escritas a mano. Tenía la sensación de que había dejado una parte de él conmigo. Sus palabras, de su puño y letra, de su mente, de su corazón. Creo que es mejor que escribas tú mismo estas notas.

—Vaya. —Me mira y resulta imposible pensar que este hombretón, de manos enormes y espaldas anchas, alguna vez haya podido perder una batalla contra lo que fuere—. Rita siempre ha aborrecido mi letra, insistía en escribir ella las tarjetas de felicitación. Tiene una letra preciosa. Deberías hacerlo tú.

—De acuerdo. O las podría imprimir. Para que no sean tan mías.

Se encoge de hombros. Le trae sin cuidado la manera en que se transmita el mensaje, siempre que llegue a su destinatario. Pestañeo. Tengo que aprender a tener esto en cuenta: que cada persona descartará que lo que yo sentí fue relevante y otorgará gran importancia a un aspecto que nunca tomé en consideración. No puede haber nada genérico en estas cartas; son sus deseos y no los míos los que cuentan.

—Y necesitamos papel bonito. ¿Tienes papel de carta? —Obviamente, no tiene—. Ya lo conseguiré yo.

No toca las galletas, no toca el té. Hay un plato de fruta pelada y cortada al lado de la cama, también intacto.

Miro sus notas y el mapa, sin ver nada, pero pensando deprisa. Es excesivo pedirle que haga todo esto otra vez, ha hecho lo que ha podido, tan deprisa como ha podido.

—Bert. Solo para que no me equivoque en alguna palabra cuando lo transcriba, necesito que me hagas un favor. —Saco mi teléfono para grabarle—. Léemelo.

Intenta coger sus gafas, pero el esfuerzo es demasiado grande. Me acerco a la mesita de noche y se las doy.

Mira la página, inspira y espira, respiraciones cortas y rápidas. Lee en voz baja, las palabras se confunden con su respiración. Se ahoga. Se le nubla la vista. Entonces rompe a llorar como si fuese un crío. Detengo la grabación y le agarro las manos con fuerza. Al acentuarse sus sollozos, lo envuelvo en mis brazos y este anciano llora en mi hombro como un niño. Está agotado cuando termina de leer y llorar.

—Bert —digo amablemente—. La verdad es que no quiero decir esto, pero ¿tienes crema?

Se enjuga los ojos húmedos, confundido.

—Si vamos a mantener esta tapadera voy a tener que dejar que esos pies se vean más felices.

Ríe entre dientes de nuevo. Y, en un segundo, la pena puede mutar en alegría.

16

En la papelería miro fijamente los estantes de papel de carta. Hay un montón de tipos diferentes: estucado, sin estucar, verjurado, papel sábana o tejido. Brillante, satinado, mate, estampado o rayado. En tonos pastel o intensos colores primarios. ¿De qué tamaño? Estoy confundida. Solo es papel, ¿acaso importa? Por supuesto que importa. Importa más que cualquier otra cosa. Bert tiene seis notas para Rita. Un paquete de tarjetas bonitas contiene cuatro. ¿Por qué cuatro? ¿Por qué no cinco? De modo que necesito dos paquetes. Ahora bien, ¿las dos sobrantes permitirán suficientes equivocaciones? Tal vez debería comprar tres paquetes. Los sobres vienen en paquetes de siete. ¿Por qué siete? ¿Y se puede imprimir en este papel?

Me tiemblan las manos mientras rastreo los estantes, tratando de dar con sobres que combinen. Autoadhesivos o doblados; dos versiones de mí misma. Un desafío, un reto. Lo que eliges te define. ¿Qué es mejor? ¿Adherirme a mis preferencias o doblegarme y aceptar la derrota?

Gerry debió de hacer esto. Tuvo que ir a comprar las tarjetas que contenían sus notas y acompañaban sus cartas, sabiendo que yo las leería cuando él muriera. ¿Escogió un papel cualquiera o se preocupó? ¿Adoptó una actitud pragmática? ¿Se puso sentimental? ¿Pidió consejo o sabía lo que quería? ¿Fue organizado? ¿Estuvo triste o ilusionado?

De repente tengo la cabeza llena de preguntas. ¿Agarró el primer paquete de tarjetas que vio? ¿Hizo una ronda de tentativas? ¿Cometió errores y las rompió enojado? ¿Tenía otras opciones que al final no aparecieron en las diez cartas? ¿Hizo una lista? ¿Cuánto tiempo estuvo planeándolo? ¿Lo hizo todo en un solo día? ¿Fue una decisión improvisada o se tomó su tiempo? No había equivocaciones en sus cartas, sin duda se tomó su tiempo, o quizá hizo algunas pruebas. Nunca encontré esos posibles borradores. Escribió con bolígrafo azul. ¿Probó con otros colores? ¿El azul significaba algo para él? ¿Tendría que haber significado algo para mí? ¿Llegó a importarle siquiera qué color o qué papel estaba utilizando, sabía hasta qué punto analizaría yo cada aspecto de sus regalos?

¿Se quedó aquí, llorando, el bastón sosteniéndolo derecho como ahora me sostienen las muletas, sintiéndose mareado, recorriendo los estantes de papel, solo puñetero papel, intentando encontrar una manera de comunicarse para asegurarse de que sería recordado? Preocupado por no ser recordado. Agarrándose a un clavo ardiendo para prolongar su vida cuando se acabara el tratamiento, aterrado ante la idea de ser olvidado. Pensando que tras toda una vida ha llegado a este momento, la elección de un papel para escribir sus últimas palabras a una persona a quien no volverá a ver.

—¿Se encuentra bien? —pregunta el dependiente.

—Sí —digo, enojada, secándome las lágrimas—. Pegamento. También necesito pegamento.

Llamo a Joy y me disculpo por haberlos abandonado. Revelo mi cambio de parecer. Se muestra amable y agradecida, a pesar de que los he desatendido tanto tiempo cuando este es lo más valioso de sus vidas. Llego temprano a la reunión del club en casa de Joy, antes de que aparezcan los demás, y le pido que me deje un rato a solas para preparar el salón de la galería.

Saco los artículos de las bolsas de la papelería, desecho los envoltorios y dispongo el papel, las tarjetas y los sobres perfectamente alineados sobre la mesa. Añado un ramo de flores frescas y enciendo unas cuantas velas entre los montoncitos de papel. Esparzo pétalos por encima. La habitación huele a aguacate y a lima. Cuando termino, doy un paso atrás. Es como una ofrenda de papel; una nota manuscrita para toda una vida.

Han llegado todos, excepto Bert, mientras yo trabajaba, y aguardan pacientemente en la cocina. La puesta en escena está requiriendo más tiempo del que había previsto. Es un momento más importante de lo que jamás podría haber imaginado, y ahora que lo siento como tal quiero que sea el mejor posible. Los aviso y todos entran en la sala, con Joy a la cabeza. Se detiene cuando ve el arreglo.

—Oh —dice, llevándose una mano al pecho, con la palma abierta sobre el corazón.

Paul cruza los brazos y mueve la mandíbula para contener la emoción. Recorre con la vista el despliegue de papeles. Ginika estrecha con más fuerza a Jewel, a la que lleva en brazos.

Joy alarga el brazo para tocar las hojas, camina en torno a la mesa, acariciándolas con las yemas de los dedos. Coge una, la palpa y la deja de nuevo en su sitio. Observarla resulta hipnótico. Paul y Ginika no se mueven, no se atreven a distraerla. Al cabo de nada, de repente Joy emite un sollozo y se desvanece. Todos corremos hacia ella y Paul llega el primero, Joy se deja caer apoyada en él, débil entre sus brazos. Me aparto un poco, alterada. Entonces Ginika también se acerca y la rodea con el brazo libre. Paul amplía su gesto y las acoge en su abrazo.

Me asoman lágrimas a los ojos.

Se les está terminando el tiempo, pero sobre todo se les acaba el tiempo de estar juntos.

Cuando se separan, se enjugan los ojos entre risas, avergonzados, y se suenan la nariz.

Ginika se arrima a la mesa.

—¿Cuál te gusta más, Jewel?

Se agacha para ponerse a una altura en la que Jewel pueda alcanzar los papeles. Jewel mira la mesa, todos los bonitos colores, y extiende las manos, patea excitada ante algo tan nuevo para ella. Escoge el rosa, golpea el tablero de la mesa como si fuese un tambor. Luego agarra el papel y lo arruga, lo levanta en alto, lo agita arriba y abajo.

Ginika sonríe.

—¿Te gusta este?

Jewel baja el papel de encima de su cabeza y lo estudia, abriendo mucho los ojos. Lo arruga otra vez con las manos, notando su textura con curiosidad.

—Hemos elegido el nuestro —dice Ginika, confiada.

—Buen trabajo—dice Paul—. Muy bien, Jewel.

Es solo papel, pero no solo. Son solo palabras, pero no solo. Solo estamos aquí por un tiempo muy breve, el papel nos sobrevivirá a todos, gritará, rugirá, cantará nuestros pensamientos, sentimientos, frustraciones y todas las cosas que no se dicen en vida. El papel actuará como un mensajero para que sus seres queridos lo lean y lo guarden; palabras de una mente, controladas por un corazón palpitante. Las palabras significan vida.

17

Saco los libros y cuadernos que he comprado para preparar la primera clase de lectura y escritura de Ginika. Estoy nerviosa. No soy maestra. Siempre he tenido la sensación de que ha sido más lo que he asimilado de las otras personas que lo que les he dado. He investigado cuanto he podido sobre alfabetización de adultos y los mejores libros que usar en las etapas iniciales de lectura. Pero son consejos para principiantes; por lo que me ha contado Ginika me consta que puede ser disléxica, y para eso no estoy en absoluto cualificada. No sé qué ejercicios, trucos y herramientas darle, y he supuesto que un test para establecer su nivel es la manera más responsable de proceder. Dispone como mucho de un año para aprender lo que los niños aprenden a lo largo de cinco años, pero le he dado mi palabra.

Suena mi teléfono y compruebo la identidad de la persona que llama. Supongo que será Ginika para cancelar la cita y casi espero que sea así. En cambio, es Gabriel.

—Mierda.

Me quedo mirando como suena, planteándome ignorar la llamada, pero enseguida decido que no contestar será peor.

—¿Hola?

—Hola.

Silencio.

—Ha pasado una semana. Te echo de menos. No me gusta discutir, tú y yo nunca discutimos.

—Es verdad. Yo también te añoro.

—¿Puedo ir a verte? —pregunta Gabriel.

—Oh. ¿Ahora?

—Sí. ¿Estás en casa?

—Sí, pero... —Cierro los ojos con fuerza, sabiendo que esto no va a salir bien—. Me encantaría verte pero he quedado con alguien que debe de estar al caer.

—¿Quién?

—No la conoces, se llama Ginika.

—¿Es del club?

—Sí.

Se queda callado un momento.

—De acuerdo —dice tajante—. Llámame cuando puedas.

Corta la llamada.

Suspiro. Un paso adelante, dos pasos atrás.

Ginika llega a las ocho, con Jewel en brazos y una bolsa para bebés colgada en bandolera. Jewel me dedica una bonita sonrisa.

—Hola, preciosa —digo, cogiéndole los dedos diminutos.

Les doy la bienvenida a mi hogar, y las llevo desde el recibidor hacia el comedor, pasando por la sala de estar, donde Ginika se detiene.

—Tienes una casa muy bonita —dice, mirando en derredor.

Me quedo junto a la mesa, insinuándole que se siente, pero se toma su tiempo para fisgonear. Se fija en las fotos de mi boda con Gerry, que están colgadas en la pared.

—Normalmente no está tan ordenada, pero es que la estoy vendiendo. Lo he escondido casi todo, así que no abras un cajón o mi vida entera saldrá desparramada.

—Este es Gerry —dice.

—Pues sí.

—Es guapo.

—Sí que lo era. Y lo sabía. El chico más apuesto de la clase —contesto, sonriendo—. Nos conocimos en el colegio.

—Ya lo sé. Cuando teníais catorce años —añade, sin dejar de estudiar la fotografía. Su mirada pasa a la única foto enmarcada de Gabriel y de mí, que está en la repisa de la chimenea.

—¿Quién es?

—Mi novio, Gabriel.

Aplacé las visitas a la casa durante las dos semanas en que me estuve recuperando, pero esta semana se han reanudado. Normalmente quito todas las fotografías cuando vienen posibles compradores. Soy reservada por naturaleza, pese a que derramé mis experiencias de duelo en un *podcast*, y prefiero que la gente no husmee en mis cosas. Si Ginika es así de invasiva delante de mis propios ojos, no quiero ni imaginar lo que hace la gente cuando no estoy aquí. Tomo nota de que debo esconder más cosas en sitios mejores.

—Es diferente —dice Ginika, mirando alternativamente a Gerry y a Gabriel.

—Polos opuestos —corroboro, reuniéndome con ella en la sala de estar al darme cuenta de que va a tomarse su tiempo.

Examina a Gabriel detenidamente, luego sus ojos se posan en Gerry. Comparar es natural, supongo, no soy la única que lo hace.

—¿En qué sentido?

No estoy de humor para analizar a Gabriel ahora mismo.

—Gabriel es mucho más alto —digo con un suspiro.

—¿Eso es todo? —pregunta, arqueando una ceja.

—Y mayor.

—Qué conmovedor.

Insatisfecha con mi respuesta, mira a su alrededor para proseguir su inspección.

—Es tarde —digo, llevándola de nuevo hacia la mesa del comedor—. ¿A qué hora se acuesta Jewel?

—Cuando llegamos a casa.

—Pues será tarde —digo, preocupada.

—Siempre nos vamos a la cama a la misma hora.

—¿Quieres dejarla en el suelo mientras trabajamos? Puedo traer una manta. Todavía no gatea, ¿verdad?

—No. Llevo una colchoneta para bebés en la bolsa pero por ahora está bien así.

En nuestras primeras citas, Gabriel se fijó en que no me quitaba la chaqueta cuando estaba nerviosa. Decía que sabía que en cuanto me la quitaba podía dejar de preocuparse de que me marchara. Nunca me fijé en ese detalle, siempre pensé que era porque tenía frío, porque mi cuerpo necesitaba ajustarse a la temperatura del restaurante, pero él tenía razón: necesitaba ajustarme a la situación en sí. Tuvimos que trabajar hasta la primera revelación, lo que supongo que es la forma en que funcionan las relaciones; en algún momento ambos nos sentimos seguros para retirar una capa y revelar un poco más. En cuanto a Ginika, me doy cuenta de que Jewel es su chaqueta, su manta de seguridad. Creo que nunca la he visto con un cochecito de bebé, siempre la lleva en brazos.

Se descuelga la bolsa con habilidad sin dejar de sostener a Jewel y se acerca despacio a la mesa del comedor, observándola con desconfianza como si fuera una bomba con la cuenta atrás activada. Me doy cuenta de que está nerviosa e intenta retrasar el momento.

—¿Eres zurda o diestra?

No he sabido juzgarlo, Ginika ha sido muy hábil haciéndolo todo con ambas manos, pasando a Jewel de una cadera a la otra.

—Diestra. Quizá debería intentarlo con la izquierda. A lo mejor ese fue el problema.

Se ríe, nerviosa.

Busco alguna diferencia en ella desde la última vez que la vi. Esperaba que hubiese perdido peso pero está abotargada, seguramente por culpa de los medicamentos.

—Antes que nada, el mejor consejo que puedo darte es que puedo ayudarte a buscar un profesor particular. —Lo he considerado. Disto mucho de que me sobre el dinero pero podría subvencionar una lección a la semana si recorto gastos innecesarios en las tiendas online—. Saben perfectamente lo que hacen y podría ser una buena manera de acelerar el aprendizaje.

—No. Te prefiero a ti. Trabajaré duro. Te lo prometo.

—No tengo la menor duda, soy yo la que me preocupa.

—Holly —dice, abriendo mucho los ojos—, solo quiero escribir una puñetera carta. Podemos hacerlo.

Da una palmada, alentadoramente.

Sonrío, animada por su entusiasmo.

Jewel la imita, aplaudiendo.

—¡Buena chica! —Ginika se ríe—. ¡Palmaditas!

—¿Quieres dejarla en el suelo?

Veo que la respuesta es que no en la expresión de su cara.

—A ella también le he comprado un librito, para que se entretenga.

Le paso *Mi primer libro*, un libro blando para bebés con las páginas acolchadas. Jewel lo coge con sus manitas regordetas, abriendo mucho los ojos y estimulada en el acto por la manzana que aparece en la portada.

—Man-za-na —le digo a Jewel.

—A-a-a —repite la cría.

—¿Ves? —dice Ginika—. Puedes hacerlo. Siempre he querido leerle un libro. Yo solo puedo mirar los dibujos e inventarme las historias.

—Me parece que pronto descubrirás que eso es lo que quieren casi todos los niños. Les gusta la improvisación.

—¿Querías tener hijos?

Hago una pausa.

—Sí. Quisimos tenerlos.

—¿Por qué no los tuvisteis?

—Íbamos a empezar a intentarlo justo antes de que descubrieran el tumor.

—Joder.

—¿Y tú?

—¿Si quería tener hijos? —dice, divertida.

—Quiero decir, ¿lo planeaste o...?

—¿Que si planeé quedarme preñada a los quince años y tener un bebé a los dieciséis? No, Holly, no fue planeado. Fue un estúpido error de una sola noche. Cuando mis padres se enteraron, no quisieron saber nada de mí. Avergoncé a nuestra familia.

Pone los ojos en blanco.

—Lo siento.

Se encoge de hombros. Da igual.

—Descubrieron el cáncer cuando estaba embarazada. No me dieron tratamiento porque habría perjudicado al bebé.

—Pero ¿iniciaste el tratamiento una vez que nació?

—Radioterapia. Luego, quimio.

—¿Qué hay del padre de Jewel? ¿Estáis en contacto?

—No quiero hablar de él —dice Ginika, volviéndose hacia

Jewel. Jewel reacciona tocando los labios de su madre, y después tira de ellos. Ginika finge que los engulle y Jewel se ríe.

Extiendo la colchoneta para bebés en el suelo, al lado de nosotras. Una alfombra acolchada con espejos, cremalleras, etiquetas, cosas que se aprietan y chirrían, lo suficiente para mantenerla entretenida. Al ver la colchoneta, Jewel se agita.

—Te lo he dicho —dice Ginika, nerviosa—. En serio, se convertirá en un bebé diferente en cuanto la suelte.

Me pregunto si no será más bien que Jewel se percata de que el cuerpo de Ginika se ha tensado ante la idea de dejarla ir. En cuanto Ginika la baja al suelo, la fácil y alegre belleza se transforma en una bomba que explota al instante y grita con tanta ferocidad que hasta yo quiero recogerla, cualquier cosa con tal de detener el bramido y su aparente dolor.

La cojo en brazos y sigue llorando, una tortura para mis oídos. Jewel se retuerce y empuja, tanta fuerza en una criatura tan pequeña, arquea la espalda y se echa para atrás, prácticamente zafándose de mis brazos. En cuanto la coge Ginika se calma, su respiración entrecortada y el moqueo devienen las únicas señales reveladoras de su supuesto suplicio. Entierra la cabeza en el pecho de Ginika, sin mirar a nadie por miedo a que la vuelvan a cambiar de sitio.

La miro asombrada.

—¡Jewel!

Jewel me ignora. Sabe muy bien lo que ha hecho.

—Te lo dije —dice Ginika mientras la consuela—. Como si estuviera poseída.

Es una forma suave de decirlo.

—De acuerdo. —Respiro profundamente—. Pues lo haremos con ella en tu regazo.

Son casi las nueve de la noche y Jewel vuelve a estar contenta pero parlotea, balbucea, agarra el papel, los bolígrafos, tira al suelo todo lo que está a su alcance. Arranca una página de la libreta de Ginika. Pero cada vez que Ginika la deja en la colchoneta, recomienzan los gritos como si le estuvieran cortando las piernas y no para de berrear aunque esperemos un rato. Dos minutos, tres minutos, cinco minutos son nuestro tope, cada vez es igual de testaruda. No soy una superniñera pero aun así me consta que dejarla en el suelo y recompensarla con arrumacos para acallarla es darle un mensaje equivocado. Cada vez gana. Es una chica dura, y por más que sea la «manta» de seguridad de su madre, también es su debilidad. Con alguien tirando de ella física y emocionalmente, es comprensible que Ginika no pueda concentrarse. Yo apenas puedo pensar. Terminamos a las diez, mucho más tarde de lo que mis pensamientos más negativos habían previsto. Estoy exhausta.

Al abrir la puerta a la noche oscura procuro mantener una actitud positiva.

—Practica todo lo que hemos hecho esta noche y repasa los sonidos una y otra vez.

Ginika asiente con la cabeza. Tiene ojeras. Evita mirarme a los ojos. Seguro que se echará a llorar en cuanto cierre la puerta.

Es tarde. Está oscuro. Hace frío. Hay un buen trecho hasta la parada del autobús. No tiene cochecito. Me muero de ganas de darme un baño y meterme en la cama, apartar la cabeza de la escena que acabo de vivir. Avergonzarme a solas. Si alguien me hubiese visto, Gabriel, Sharon, cualquiera, me habría dicho que estaba librando una batalla perdida, nada que ver con la capacidad de Ginika y todo que ver con mis propias carencias. Cojo las llaves y le digo que la acompaño a casa en coche.

Mira mi escayola.

—¿Puedes conducir con eso?

—He encontrado la manera de hacerlo todo con esto —digo con una mueca de irritación—. Excepto montar en bici. Echo de menos la bici.

Llevo a Ginika a su casa, que está en North Circular Road. Gracias al tráfico escaso a esas horas solo tardamos veinte minutos. Ginika tendría que haber tomado dos autobuses, y habría llegado a casa después de las once. De repente, mi plan de asignar a los demás un horario que me convenga me parece menos angelical y más egoísta. Me avergüenzo de haberle pedido que se desplazara tan lejos. Aunque todos debemos asumir la responsabilidad de nuestra propia vida, no tengo claro que pueda permitir que una madre soltera de tan solo dieciséis años tome esas decisiones por su cuenta.

Me detengo ante una casa adosada, a pocos minutos de Phoenix Park, a pocos minutos del barrio de Phibsboro. Es una casa de época pero que hace tiempo que perdió su esplendor. Está sucia y rezuma humedad, el jardín se ve abandonado, con la hierba tan crecida que parece que el edificio esté deshabitado. Un grupo de chicos matan el tiempo en la escalera de la entrada.

—¿Cuánta gente vive aquí?

—No lo sé. Hay cuatro estudios y tres habitaciones individuales. Me lo arregló el ayuntamiento. La mía está en el semisótano.

Miro en dirección a la escalera que conduce hacia la oscuridad.

—¿Buenos vecinos? —pregunto con esperanza.

Ginika resopla.

—¿Vive cerca tu familia?

—No, y no importaría si vivieran por aquí. Te lo he dicho: apenas hemos hablado desde el día en que les dije que estaba embarazada.

La he estado mirando por el retrovisor, pero ahora me vuelvo hacia ella.

—Pero saben que estás enferma, ¿verdad?

—Sí. Me dijeron que a lo hecho, pecho. Mi madre dijo que era el castigo por tener un hijo.

—Ginika —exclamo, totalmente indignada.

—Dejé el colegio. Me junté con malas compañías. Me quedé embarazada, pillé un cáncer. Piensan que así es como me castiga Dios. ¿Sabes que «Ginika» significa «lo que puede ser mejor que Dios»? —Pone los ojos en blanco—. Mis padres son muy religiosos. Vinieron a instalarse aquí hace veinte años para darme más oportunidades y dicen que las he desperdiciado. Estoy mejor sin ellos.

Abre la portezuela del coche, sale trabajosamente con la bolsa y el bebé, y mientras permanezco sentada, anonadada, se me ocurre que debería haberla ayudado, pero se mueve más deprisa de lo que yo soy capaz con el tobillo escayolado.

Abro mi portezuela.

—Ginika —grito con firmeza, y se detiene—. Se ocuparán de Jewel, ¿verdad?

—No —dice con una mirada rotunda—. No se han interesado por ella desde que supieron que había nacido, no van a empezar a hacerlo cuando yo me haya ido. No se la merecen.

—Entonces ¿quién se quedará a Jewel?

—La asistente social le ha buscado una familia de acogida. Va a su casa cuando me toca tratamiento. Pero no tienes que preocuparte de nada —agrega—. Solo tienes que pensar en enseñarme a escribir.

La veo caminar por el patio hasta los escalones. La pandilla se separa lo justo para abrirle paso y ella camina a través de ellos. Intercambian palabras. Ginika tiene suficiente carácter para amilanarlos. Miro a la pandilla con rabia, armándome de mi mejor cara intimidadora de idiota de clase media suburbana, y me planteo atacarlos con una muleta.

Acto seguido pongo el seguro a las puertas.

Sería mentira decir que no me quedé despierta en la cama, sopesando si debería ofrecerme a cuidar de Jewel cuando falte Ginika, prometerle una vida de amor, comodidades y apoyo y la perspectiva de un futuro seguro. Si debería haber hecho heroicamente el gesto galante de ofrecerme a ser su tutora. Pero no soy ese tipo de persona. No soy tan pura. Pensé en ello, consideré la idea desde todos los puntos de vista durante al menos siete minutos, en una fantasía detallada en la que analicé exhaustivamente todas las versiones posibles. Pero por más que cambiara la ensoñación, esta increíblemente lúcida ensoñación, mi decisión final siguió siendo que no. Me preocupa Jewel, me preocupa su futuro, quién cuidará de ella, quién la amará, si será colocada en brazos seguros y amorosos o si su vida se verá terriblemente afectada por una serie de hogares de acogida, sintiéndose desplazada en el mundo, víctima de una pérdida de identidad, como una pluma que empuja el viento sin nadie que la recoja o la afiance. Estos pensamientos obsesivos dominan mi mente por mucho más tiempo y con mayor intensidad que el sueño de cuidarla yo misma.

Pero todos los pensamientos conducen a la misma conclusión. Que haya tenido mi buena ración de problemas no significa que pueda convertirme en la persona que solucione los suyos. Gabriel lleva razón en una cosa: sería una conducta malsana. Si quiero que mi implicación con el club sea un éxito, no puedo involucrarme más de la cuenta. Tengo que contenerme y ser realista. Acepté ayudar a los miembros del Club Posdata: te quiero a redactar sus cartas, no a resolverles la vida.

Mi misión, mi regalo para Jewel y Ginika, será simplemente que Jewel reciba una carta escrita a mano por su madre, para que la tenga y la guarde, en cualquier parte del mundo donde Jewel pueda terminar.

18

Richard, mi hermano mayor y el más formal, llega a mi casa con veinte minutos de antelación. Nos saludamos torpemente, como si acabáramos de conocernos, pues es la única manera de saludar a mi poco sociable hermano. Su medio abrazo resulta un poco desmañado debido a la pesada caja de herramientas que sostiene en una mano, y más aún porque solo me cubre una toalla de baño chorreante de agua de la ducha que he tenido que interrumpir para bajar la escalera, apoyándome en el trasero, para abrirle la puerta porque ha llegado temprano, y con la escayola del tobillo, ducharse no es tarea fácil. He cubierto la escayola con papel film y he sellado los extremos de arriba y abajo con gomas elásticas para impedir que se cuele el agua. El picor de la pierna se está intensificando y me pregunto si estas últimas semanas tendría que haber puesto más cuidado en proteger la escayola del agua. Para añadir sal a la herida, la parte baja de la espalda me duele por la presión a la que la someto con las muletas, y no consigo dormir bien, aunque no sé si se debe únicamente a mi tobillo o a todo lo demás que está sucediendo.

Entre evitar golpearme la pierna con la caja de herramientas y evitar el contacto con mi cuerpo mojado, Richard no sabe hacia dónde mirar o inclinarse. Lo conduzco a la sala de estar y empiezo a explicarle lo que necesito que haga, pero no logra concentrarse.

—¿Por qué no te... arreglas primero?

Pongo los ojos en blanco. Paciencia. Es verdad que volvemos a la versión infantil de nosotros mismos cuando estamos con los miembros de nuestra familia. Al menos lo es para mí. Pasé la mayor parte de la adolescencia, y de los veinte, si vamos al caso, poniéndole los ojos en blanco a este hermano mío tan particular. Voy dando saltos hasta la escalera.

Seca y vestida, me reúno con él en la sala de estar, donde ahora puede mirarme a los ojos sin reparo alguno.

—Quiero quitar estas fotos enmarcadas pero están, no sé, atornilladas a la pared —explico.

—Atornilladas a la pared —repite.

—Desconozco la terminología. Me refiero a que no tienen un cordel que se cuelgue en un clavo. Las colgó el fotógrafo, parecía que tuviera miedo de que fuesen a caerse en caso de terremoto, como si eso fuese a ocurrir alguna vez.

—Sabrás que hace doce años hubo un terremoto de magnitud 3,2 a veintisiete kilómetros de la costa de Wicklow, en el mar de Irlanda, a diez mil metros de profundidad.

Me mira y sé que ha terminado de hablar. Mayormente habla en sentencias, y rara vez las abre al debate. Dudo de que se dé cuenta; seguramente le extraña que los demás no le respondan. Sus conversaciones funcionan así: yo doy una información, luego tú das una información. Cualquier intento de seguir un enlace que se aparte del tema tiende a confundirlo. En su opinión, estas digresiones del tema principal no son válidas.

—¿En serio? No sabía que hubiera terremotos en Irlanda.

—No hubo ni una notificación por parte de la ciudadanía.

Me río. Me mira confundido, no pretendía hacer un chiste.

—El peor terremoto que sacudió Irlanda fue en 1984, un terremoto en la península de Llyn, que alcanzó un 5,4 en la escala de Richter. Fue el mayor terremoto en tierra firme que se haya producido en Irlanda desde que se iniciaron las mediciones. Papá dice que se despertaron cuando la cama se deslizó por el suelo hasta chocar con el radiador.

Me río a carcajadas.

—No puedo creer que no lo supiera.

—He preparado té —dice de pronto, señalando la mesa de café—. Aún debería estar caliente.

—Gracias, Richard.

Me siento en el sofá y bebo un sorbo. Está perfecto.

Estudia la pared y explica qué tornillos se han usado y qué va a necesitar. Escucho pero no retengo nada de lo que dice.

—¿Por qué quieres quitar las fotos? —pregunta, y me consta que no es una cuestión personal; lo pregunta porque le preocupa la pared, tal vez los marcos, algo que deberá tener en cuenta al retirar las fotografías. No es una pregunta sobre sentimientos. Pero yo vivo immersa en los sentimientos pensando más en ellos que en las cosas prácticas.

—Porque viene gente a ver la casa y quiero resguardar mi intimidad.

Aunque haya hablado sobre mi vida privada en público, permitiendo que estuviera disponible online para que la escuche cualquiera.

—Ya has tenido visitas.

—Es verdad.

—¿Te lo ha aconsejado la agente inmobiliaria?

—No.

Me mira aguardando que añada algo más.

—Simplemente, creo que es injusto meter en un cajón mi foto con Gabriel cuando viene gente a ver la casa y que en cambio las de Gerry sigan en la pared. Si escondo a un hombre, debería esconderlos a los dos —digo, aun sabiendo lo absurdo que le parecerá esto a una persona como Richard.

Mira la fotografía de Gabriel que está en la repisa de la chimenea pero no responde, cosa que ya me esperaba. Nuestras charlas no suelen ser profundas ni significativas.

Richard se pone a trabajar en la pared con el taladro mientras yo plancho en el comedor contiguo, donde apilo la colada cuando no espero visitas de posibles compradores.

—Anoche salí a tomar una copa con Gabriel —dice Richard de repente, mientras cambia la broca del taladro. Sus acciones son lentas, metódicas y tenaces.

Lo miro sorprendida.

—¿En serio?

En todos los años que llevamos juntos, creo que Richard y Gabriel nunca han salido a tomar una copa. Al menos no a solas.

Y cuando han tenido compañía, Gabriel ha hecho más migas con mi hermano Jack. Jack es mi hermano guay, tranquilo, afable, apuesto, y Gerry lo admiraba cuando éramos adolescentes. Richard, para Gerry y para mí, era el hermano difícil, inexpresivo, bastante pardillo y aburrido.

Eso cambió después de la muerte de Gerry. Richard se volvió más asequible. Tuve ocasión de identificarme más con él mientras se divorciaba y perdía su metódica y predecible vida, y le aconsejé sobre nuevas opciones de vida. Jack, en cambio, me resultó superficial, incapaz de alcanzar las grandes profundidades que necesitaba o esperaba compartir con él. Las personas te sorprenden cuando estás sufriendo. No es verdad que descubras quiénes son tus amigos, pero sí que es verdad que se pone de manifiesto su carácter. Gabriel siempre es amable con Jack, pero es alérgico a sus amigos del trabajo con sus trajes y zapatos elegantes. Dice que no se fía de los hombres que llevan paraguas. Richard huele a hierba, a musgo y a humus, olores que son la sal de la tierra y en los que Gabriel confía.

—¿Jack fue con vosotros?

—No.

—¿Y Declan?

—Solo Gabriel y yo, Holly.

Vuelve a taladrar y aguardo impaciente.

Termina de taladrar y no dice palabra, como si hubiese olvidado que estábamos conversando.

—¿Dónde fuisteis?

—Al Gravediggers.*

—¿Fuisteis al Gravediggers?

—A Gabriel le gusta la Guinness. Sirven la mejor Guinness de Dublín.

—¿Quién lo organizó?

—Yo propuse el Gravediggers, pero supongo que te refieres a la cita. Me llamó Gabriel. Estuvo muy bien. Hemos querido vernos desde Navidad. Es un hombre de palabra.

Vuelve a poner en marcha el taladro.

* «Gravediggers», el nombre del pub, significa «sepultureros». *(N. Del T.)*

—¡Richard! —grito, y lo apaga—. ¿Está bien?

—Sí. Un poco preocupado con su hija.

—Ya —contesto, medio ausente—. ¿A eso fuisteis? ¿A hablar de divorcios? —Los hijos de Richard no se parecen en nada a Ava. Cantan en corales, tocan el violoncelo y el piano. Si les preguntaras por la sambuca, te preguntarían en qué clave tocarla. Su esposa terminó de partirle el corazón cuando se casó con un conocido de ambos, profesor de economía—. ¿O sobre el accidente de coche? Me parece que lo está llevando peor que yo.

Tengo ganas de preguntarle si hablaron del Club Posdata: te quiero, tema que resultaría obvio pero, por si acaso, no quiero sacarlo a colación y tener que comentarlo con él. Richard se perdió la conversación en familia durante el almuerzo del domingo y, que yo sepa, nadie ha vuelto a sacar el tema.

—Un poco de cada cosa —dice Richard—. Pero lo que más le preocupa es el club del que te has hecho amiga.

—Vaya. ¿Y qué le dijiste?

—Se te quema la camiseta.

—¿Qué significa eso?

—Tu camiseta, en la tabla de planchar —señala.

—Oh, córcholis —Levanto la plancha de la camiseta, destapando la marca de una quemadura. Cuando estoy con Richard siempre hago estupideces y uso expresiones como «córcholis», como si estuviéramos en un libro de Enid Blyton. No sé si en realidad siempre hago estupideces y solo me doy cuenta cuando estoy con él, o si es su compañía la que me incita a hacerlas.

—Deberías ponerla ahora mismo en remojo en agua fría durante veinticuatro horas. Moja la marca de la quemadura con agua oxigenada, moja un trapo blanco con agua oxigenada, ponlo encima de la tela chamuscada y plánchala a baja temperatura. La quemadura debería desaparecer.

—Gracias.

No tengo la menor intención de hacer nada de todo eso. Esta camiseta acaba de convertirse oficialmente en una camiseta para dormir.

Repara en que no hago nada de lo que me ha aconsejado. Suspira.

—Le dije a Gabriel que es muy valiente y generoso que hagas algo así.

Sonrío.

Levanta el marco y lo quita de la pared.

—Pero eso solo es lo que le dije. Pienso que tendrías que andar con pies de plomo. Según parece, todo el mundo tiene miedo de que te pierdas, pero lo que deberías pensar es que no vaya a ser él a quien pierdas como consecuencia de lo que estás haciendo.

Lo miro, sorprendida ante este inusual despliegue de inteligencia emocional, y entonces me percato de que se están manteniendo conversaciones acerca de mí a mis espaldas. Todo el mundo teme que me pierda. ¿Y qué es más importante, encontrarme a mí misma o perder a Gabriel?

El momento ha pasado y Richard está mirando la pared.

Está llena de feos y profundos agujeros donde los tornillos perforaban la pared, el color de la pintura es más oscuro que la pintura descolorida que rodeaba la foto. También parece que mi fotógrafo hizo otros varios intentos de atornillarla, pero sin éxito.

Seis feas heridas en la superficie.

Dejo la plancha en su soporte y me planto al lado de Richard.

—Ha quedado espantoso.

—Diría que al fotógrafo le costó lo suyo. Le dio a los listones unas cuantas veces; las tiras de madera que hay dentro de la pared.

Hay otros cuatro marcos que quitar; como fuimos incapaces de seleccionar los recuerdos de nuestra magnífica boda entre los cientos de opciones que había, ocupan toda la hornacina.

—Hay que rellenar los agujeros con masilla y después lijar y pintar. ¿Tienes algún bote de la misma pintura?

—No.

—¿Escogerías otro color para la pared?

—Entonces quedaría distinta de las demás paredes. Tendríamos que pintar las dos habitaciones.

—Las dos hornacinas, quizá. O puedes poner papel pintado.

Frunzo la nariz. Demasiado esfuerzo para una casa que está

en venta y cuyos nuevos propietarios de todos modos volverán a pintar.

—Los compradores de todos modos querrán volver a pintarla. ¿Tienes masilla en la caja de herramientas?

—No, pero puedo comprarla esta tarde y traerla mañana.

—Tengo una visita a la casa esta tarde.

Lo deja en mis manos.

Miro las cicatrices de la pared que han estado ocultas por nuestros rostros felices, sonrientes y tersos. Suspiro.

—¿Puedes volver a colgarla?

—Por supuesto. Pero será mejor colgarla de un clavo. No me atrevo a atornillarla en los mismos agujeros, y no quiero hacer nuevos —dice, pasando los dedos por los enormes huecos.

Renuncio a seguir planchando y observo a Richard mientras clava un clavo y cuelga la foto en la hornacina, en el mismo lugar donde estaba. Gerry y yo, con las cabezas juntas, radiantes de felicidad. Posando junto al mar en la playa de Portmarnock, delante de la casa donde me crie, al lado del hotel Links, donde dimos el banquete. Mirándonos a los ojos. Mamá y papá con nosotros, mamá sonriente, papá con los párpados a medio cerrar, la única foto donde no tiene los ojos cerrados del todo. También los padres de Gerry, la sonrisa tensa de su madre, los pies contrahechos de su padre. Sharon y Denise vestidas de damas de honor. Las mismas fotos arquetípicas de tantos álbumes de boda de todos los rincones del mundo, y, sin embargo, pensábamos que éramos especiales. Porque éramos especiales.

Richard da un paso atrás y revisa su trabajo.

—Holly, si te preocupa la paridad, puedes dejar la fotografía de Gabriel en la repisa de la chimenea. Será mucho más fácil que arreglar este estropicio.

Agradezco su sugerencia. Se inquieta.

—Aparezco acurrucada con dos hombres distintos, Richard. ¿Qué van a decir de mí?

Era una pregunta retórica, pero él me sorprende. Se empuja las gafas hasta el puente de la nariz con el dedo índice.

—El amor es algo frágil y escaso. Algo que debe ser apreciado y atesorado, exhibido para que todos lo vean, no hay que esconderlo en un armario ni avergonzarse de él. Las fotografías de estos dos hombres tal vez digan a los demás, aunque debería traerte sin cuidado lo que digan, que eres muy afortunada por tener el indudable honor de amparar en tu corazón el amor no de uno, sino de dos hombres.

Se arrodilla y se pone a ordenar el contenido de la caja de herramientas.

—No sé quién eres ni qué le has hecho a mi hermano, pero gracias, desconocido, por visitarnos y hacer salir de su cuerpo estas sabias palabras. —Le tiendo la mano, profesional y pragmática—. Por favor, asegúrate de devolverlo a su estado normal antes de marcharte.

Me dedica una de sus escasas sonrisas, arrugando su rostro solemne, y niega con la cabeza.

Esa misma noche, acostada en la cama, oigo que algo se rompe. Con el número de Gabriel a punto para marcarlo, aterrorizada por si han entrado a robar, agarro la muleta, con la intención de usarla como arma, e intento bajar la escalera a oscuras sin hacer ruido, cosa harto difícil y que termino haciendo torpe y ruidosamente porque la muleta golpea los barrotes de la barandilla. Cuando llego al pie de la escalera tengo la certeza de que mi labor detectivesca se ha oído desde la otra punta de la calle. Con el corazón palpitando, pulso el interruptor de la luz de la sala.

Resulta que el fotógrafo sabía una cosa que nosotros no. El delgado cordel no era lo bastante fuerte para soportar el peso del recio marco y su cristal. Gerry y yo estamos tirados en el suelo, cubiertos de cristales rotos. Gerry y yo vamos de punta en blanco, yo con varias capas de maquillaje, posando con las piernas en un ángulo extraño pero significativo. Mi mano sobre su corazón, exhibiendo la alianza, sus ojos mirando los míos, con nuestras familias alrededor. Si tuviera que volver a hacerlo, no lo haría así. Éramos más reales, pero eso la cámara no lo captó.

Después estamos Gabriel y yo, relajados, riendo, con el pelo revuelto, más naturales, las arrugas de la frente y las pecas bien visibles. Nuestra foto es un selfi con un fondo indistinto. Decidí enmarcarla porque me gustaba lo felices que se nos veía. Me sonríe desde la repisa de la chimenea, y parece que me abrace estrechamente, satisfecho de su victoria.

19

De todos los rincones de la tienda, el expositor de baratijas es mi favorito. Es una vieja cómoda que encontró Ciara, una cómoda anticuada con tres anchos y pesados cajones que tiene encima un espejo desazogado y tan lleno de manchas negras que no te puedes ver la cara. Me encanta esta cómoda, y la elegí expresamente para las baratijas. En el sobre se exponen unos cuantos artículos, el primer cajón está un poco abierto y también expone objetos, el segundo, un poco más y el de abajo está abierto del todo, apoyado en el suelo para que no se desfonde. La dueña nos dijo que su madre usaba el cajón de abajo a modo de cuna para sus bebés. Esta sección es la que llama más la atención a los bebés, pero nada tiene mucho valor, al menos que nosotras sepamos, y la mayor parte de los artículos cuestan veinte euros o menos. Mis piezas favoritas son los pastilleros, los espejos de mano, los joyeros y las cucharas decorativas, junto con los pasadores y los broches que son específicos de esta zona y que no deben colocarse en la sección de joyería. Una nueva adquisición perfecta para este expositor de baratijas es un joyero que descubro envuelto en papel de periódico, dentro de una caja de cartón. Es de espejo, la tapa está decorada con cristales que imitan esmeraldas, rubíes y diamantes, como los de los disfraces. Dentro hay una bandeja de compartimentos forrados de terciopelo para piezas sueltas, donde las piedras que se han despegado de la tapa descansan cómodamente. Tiro suavemente de la lengüeta que asoma en un lado y la bandeja sale, cosa que permite utilizar el joyero como una caja.

—¿Qué has encontrado, urraca? —pregunta Ciara, interrumpiendo mis pensamientos.

Hoy va vestida como una gatita glamurosa de los años cuarenta, con pintalabios rojo y un velo negro, un vestido con hombreras que le estruja las tetas bajo el escote de pico, un cinturón de leopardo falso que le ciñe la cintura y acentúa sus prominentes caderas. Completa el conjunto con unas Doc Martens con motivos florales.

Levanto la caja para mostrársela. La examina, dejando huellas en las partes que ya he limpiado.

—Es mona.

—Voy a comprarla —digo enseguida, antes de que insinúe que se la quiere quedar.

—Vale. —Me la devuelve.

—¿Cuánto?

—¿Horas extra gratis esta noche? —pregunta, esperanzada.

Me río.

—Salgo a cenar con Gabriel. Hace tiempo que no nos vemos, de modo que no pienso anular la cita.

—Muy bien, pues si no puedes trabajar esta noche, no puedes quedarte con la caja.

Me quita el joyero y me abalanzo torpemente para recuperarlo, lastimándome el tobillo en el intento.

—¡Ay!

Lo balancea más alto.

—Voy a denunciarte por acoso laboral.

Saca la lengua y me devuelve la caja.

—Muy bien, se lo pediré a Mathew. Buena suerte con Gabriel, y dile que yo...

Hace una pausa cuando ve mi mirada de advertencia. Piensa que Gabriel está enojado con ella porque me hizo participar en el *podcast* y, por consiguiente, irritado con ella por mi implicación con el club. No paro de decirle que deje de disculparse, que no está enfadado con ella, solo conmigo, aunque dudo de que sea verdad. Últimamente está muy irritable con todo el mundo.

—¿Que le diga que tú qué? —pregunto.

—Nada —responde, terminando la frase.

—Tranquila. Le diré que nunca eres nada. —Sonrío, y me pongo a limpiar las huellas de sus dedos en el espejo.

En uno de los lugares que frecuentamos, Cucino, un bistró italiano cercano a su casa, encuentro a Gabriel sentado fuera. La noche es fresca, pero las estufas de gas provocan un efecto invernadero que te hace sentir como si estuvieras en medio de un templado verano italiano.

Me da un beso y me ayuda a sentarme; dejo las muletas en el suelo, al lado de la mesa. Echo un vistazo al menú y elijo al instante. Siempre tomo lo mismo. Ñoquis con salsa de mantequilla y salvia. Aguardo mientras Gabriel elige su plato. Está volcado sobre la carta, la frente arrugada por su profundo pensamiento y su concentración, pero sus ojos no recorren las palabras impresas. Lo observo fingiendo que estudio la carta. Levanta su copa y bebe un buen trago de vino, luego sus ojos se posan de nuevo en la carta, exactamente en el mismo sitio. Me fijo en la botella. Ya se ha tomado dos copas.

—¿Cómo se llama un zoo donde solo hay un perro? —pregunto, rompiendo por fin el silencio.

—¿Mmm? —Levanta la vista.

—¿Cómo se llama un zoo donde solo hay un perro?

Me mira desconcertado.

—Un shih-tzu. Un zoo de mierda —digo, sonriendo.

No tiene ni idea de lo que estoy diciendo.

—Holly, no... ¿Qué estás diciendo?

—¡Es un chiste!

—Ah, vale.

Esboza una sonrisa vaga y vuelve a dedicar toda su atención a la carta.

La llegada de la camarera para anotar el pedido es lo único que rompe el silencio. Pedimos, devolvemos las cartas a la camarera y Gabriel se retuerce las manos sin parar. Y entonces caigo en la cuenta. Está nervioso. Le sirvo vino a fin de que disponga de un momento para serenarse, pero la cosa parece empeorar mientras aguarda, haciendo como si tocara la trompeta con el labio superior lleno de aire, luego tamborilea sin ritmo sobre la mesa con los índices, antes de reanudar los extraños movimientos labiales.

La camarera nos trae *bruschette* y tomate troceado a la mesa para entretener la espera del plato principal. Parece aliviado de tener una nueva distracción, centra su atención en la comida, pasa el rato aliñándola con vinagre balsámico y aceite de oliva, prestándole más atención que nunca. Se pone a toquetear la comida, separando el tomate troceado de las diminutas hojas de albahaca y construye una pared de migajas, una precaria estructura que crece y se derrumba. Estudia la cada vez más interesante *bruschette*. Albahaca a la izquierda, tomate a la derecha. Las migajas en medio.

Me inclino hacia delante.

—¿Qué pasa, Gabriel?

Aplasta las migajas de su plato, recogiéndolas con el dedo, luego se frota las yemas y las esparce de nuevo por el mismo lugar donde estaban.

—¿Vas a comportarte así todo el tiempo que esté ayudando al Club Posdata: te quiero? Ni siquiera sabes lo que hago con ellos. ¿Quieres preguntar algo? No sabes ni cómo se llaman.

—No es eso —responde con firmeza, desentendiéndose de la *bruschette* y apartando el plato—. Es Ava. —Apoya los codos en la mesa, junta las manos y los dedos como si fuese a rezar y se tapa los labios—. Quiere vivir conmigo.

—¿Mudarse?

Asiente con la cabeza.

—¿Contigo?

Asiente de nuevo.

—¿A tu casa?

—Sí.

Parece confundido. Por supuesto, ¿dónde viviría si no?

La mente se me acelera. Se supone que era yo quien se iba a mudar a su casa.

—Me lo pidió hace unas semanas —dice, evitando mirarme a los ojos, y entiendo el motivo de su distanciamiento.

No ha tenido nada que ver con el accidente, tonta de mí, nada que ver con el club, simplemente ha dejado que yo lo creyera así. Este ha sido el motivo del sinfín de reuniones con Kate y Ava.

—Vaya. A ver si lo adivino. ¿Necesitabas un poco de tiempo para pensártelo antes de decírmelo? Me suena de algo, ¿a ti no?

Y sin embargo me enfado tanto como él cuando me acusó de lo mismo.

No pica el anzuelo y se atiene al tema que nos ocupa.

—Sabes de sobra que Ava y Kate han tenido problemas. No se llevan bien.

—No se han llevado bien nunca en los dos años que hace que te conozco.

—Las hostilidades han subido de nivel. Mucho —agrega, negando con la cabeza—. Es como...

Agita las manos e imita el ruido de una explosión.

Sigue sin mirarme a los ojos. Le ha dicho que sí. Ya se han puesto de acuerdo. De modo que hablaba en serio cuando dijo que a partir de ahora cada cual haría lo suyo, sin comentarlo previamente. Revancha por lo del club.

—Que Ava viva contigo significa que estarás siempre en casa, despertándola y levantándola de la cama, procurando que llegue puntual al colegio. Haciendo que estudie. Vigilándola.

—Tiene dieciséis años, Holly, no seis.

—No se levanta de la cama, no iría al colegio si no la llevaran a rastras cada día, me lo dijiste tú. Querrá ir a fiestas cada fin de semana. Tendrás que hablar con otros padres, conocer a sus amigos, ir a recogerla de madrugada o esperarla despierto.

—Ya lo sé, no soy idiota, sé lo que conlleva ser padre —asegura—. Le dije que tenía que hablar contigo antes de concretar nada, pero entonces tuviste el accidente y últimamente has estado... ocupada cada vez que te he llamado.

—Perdón —suspiro. Tengo tantas cosas que contarle, sobre Bert, sobre Ginika, mi vida secreta de la que no ha participado solo porque me parecía que era coto vedado. Tendría que habérselo contado antes de que se enfureciera—. Escucha, por mí está bien. Es tu hija, me alegra por ti que esté sucediendo esto, sé que para ti es importante. Estoy de acuerdo con que venga a vivir con nosotros, siempre y cuando sepas dónde te estás metiendo.

Ahora me mira, por fin a los ojos, su expresión pesarosa y arrepentida.

—Verás, esta es la cuestión.

Poco a poco lo voy vislumbrando.

Ava se muda en mi lugar.

—Me necesita. —Me agarra el brazo y aprieta. Me vienen ganas de clavarle el tenedor en la mano—. No puedo darle la espalda después de haber esperado tanto tiempo que Ava acudiera a mí en busca de ayuda. Kate y Finbar se van a casar. No soporta a Finbar. Detesta estar en casa. Está fuera de sí, la pifia en el colegio, suspende exámenes, sale de fiesta. Me parece que le he fastidiado la vida y tengo que solucionarlo.

El corazón me palpita.

Procura hablarme en un tono más amable, más compungido.

—Ava y yo necesitamos espacio para resolver las cosas y encontrar nuestro camino. Si los tres viviéramos juntos durante esta transición, sería demasiado estresante para todos.

—¿Cuánto tiempo crees que durará esta transición?

Niega con la cabeza y mira a lo lejos, como si calculara los días de transición requeridos en su calendario mental virtual.

—No lo sé. Quizá lo mejor sería aguardar hasta que termine el colegio. Creo —prosigue enseguida, antes de que me ponga a gritar— que tengo que ayudarla mientras esté en el colegio. Después, cuando se haya calmado y empiece la universidad, tú y yo podremos hacer lo que queramos. Tú y yo llevamos dos años viviendo así, podemos seguir haciéndolo como hasta ahora. Además, nos funciona, ¿no?

Me coge las manos y las aprieta.

Aparto las manos, frustrada.

—Dos años —digo, mirándolo sorprendida—. ¡Dos años! Estoy vendiendo mi casa para irme a vivir contigo. Me lo has estado pidiendo los últimos seis meses. ¡Fue idea tuya!

—Lo sé, lo sé.

Es evidente, por su expresión dolorida, que no quiere hacerme esta jugarreta, y yo no quiero culparlo de esta situación. Cualquier padre haría lo mismo; anteponer a su hija a cualquier otra cosa. Pero esto está echando por tierra mis planes.

—Quizá dos años sea demasiado tiempo. Quizá un año sea más razonable —dice, intentando mantener la calma.

—¿Un año? —barboto—. ¿Y si mañana recibo una oferta por la casa, dónde se supone que voy a ir? Tengo que hacer planes. ¿Busco un sitio nuevo? ¿Me lo puedo permitir? ¿Debería retirar mi casa del mercado? ¡Por Dios!

Me paso las manos por el pelo al darme cuenta de golpe de la pesadilla logística en la que estoy inmersa. Y una de todas las cosas en las que pienso son los agujeros de la pared que ahora tendré que arreglar cuando confiaba en que iban a ser el problema de otro. Por si fuera poco, hasta tengo que arreglar mis propios errores.

—Holly —dice Gabriel, acariciándome la mejilla—. No me voy a ningún lado. Necesito tiempo para ayudar a Ava a madurar. Pasaré contigo el resto de mi vida.

Cierro los ojos. Me digo que no está enfermo, que no se está muriendo. Los planes cambian. Así es la vida. Pero no consigo digerirlo.

—Pensaba que te aliviaría un poco saberlo.

—¿Por qué demonios iba a aliviarme?

—Por ese club en el que estás involucrada. Apenas tenías tiempo para mí.

La camarera nos interrumpe.

—¿Han terminado?

Por supuesto. Yo sí.

Despeja la mesa en medio de un silencio tenso mientras nos miramos fijamente, y luego se va corriendo.

Giro sentada en la silla y me agacho torpemente para recoger las muletas. No las alcanzo. Me inclino más y palpo el suelo con las manos.

—¿Qué estás haciendo?

—Intento largarme de aquí, pero está claro que no puedo —digo, apretando los dientes. Sigo buscando a tientas, rozo la empuñadura con los dedos pero la alejo por error—. ¡Maldita sea! —espeto.

Los de la mesa de al lado me miran. No les hago caso.

Gabriel se agacha para ayudarme.

—No quiero que me ayudes —murmuro, pero lo necesito.

Me pasa las muletas pero, cuando agarro la punta de una, no la suelta, reteniéndome, jugando al tira y afloja con una muleta.

—Holly —dice con ardor—, no quiero que cortemos. Tengo que postergar una temporada nuestros grandes planes, eso es todo.

—¿Cuáles son esos grandes planes? —pregunto, ahora interesada, levantando la voz más de lo que debería—. ¿Vamos a casarnos, Gabriel? ¿Vamos a tener un hijo? Es solo por saber lo que estaré esperando durante dos años.

Su enojo va en aumento, pero sigue hablando a media voz.

—Los dos años, como he dicho, están abiertos al debate. Intento ser sincero contigo. Intento ocuparme de la hija que ya tengo. Me parece que podemos seguir hablándolo en otro momento, ¿no?

Qué momento tan curioso para darme cuenta de que quiero tener un hijo con él, de lo mucho que esperaba de esta relación. Estos dos años más me provocan pánico y ejercen presión en mi cuerpo y en mi mente de una manera desconocida. En un instante he perdido una cosa que ni siquiera sabía que deseaba. De repente me la han colgado delante, esta cosa que no sabía que deseaba, solo para demostrar que quizá no la tendré.

Maniobro con torpeza entre las mesas y las sillas, las muletas se enganchan en las patas de las sillas, la gente tiene que apartarse para que pueda pasar. Es cualquier cosa menos una salida digna.

Tal vez me haya hecho un favor, tal vez estemos mejor arreglando nuestros estropicios a solas. Ava de vuelta en su vida, exactamente como Gabriel quería. Tengo una vida tan plena, pienso enojada, que quizá ya no haya sitio en ella para Gabriel.

20

Estoy con Joy en su cocina. Estamos solas por primera vez. Los rayos de sol entran a raudales por las puertas del patio, derramando un haz de luz sobre la mesa y el suelo. Estoy inmersa en un sol abrasador mientras el resto de la cocina está en penumbra. El perro descansa al sol, enroscado, acopiando calor, con las orejas atentas, y de tanto en tanto se sienta y gruñe cuando un pájaro aterriza en su jardín.

—Ginika me dijo que has pasado mucho tiempo con ella —dice Joy, removiendo la bolsita de menta en la tetera.

—Nos hemos reunido cuatro veces en las dos últimas semanas. ¿Te ha contado lo que estamos haciendo?

Me pregunto en qué medida se supone que estas cartas son secretas, si compartir las ideas con el grupo hace que dejen de ser un tesoro para sus seres queridos. Bert fue muy abierto y confiado al compartir su «concurso» con ellos en las primeras etapas, pero no sé si el contenido final es sagrado. Recuerdo el modo en que Joy subió al altar en el funeral de Angela para dirigir la presentación, pero no tengo claro cuán implicados deseaban estar los demás en sus respectivos gestos. He visto el grupo de apoyo como un intercambio de ideas, un estímulo y una manera de levantarse el ánimo mutuamente, después cada uno se va a su casa y piensa, al cabo regresa y vuelve a compartir. Tal vez mi llegada al club haya significado que soy la caja de resonancia y la guardiana de los secretos.

—No. —Joy niega con la cabeza—. Ginika es muy celosa de su intimidad. Es reservada pero formidable.

—En efecto —convengo—. Es muy puntillosa y cuando menos me lo espero mete la pata.

—Es verdad. —Joy se ríe—. Es una chica lista. Una madre maravillosa. Dudo de que yo hubiese tenido agallas para hacer lo que está haciendo con dieciséis años, y encima sola.

—Me parece que yo no las tengo ni ahora.

Sonríe.

—Has pasado lo tuyo, Holly.

—Nada me ha hecho sentir más embaucadora que cuando me han llamado heroína por sobrevivir a la muerte de otra persona. Quien sufrió fue Gerry.

—Todo el mundo sufre —dice amablemente.

Dejamos que se haga el silencio. Intenta levantar la tetera y veo cómo se esfuerza. Pongo una mano encima de la suya y la detengo para servir yo la infusión. Sin decir palabra, retira la mano y se frota la muñeca, un gesto con el que estoy familiarizada.

—¿Y tú, Joy, cómo estás tú?

—¿Te refieres a mi enfermedad?

—Me refiero a todo. Has sido tan considerada organizando a todos los demás que me haces olvidar que tú también estás padeciendo.

Se toma un momento antes de responder, y me pregunto si es para decidir qué contarme.

—¿Qué sabes acerca de la esclerosis múltiple?

—Sé que es una enfermedad neurológica, pero que es diferente en cada persona.

Asiente.

—La esclerosis múltiple es una enfermedad degenerativa del sistema nervioso. Puede producir síntomas diversos, que pueden mantenerse o empeorar a medida que avanza la enfermedad. Fatiga, dificultades para caminar, alteraciones en funciones cerebrales, deterioro de la visión, depresión, cambios de humor. No tiene cura. Al menos en la actualidad. Solo existen cuidados paliativos, que nos ayudan a prepararnos para lo que nos aguarda en la etapa final.

—¿Tienes dolores?

—Espasmos musculares, neuralgias. Tomo antidepresivos

para aliviar las neuralgias. Detesto tomar medicamentos, antes ni siquiera tomaba pastillas para el dolor de cabeza. Fisioterapia para los espasmos.

—Te diagnosticaron hace nueve años —digo, mirando al perro porque recuerdo que su edad representa el momento de su diagnóstico.

—Sí, y tienes razón, la esclerosis múltiple es distinta en cada persona, Holly. Hay quien permanece estable durante largas temporadas. Cuando me diagnosticaron, estaba convencida de que estaba bien, que era algo manejable, que mi vida no iba a cambiar, pero de repente la enfermedad avanza y regresa con más fuerza. Por ahora el bastón me ayuda, pero tenemos eso en espera.

Miro la silla de ruedas plegable que hay junto a la puerta.

Le cojo la mano.

—Lamento que hayamos perdido tiempo, Joy, pero aquí me tienes. ¿Qué puedo hacer por ti? ¿Cómo puedo ayudarte?

—Oh, Holly, que estés aquí es una bendición para todos nosotros. Nos has revitalizado, nos has dado un objetivo. Que dediques tiempo a cada uno de nosotros y nos escuches y nos orientes es más valioso de lo que nunca llegarás a imaginar, y no serías humana si no hubieses necesitado tiempo para pensarlo antes de hacerlo. Me temo que no tuvimos en cuenta lo mucho que podía afectar a tu vida que te pidiéramos que te involucraras. Espero que no lo hayamos puesto todo patas arriba —agrega, frunciendo el ceño.

—Los problemas que tengo me los he buscado yo solita.

Sonrío, pensando en Gabriel.

—Angela era una mujer muy resiliente —dice Joy—. Estaba convencida de que podía conseguir cualquier cosa que se le metiera entre ceja y ceja, y hacerte subir a bordo fue una misión que emprendió con entusiasmo. Solo espero no haber asumido su reto de forma demasiado egoísta.

Estoy de acuerdo, recuerdo con cuánta fuerza me agarraba Angela el brazo en la tienda, taladrándome con la mirada mientras me apremiaba a seguir contando mi historia como si le fuese la vida en ello.

—Lo último que debe preocuparte es mi vida —digo animadamente—. Así pues, pasemos a lo importante. ¿Has decidido qué quieres escribir en tus cartas?

—Pienso en ellas todo el rato, pero sigo sin saber qué hacer. Mis hijos estarán bien, están casados, tienen familia. Mi mayor inquietud es Joe. Me preocupa. Estará perdido.

Me acuerdo de su torpeza en la cocina el día que nos conocimos, tratando de localizar cosas sencillas, el golpe de escoba que se llevó en la cabeza cuando buscaba la leche. Intento imaginarlo en su casa sin que su esposa esté al timón; pese a los años que lleva viviendo aquí, para él será un entorno extraño, lleno de cosas guardadas en sitios misteriosos.

—Me he fijado en que va un poco perdido en lo doméstico —digo con tanto tacto como puedo.

Joy me sorprende riendo.

—Ya te has dado cuenta pese al poco tiempo que has pasado aquí. Mis hijos siempre le toman el pelo, pero asumo la plena responsabilidad de que esté «perdido en lo doméstico». Seguro que te parecemos anticuados —agrega, sonriendo—. Mis hijos son idénticos a su padre en su casa, y con sus hijos también. Pero a Joe y a mí siempre nos ha gustado ser como somos. Mientras él trabajaba, este era mi territorio. Nunca se me ha dado bien compartirlo. Lavo la ropa, plancho, preparo las cenas, hago la compra, cocino, todo. Nunca le dejaba hacer nada; tampoco era que él lo intentase, pues no le interesaba lo más mínimo. Desde que se jubiló, todo ha seguido igual. Tiene buena intención, pero tarda un siglo en encontrar cualquier cosa. —Me agarra el brazo y se inclina hacia mí como si estuviéramos conspirando—. No se lo digas, pero a veces, cuando el dolor se recrudece y me cuesta soportarlo, le pido cosas que sé que tardará una eternidad en encontrar, así dispongo de un rato de tranquilidad y, de paso, no lo preocupo. Dios me perdone.

Nos reímos como dos clandestinas.

Reflexiona un momento.

—He estado pensando en lo que nos contaste sobre las cartas de Gerry, que no eran recordatorios de una muerte sino que te capacitaron para seguir adelante. Quiero darle un impulso a

Joe cuando me haya ido. No somos sentimentales, Joe y yo. Dudo de que lo que él quiere sean cartas de amor sensibleras. He intentado escribirlas... —Se estremece—. No es nuestro estilo. En todo caso, pensará que he perdido la cabeza. Quiero que las lea y que se sienta como si yo le hablara. Pero no soy escritora, Holly. —Niega con la cabeza—. Me falta imaginación.

—A Gerry tampoco se le daba bien escribir, créeme, pero era detallista. Me conocía, me comprendía, y eso es cuanto necesitas. Creo que debes imaginar la vida de Joe desde su punto de vista e intentar descifrar qué palabras o gestos de consuelo podrán hacerle más llevadera tu ausencia. Algo se nos ocurrirá, no te preocupes —digo mientras divago.

Recuerdo lo inútil que me sentía después de la muerte de Gerry cuando se estropeaba la caldera de casa o se fundía una bombilla. No era que no fuese capaz de resolverlo, es que cada cual tiene sus deberes en una casa. Encontramos nuestro hueco y permanecemos en él, y a menudo, en el ajetreo de la vida cotidiana, no somos conscientes del papel que desempeña el otro, no sabemos exactamente qué es lo que hace el otro. En el caso de Gerry y mío, yo siempre tenía la sensación de que hacía más que él, y me debatía en mi fuero interno una y otra vez. Solo cuando se hubo ido me di cuenta de las lagunas, de las cosas adicionales que yo nunca había hecho y que no sabía cómo hacer. Los números de teléfono que no sabía, los códigos, las cuentas. Cosas nimias, normales, mundanas, acciones cotidianas que ayudaban a que la vida fluyera. La cuenta de Rentokil.* La contraseña de cliente de Sky.** El número de teléfono del fontanero. Cada cual tenía sus funciones, y la función de Joy está cambiando considerablemente, con notables consecuencias para Joe. Me enderezo en la silla, inspirada.

—No quieres grandilocuentes declaraciones de amor. ¿Qué te parece si tus cartas fuesen simples pero prácticas? Directrices para Joe. Un mapa de dónde está todo en la cocina. Una lista de

* Empresa dedicada al control de plagas en el hogar: termitas, cucarachas, etc. (N. Del T.)
** Servicios de televisión vía satélite y telefonía. (N. del T.)

lo que hay en los armarios. Dónde está la tabla de planchar, cómo se plancha una camisa.

Se le ilumina la mirada.

—¿Cuál es su plato favorito?

—Mi pastel de carne y patata.

«Mi.» Controla su hogar. Su hogar, su cocina, su sitio. No hay lugar para Joe.

—¿Qué tal una receta con instrucciones claras para que pueda preparar tu pastel de carne y patata? Un bloc de notas para ayudarlo a pasar por el infierno doméstico sin ti.

—¡Me gusta! —exclama, dando una palmada—. Es exactamente lo que necesita y, además, es divertido, se hará un hartón de reír y al mismo tiempo tendrá una guía. ¡Holly, es perfecto!

—Creo que a mí me habrían venido bien menos cartas de apoyo de Gerry y más notas prosaicas sobre el funcionamiento cotidiano de algunas cosas —digo, sonriendo—. El bloc de notas de Joy... ¿Directrices de Joy para Joe?

Reflexiona un momento, sonriendo con los ojos chispeantes, disfrutando de los lugares a los que le lleva la imaginación.

—Los secretos de Joy —dice por fin.

—Los secretos de Joy —repito, sonriendo—. Ya lo tenemos.

Nos ponemos a hacer una lista de ideas para su bloc de notas. Joy comienza a escribir pero le da un espasmo en la mano y se le cae el bolígrafo, y mientras se frota la muñeca recojo el guante.

Deambulo por la cocina abriendo armarios y sacando fotos de lo que contienen mientras ella permanece sentada a la mesa tranquilamente, observándome, señalando cosas sin cesar, proponiendo pistas, trucos, secretos. Es muy territorial en cuanto a su hogar, hay un sitio para cada cosa y cada cosa está en su sitio. Si algo no encaja, se va a la basura. Ningún desorden, todas las etiquetas a la vista. La idea del bloc de notas de Joy tampoco es para echar cohetes, pero concuerda con su vida. Del mismo modo en que toda relación o matrimonio es único e intransferible, la intrincada encarnación de dos seres, este servicio es representativo de su unión y debe ser hecho a medida.

Mientras voy de acá para allá anotándolo todo, me pregunto

si Gerry hizo lo mismo cuando pensaba en las cartas que me iba a escribir. ¿Me observaba e intentaba imaginar lo que necesitaría? ¿Pensaba constantemente en su lista, mientras yo no tenía ni idea de lo que le pasaba por la cabeza? Me gustaría pensar que lo serenaba, que en sus momentos de dolor e incomodidad era capaz de distraerse y marcharse a otro lugar, perderse en el placer de su plan secreto.

Reparo en que Joy lleva un rato callada y dejo de catalogar la cocina para ver si se encuentra bien.

—Me estaba preguntando si podía pedirte una cosa más —dice cuando la miro a los ojos.

—Por supuesto.

Saca un sobre doblado del bolsillo de su rebeca.

—Esto es una lista de la compra. Quisiera que me ayudaras. El dinero está dentro, en efectivo, con la lista. —Aprieta el sobre un momento—. Perdona que te lo pida. Es pedirte mucho. Mis chicos, sus esposas y mis nietos. El día de Navidad tenemos una tradición. Joe y yo nos situamos en un extremo de la sala, junto al árbol, y los demás se juntan a nuestro alrededor. Joe saca un nombre de un gorro de Papá Noel y anuncia a un miembro de la familia, a quien le damos sus regalos. Llevamos años haciéndolo, es nuestra tradición navideña familiar. —Joy pestañea con los párpados cerrados, como si lo estuviera viendo en su imaginación—. A los pequeños les encanta. No quiero que este año se lo pierdan. Joe no sabe qué cosas les gustan.

Abre los ojos y me alarga el sobre con mano temblorosa.

Acerco una silla de cocina y me siento a su lado.

—Joy, faltan seis meses para Navidad.

—Ya lo sé. No digo que no vaya a estar aquí, pero no sé en qué estado me encontraré. Verás, dicen que mi cerebro llegará a tal grado de deterioro que no me acordaré de tragar. —Se lleva la mano al cuello y lo estruja, como si se lo imaginara—. Los cuidados paliativos me preparan para el final, pero si estoy planeando un futuro con tubos de alimentación, también tengo que planear no solo cómo alimentarme sino cómo puedo seguir alimentando a mi familia.

Bajo la vista al abultado sobre.

—Sé que es un abuso, pero si también pudieras envolver y etiquetar los regalos, me gustaría guardarlos en el desván para que Joe los encuentre cuando vaya a bajar los adornos. Como parte de los secretos de Joy —dice con excesivo entusiasmo, procurando que parezca fácil cuando en realidad no lo es, más bien lo contrario.

Tal vez está intentando apantallar la tristeza que aporrea bajo la superficie, o tal vez está preparada de verdad. Acabo de enterarme de este deseo suyo mientras que ella ha pensado en él, lo ha imaginado, lo ha visualizado, probablemente ha vivido una y otra vez el preciso momento en que Joe encuentre la caja, de diez maneras distintas. Tal vez quiere que la vea optimista.

—De acuerdo —digo, mi voz apenas un susurro. Carraspeo para aclararme la garganta—. Pero hagamos un trato, Joy. Si eres capaz de entregar estos regalos a todos tú misma, bajarán del desván antes de que Joe los descubra.

—Trato hecho —asiente—. Sé que es pedirte mucho y te estoy muy agradecida, Holly —dice cogiéndome la mano—. Espero que no sea demasiado.

Todo es demasiado. Cualquier cosa. Todo el rato. Y, sin embargo, a veces no lo es en absoluto, según qué versión de mí se despierte.

—¿Puedo hacerte una pregunta? —Aguardo su aprobación antes de proseguir—. ¿Por qué haces esto?

Se muestra confundida.

—Lo sé en teoría, pero quiero entender exactamente por qué. ¿Es porque tienes miedo a que te olviden? ¿Es porque no quieres sentirte excluida? ¿Es porque no quieres que te echen de menos? —Tomo aire—. ¿Es más para ti o para ellos? Disculpa el atrevimiento.

Sonríe, comprensiva.

—Es por todo lo que has dicho. Todo eso y más. Puedo prepararme para lo que me aguarda, pero no puedo abandonarme hasta que suceda. Simplemente, no puedo rendirme. Soy madre, siempre pienso en el futuro de los chicos. Y aunque ahora tienen sus propios hijos, no dejaré de pensar en su futuro. Quiero que tengan la sensación de que estoy a su lado, y supongo que se debe a que todavía no voy a abandonar la lucha. No voy a rendirme. Es el único control que tengo sobre mi vida. No sé cuándo llegará mi último día con calidad de vida, o mi último día sin más, ya que estamos, pero voy a asegurarme de seguir estando aquí más tiempo del que mi cuerpo vaya a resistir. Quiero vivir y lo estoy probando todo: medicamentos, tratamientos, cuidados, y ahora cartas y listas. Quizá haya perdido el control sobre mi cuerpo, pero puedo controlar lo que ocurre en mi vida y cómo puede ser la vida de los demás cuando yo falte. Es la última victoria que me queda.

Camino de casa, reflexiono sobre lo que ha dicho Joy.

La última victoria.

La muerte no puede vencer. La vida sigue.

La vida tiene raíces e, igual que las de un árbol luchando por su supervivencia, esas raíces se extienden y prolongan en busca de agua, son capaces de levantar cimientos, arrancar cualquier cosa que se interponga en su camino. Su alcance es infinito; su mera presencia surte un efecto eterno de una manera u otra. Puedes talar un árbol, pero no puedes matar lo que este comenzó ni toda la vida que brotó de él.

Para la mayoría de las personas, la muerte es el enemigo, algo que temer. No la vemos como algo pacificador o compasivo. Es el destino inevitable que hemos temido y que hemos hecho lo posible por evitar minimizando riesgos, siguiendo las reglas sanitarias y de seguridad y recurriendo a cualquier tratamiento y medicamento que nos pudiera salvar. No mires a la muerte a los ojos, no permitas que te vea, no dejes que sepa que estás aquí; baja la cabeza, desvía la mirada; no me elijas, no me escojas. Por las reglas de la naturaleza, estamos programados para arraigarnos a fin de que la vida venza.

Por largo tiempo durante la enfermedad de Gerry, la muerte fue el enemigo, pero como tan a menudo les sucede a quienes cuidan a un ser querido que padece una enfermedad terminal, llegó un punto en el que mi actitud cambió y la muerte se convirtió en lo único que podía ofrecer paz, que podía aliviar su sufrimiento.

Cuando ya no queda esperanza de curación y lo inevitable es inevitable, hay momentos en las largas noches en vela, escuchando su respiración entrecortada, en los que la muerte está invitada. La muerte es bienvenida. Sácalos de su dolor, guíalos, ayúdalos, sé amable y gentil.

Si bien Gerry era demasiado joven para morir e hizo todo lo que pudo para luchar contra la enfermedad, cuando fue preciso se volvió hacia la muerte, la vio como una amiga y fue a su encuentro. Y yo me alivié, agradecida a la muerte por sacarlo de su sufrimiento y abrazarlo. De un modo tan extraño como maravilloso, aquella a la que has evitado y temido aparece delante de ti bañada en luz. La muerte deviene nuestra salvadora.

La vida es luz, la agonía es oscuridad, la muerte es luz de nuevo. Se cierra el círculo.

La muerte siempre está con nosotros, compañera constante asociada a la vida, observándonos desde el banquillo. Mientras vivimos, también morimos. Cada segundo que pasamos viviendo estamos un segundo más cerca del final de nuestros días. La balanza inevitablemente se inclina. Tenemos la muerte en la punta de los dedos todo el tiempo, pero decidimos no ir a su encuentro y ella decide no llevársenos.

La muerte no nos empuja; la muerte nos recoge en cuanto caemos.

21

—Estoy pensando en contratar voluntarios —anuncia Ciara desde la otra punta de la tienda.

—¿Para qué?

—Para que nos ayuden. Quizá necesitamos más vigilancia, últimamente desaparecen demasiados artículos, no podemos estar pendientes de todo y no me alcanza para pagar otro salario. Siempre hay gente que se ofrece para ayudar, saben que damos parte de los beneficios a obras benéficas. Y me vendría muy bien cuando tienes visita en el hospital, o cuando Mathew y yo vamos de recolecta.

Una clienta que está en el mostrador coge una cartera de la bandeja de rebajas en la que exponemos artículos rotos, viejos o en demasiado mal estado para venderlos al precio normal, pero demasiado bonitos para tirarlos. Le da la vuelta en la mano.

—¿Es piel auténtica? —pregunta.

—Sí, eso creo.

—¿Por dos euros?

—Sí, todo lo de esta bandeja cuesta dos euros —digo, distraída, volviéndome hacia Ciara—. He intentado que en el hospital me citen los lunes, Ciara, pero insisten en hacerlo los viernes, lo siento.

—Ya lo sé, no te estoy culpando. Creo que sería una ayuda muy bienvenida, eso es todo. Otro par de ojos que vigilen, otro par de manos.

—Me la quedo —dice la clienta, la mar de contenta.

Cojo la moneda y le doy un recibo. Se va de la tienda.

—Además, estás un poco... distraída, con lo de no mudarte a casa de Gabriel, ni actualmente estar en buenos términos con él, la decisión de no vender la casa, la ayuda que prestas al club y, ¡oh, Dios mío!, tengo que sentarme, me estreso solo de pensar en la vida que llevas ahora mismo...

—No estoy distraída, Ciara —le espeto—. Todo está bajo control.

—Vaya, eso sí que es una señora mentira —murmura.

La campanilla de la puerta suena al entrar una clienta. Aturullada, va presurosa al mostrador de la caja.

—Hola, he estado aquí hace un cuarto de hora y me parece que me he dejado la cartera al lado de la caja.

Abro los ojos de par en par.

Ciara me lanza una mirada amenazadora.

—Encuéntrala —dice, apretando los dientes.

—Vuelvo enseguida —digo, educada pero espantada, agarrando las muletas para salir renqueando de la tienda. Miro a izquierda y derecha, veo que la mujer que ha comprado la cartera dobla la esquina y la llamo a gritos.

Al atardecer, Ginika y yo estamos sentadas a la mesa del comedor en plena lección. Fiel a su palabra, se ha sumergido en el aprendizaje de la lectura y la escritura, y ha manifestado su interés en tomar una clase cada día. Y aunque a mí me resulta imposible organizar una reunión diaria con ella, nunca se cansa de pedirlo, y me inspiran su energía y sus ganas de aprender. Me dice que practica durante la siesta de Jewel, mientras Jewel duerme por la noche, en las salas de espera del hospital, apenas ha visto la tele en dos semanas, y cuando lo hace la ve con subtítulos. Tengo que estar a la altura de su absoluta determinación.

Jewel está sentada en la rodilla izquierda de Ginika, lo más alejada posible de la mesa, mordisqueando un mordedor entre tirones al lápiz de su madre, el objeto que le está arrebatando la atención de Ginika. Jewel ha aprendido a despreciar estos lápices y papeles y sabe que si los destruye recupera la atención de las dos, que dejamos de trabajar para reprenderla.

Ginika está aprendiendo con imágenes los sonidos «ow» y «ou». Enseguida me doy cuenta de que su capacidad lectora aumenta cuando va acompañada de lo visual. Su mente prefiere aprender mediante imágenes, no palabras, pero juntas se complementan mutuamente. Lo único que necesitaba era otra manera de aprender, y más tiempo. Siempre más tiempo.

En el libro de texto hay cuatro palabras, Ginika tiene que identificar la palabra que no contenga estos sonidos y rodearla con un círculo. Las opciones son «Clown», «House», «Cloud», «Cheese». «Cheese» está escrito en amarillo con agujeros en las letras, la «o» de «Clown» parece una nariz roja. Oír «ow» y «house» en una misma frase hiere mi sensibilidad. Ay, por cierto. Todavía no he llamado a la agente inmobiliaria para decirle que no venda la casa. Después de haber tardado tanto en ponerla en venta, dar marcha atrás me está costando un período de tiempo igual de largo. Para hacerlo debería pensar lúcidamente sobre mi vida personal, cosa que ahora mismo me veo incapaz de hacer. Los ojos se me humedecen, aparto la vista y parpadeo frenéticamente para disipar las lágrimas. Cuando he logrado ahuyentar las emociones, vuelvo a prestar atención a su trabajo.

Ginika y Jewel me están observando.

—¡Muy bien! —digo con jovialidad. Paso la página.

Ginika vuelve a mirar la pared desnuda con agujeros donde antes estaba colgada la foto. Todavía no ha preguntado, pero me consta que lo hará. No es de las que se contienen, siempre dice lo que piensa, según parece no le importan los sentimientos que suscita en los demás. Diríase que, a su juicio, contenerse es propio de personas falsas, que «no son auténticas». Le explico que eso se llama ser bien educado.

—¿Qué pasó? —pregunta finalmente.

—Se cayó.

Enarca una ceja, no me cree.

—¿Cómo es la familia de acogida? —pregunto, tanteando el terreno, al tiempo que agarro un piececito de Jewel.

Gime y se revuelve.

—Una tal Betty se ocupa de ella cuando tengo cita en el hospital o cuando me faltan energías. Tiene tres hijos propios.

Y acento provinciano. No quiero que Jewel tenga acento provinciano.

Le sonrío.

—¿No te convence?

Se encoge de hombros.

—Seguro que nadie te va a parecer suficientemente bueno.

—Alguien habrá. Tiene que haber alguien mejor. No me iré hasta que tenga al menos eso.

Suena el timbre. No espero a nadie y no tengo el tipo de vecinos que se presentan sin previo aviso. Espero que no sea Gabriel. He evitado sus llamadas, no porque me haya puesto histriónica sino porque estoy intentando determinar cómo me siento. A veces pienso que la mente es como una placa de Petri llena de información hecha papilla y que si dejo que se cueza el tiempo suficiente quizá descubriré que en realidad no me molesta en absoluto, pese a que debería. Estoy aguardando a que ocurra eso. Pero no quiero mantener la conversación que tengo pendiente con él y menos aún delante de Ginika. Como tampoco quiero oír su reacción cuando descubra que, además de orientar a esta gente con sus cartas, también les estoy enseñando a escribir. Una cosa es ayudar, otra es que se adueñen de tu vida. Y el adueñarse de mi vida será el debate; es el debate.

Abro la puerta y me encuentro con que es Denise, que lleva un bolso envuelto en una funda.

—Hola —canturrea—. Solo quería devolverte el bolso de mano que me prestaste.

Me lo da y entra en casa.

Miro al interior.

—¿El año pasado?

—Deberías considerarte afortunada —dice Denise, caminando derecha hacia la sala de estar—. Iba a quedármelo. Oh, hola —dice al ver a Ginika y a Jewel—. Perdón, no sabía que tenías visitas.

—No lo has preguntado. Denise, te presento a Ginika. Ginika es... —miro a Ginika pidiendo permiso y asiente— miembro del Club Posdata: te quiero.

Denise consigue disimular la inevitable tristeza que sin duda la embarga al enterarse. Esboza una amable sonrisa.

—Hola, Ginika. Encantada de conocerte. —Se acerca a ella y se agacha para ponerse a la altura de Jewel—. ¿Y quién es esta niña tan guapa? ¡Hola! —Hace todo tipo de sonidos de bebé y Jewel sonríe. Ofrece a Denise su masticador—. ¡Oh, muchas gracias! —Denise lo coge y finge que se lo come—. Rico, rico, rico.

Jewel se ríe.

—Te lo devuelvo —dice Denise pasándoselo. Jewel lo agarra, lo llena de baba y se lo pasa a Denise. Denise repite el gesto. Y así sucesivamente.

—¿Eres la Denise a quien tuvieron que rescatar en el mar cuando estabais de vacaciones en Lanzarote?

Denise sonríe y se aparta el pelo.

—Pues sí, la misma. Iba en topless con un tanga de leopardo. El mejor momento de mi vida.

—Creo que omití ese detalle en el *podcast*.

—Siempre se deja lo mejor.

Ginika sonríe. Cosa rara.

—Denise...

—Me encantaría que me hablaras de la noche de karaoke —prosigue Ginika—. ¿De verdad fue tan mala como la describió Holly?

—¿Mala? Fue peor porque yo tuve que escucharla. Holly tiene un oído musical nulo.

—Vamos, vamos. —Doy palmadas, tratando de llamarles la atención. La única que se fija es Jewel, que se pone a aplaudir, su nuevo deporte favorito—. Siento interrumpiros pero estamos en medio de algo importante, Denise, y Ginika tiene que irse dentro de una hora.

Denise mira su reloj de pulsera.

—Muy bien. Puedo esperar. ¿Os preparo café o té? ¿Para ti café, enanita? —le dice a Jewel, haciéndole cosquillas. Jewel se deshace en risitas—. ¿Quieres que me ocupe de ella mientras vosotras dos trabajáis?

Denise echa un vistazo a los papeles que hay encima de la mesa.

—No, no —dice Ginika, agarrando mejor a Jewel por la cintura—. Solo deja que yo la lleve en brazos.

—Créeme —digo, respaldándola—. Toda ella es sol y luz, pero en cuanto la pones en el suelo, aparece la oscuridad.

—Bah, no me lo creo —responde Denise, arrodillada otra vez—. ¿Quieres venir con Denise? ¿Dee Nii? ¿Jewel se va con Dee Nii?

—¿Dee Nii? —pregunto, divertida.

—No, así estamos bien, de verdad —dice Ginika, reteniendo a Jewel.

—¿Estás segura? —pregunto a Ginika. Le guiño el ojo con complicidad—. A Denise le encantan los bebés.

Solo hay una manera de hacer que Denise se calle y se eche atrás, y es dejar que pruebe por sí misma toda la fuerza de Jewel.

—Mmm... De acuerdo —dice Ginika, aflojando el abrazo.

—¡Hurra! —exclama Denise, levantando los brazos con entusiasmo. Jewel se ríe—. ¡Hurra por Dee Nii!

Jewel levanta los brazos en alto. El mordedor choca con el rostro de Ginika. Luego vuelve a bajarlos.

—Ven con Dee Nii.

Lo cierto es que Jewel alarga los brazos y se arrima a ella, pero en cuanto ve que está en brazos de Denise, se da cuenta de lo que ha hecho. Mira insegura a su madre y aparecen el ceño fruncido, la nariz arrugada, el desagrado y la aversión evidentes que le causan cualquiera y cualquier cosa que no sea su madre. Empiezan los irritantes chillidos. Denise se levanta. Jewel se pone a patalear como una loca. Los calcetines le cuelgan de los dedos de los pies.

—Mira. Ahí está mamá. Mamá sigue ahí.

Los alaridos de enfado y angustia de Jewel cesan, pero su expresión sigue siendo idéntica. No sabe muy bien qué está ocurriendo pero tiene bastante claro que no le gusta. Quizá.

—Hola, mamá.

Denise la saluda con la mano y anima a Jewel a hacer lo mismo. Jewel saluda. La lleva a dar un corto paseo por el comedor. Y luego a la sala de la tele. Pero en cuanto van a la cocina y pierde de vista a Ginika, recomienzan los gritos de película de terror. Ginika se levanta.

—Déjala un momento —digo—. Deja que se encargue Denise. —A Ginika le da pena dejarla, pero me mantengo en mis trece—. Podemos terminar este capítulo esta noche.

Los chillidos, los berreos, atronadora histeria absoluta, resuenan por toda la casa entremezclados con la voz dulce y tranquilizadora de Denise, sus canciones y su parloteo, y me consta que Ginika a duras penas es capaz de concentrarse en lo que le digo o en lo que pone en el libro de texto que tiene delante. Pero continúo, empujo el muro de sonido con la esperanza de lograr atravesarlo.

Digo unas cuantas palabras levantando la voz y Ginika las escribe.

—¿Dónde fuisteis tú y Gerry de luna de miel? —pregunta Ginika de pronto.

—Creo que deberíamos centrarnos en el trabajo, Ginika —digo bruscamente. Pero no lo hará. Le he quitado a su bebé y está irritada porque no controla la situación. Empieza un tira y afloja.

—En el *podcast* dijiste que Gerry te había enviado con tus amigas a Lanzarote porque era donde teníais pensado ir a pasar vuestra luna de miel.

—Sí.

Deja el lápiz.

—¿Por qué no fuisteis? ¿Dónde fuisteis en realidad?

—A otra parte —contesto, devolviéndole el lápiz.

Me lanza una mirada extraña, descontenta con mi respuesta. Aquí es novata y vulnerable y no contestaré a sus preguntas. Suspiro y comienzo a explicar, cuando levanta la mano para hacerme callar. Ladea la cabeza y escucha.

—¿Qué pasa?

—No oigo nada.

Tardo un momento en darme cuenta de que Jewel ha dejado de llorar, que de hecho lleva unos cuantos minutos callada. Ginika se levanta de un salto.

—Tranquila, Ginika, seguro que está bien —digo, intentando retenerla, pero se aleja rauda de la mesa, cruza la cocina y enfila la escalera. La sigo, agarrándome a la barandilla y saltando detrás de ella tan deprisa como puedo. Ginika no me espera, sube la escalera como una exhalación. La encuentro parada en el umbral de la pequeña habitación de invitados, tapándome la vista. Falta de aliento, me asomo al interior. Denise está sentada encima de la cama, apoyada contra el cabecero, con las piernas estiradas, mirando por la ventana, con Jewel dormida como un tronco en su pecho, envuelta en una manta. La habitación está a oscuras, solo llega el resplandor de las farolas de la calle. Denise nos mira, sin entender por qué la miramos fijamente.

—Perdón —susurra—. ¿No tenía que dormir? Es tarde, me ha parecido que estaba cansada.

Mira a Ginika y después a mí, preocupada por si ha molestado a la madre.

—No, es fantástico —digo, sonriendo—. Perfecto, Denise, buen trabajo.

Me dispongo a llevarme a Ginika, pero no se mueve. No parece muy contenta.

—Tenemos que irnos —dice Ginika levantando la voz, y Jewel se despierta.

—¿Cómo? ¿Por qué? — pregunto, susurrando—. Ahora podremos hacer un montón de trabajo.

—No —contesta Ginika consternada mientras se acerca a la cama—. Tenemos que irnos a casa.

Levanta a Jewel del cuerpo de Denise y sale de la habitación.

22

Pese a la torpeza de Ginika al tomar a Jewel de los brazos de Denise y anunciar que se quiere marchar, Denise se ofrece a llevarla a casa y Ginika acepta. Podría ser por una de estas dos razones: para remachar su autoridad como madre o porque se ha pasado conmigo otra vez. Sola, con la cabeza hecha polvo, me siento en el sofá y guardo silencio. La pregunta de Ginika sobre mi luna de miel me da que pensar.

—Quiero ir a un lugar relajante, Gerry —digo, dándome masaje en las sienes mientras él abre otro folleto de aventuras—. Después de todos los preparativos de la boda, después del gran día, la verdad es que solo quiero ir a una playa y pasarme el día tumbada y bebiendo cócteles.

Me mira, aburrido.

—No quiero pasarme todo el día tumbado en una playa, Holly. Podemos hacerlo unos cuantos días pero no todos. Me gustaría hacer algo más. Quiero ver el mundo.

—Mira, ahora mismo estamos viendo el mundo —digo, pasando las páginas—. Hola, Islandia; hola, Argentina; hola, Brasil; hola, Tailandia. Oh, hola, Everest, dudo de que haya una playa cerca de ti.

—No he dicho que quiera escalar el Everest.

Cierra el folleto de golpe y me pilla un dedo.

—¡Ay!

Se levanta de la mesa, pero en realidad no hay donde ir. Estamos en nuestro primer piso, un dormitorio y una minúscula sala de estar. Piso es una descripción bastante grandilocuente; se trata más bien de un estudio. Nuestro dormitorio tiene un tabique que no llega al techo y que separa la zona de descanso de la de vivir. Gerry recorre el poco espacio que media entre el sofá y el televisor, como un león enjaulado. Me doy cuenta de que está a punto de estallar.

—¿Por qué tienes que ser tan perezosa, Holly?

—¿Disculpa?

—Eres perezosa —insiste, levantando la voz.

—Unas vacaciones en la playa no se hacen por pereza, se hacen para relajarse. Cosa que tú no sabes hacer.

—Ya hemos hecho unas vacaciones de este tipo cinco veces. Cinco hoteles distintos en cinco islas distintas y todos tienen exactamente el mismo aspecto. No hay cultura.

Me río al oír esto último y solo consigo enojarlo más. Debería dejarlo correr pero...

—Siento no ser tan culta como tú, Gerry. —Abro un folleto—. Muy bien, vayamos a Etiopía, llevemos una vida nómada en el desierto y acampemos junto a las tribus nativas.

—¡Cállate! —ruge.

Aguardo hasta que se le deshinchan las venas del cuello.

—Mira —comienzo otra vez con más calma—. En Lanzarote hay un sitio que está muy bien. Está en la playa pero también hacen excursiones en barca. Se puede ir a avistar delfines y ballenas. Incluso hay un volcán, donde organizan visitas guiadas.

Levanto el folleto.

—Eso ya lo vi cuando tenía diez años —murmura, pero al menos está más sereno—. Si quieres ver delfines y ballenas te mostraré un lugar donde hay delfines y ballenas.

Salta sobre el sofá y examina el montón de revistas de encima de la mesa. Alcanza la del viaje «Aventura en Alaska».

—Me importan un bledo los delfines y las ballenas —gimoteo—. Esa parte era para ti. En Alaska no hay playas.

Golpea la mesa con el folleto. Me llevo un buen susto. Después lo recoge y lo estampa contra el suelo de linóleo que tiene quemaduras y burbujas, fruto de los desastres culinarios de los antiguos inquilinos. La revista da un buen golpe.

—Gerry.

—Veamos qué cosas no quieres hacer y las eliminamos, ¿de acuerdo?

Tira otro folleto al suelo, esta vez con más fuerza.

—Islandia. Un aburrimiento, ¿no? Los glaciares y los géiseres son una mierda. No hay playa. Perú. —Tira otro al suelo—. ¿Quién tiene ganas de ver los senderos incas y el lago más alto del mundo? Tú no. Cuba, menuda cloaca.

También tira este al suelo.

A cada golpetazo pienso en la pareja que vive debajo de nosotros.

Tira unos cuantos más a la vez. Con más fuerza. Las vibraciones del suelo hacen traquetear el fogón.

—Pero nos vamos aquí. —Levanta el folleto en el aire como si fuese un trofeo—. Dos semanas emborrachándonos y achicharrándonos al sol con un montón de despedidas de solteros y solteras, rodeados de gente que habla inglés y come hamburguesas con patatas fritas. Eso sí que es una aventura.

Lo tira de nuevo a la mesa.

Miro el folleto con los ojos muy abiertos y el corazón palpitando por su comportamiento.

—Quiero hacer algo diferente, Holly. Tienes que salir de tu zona de confort. ¡Sé más valiente! ¡Sé más entusiasta! ¡Sé más abierta!

Ahora mismo estoy tan cabreada con todo —con los preparativos de la boda, con las invitaciones, con las confirmaciones de asistencia, con los pagos a cuenta, con este piso asqueroso, con Gerry, con conseguir una hipoteca para comprar una casa nueva— que no me molesto en morderme la lengua. Además, ¿por qué debería hacerlo? Mi futuro marido acaba de acusarme de ser perezosa y aburrida.

—Estoy saliendo de mi zona de confort, Gerry. Voy a casarme contigo, que eres un psicópata redomado.

—Estupendo —dice, enderezándose.

Sale del piso y no lo veo en dos días.

Todavía estoy soñando despierta en el sofá cuando suena el teléfono y la imagen del perfil de Denise, ojiabierta y con una lionesa de chocolate en la boca, llena la pantalla.

—El paquete ha sido entregado —dice misteriosamente.

—Gracias, Dee Nii, eres un sol. Espero que Ginika haya sido amable contigo. Solo está cómoda cuando está sola con Jewel. Está tomando contacto con una familia de acogida y es comprensible que se encuentre apurada.

—Dios la bendiga, me parte el corazón. Aunque parece muy entusiasmada con las clases.

—¿En serio? Eso está bien, pero no sé qué tal nos va, porque en realidad no sé lo que estoy haciendo. Sigo los libros de texto pero preferiría, por su bien, que le diera clases un profesor particular.

—¿Por qué no la ayudas a escribir las palabras de la carta? ¿Por qué tienes que enseñarle partiendo de cero?

—Porque es lo que quiere. No quiere que nadie sepa qué pone en la carta, y quiere conseguirlo por su cuenta.

—El aprendizaje es casi tan importante como la carta. Significa que por una vez controla algo relativo a su vida. Y si cuando llegue el momento es incapaz de escribir la carta a solas del todo, siempre podrás ayudarla. No pienses que este es el único objetivo.

—Es verdad.

Silencio, excepto el ruido que indica que está conduciendo.

—¿Denise?

—Dime.

—¿Sabes por qué nos envió Gerry a Lanzarote?

—Caramba. Tu mente viaja esta noche.

—Ginika me ha preguntado algo que me ha hecho pensar.

—Veamos, deja que recuerde... —carraspea.

Fue la carta de julio. La quinta carta. Un simple «¡Felices vacaciones, Holly! Posdata: te quiero» con instrucciones para visitar una agencia de viajes concreta. Había contratado unas vacaciones para mí, Denise y Sharon mediante una agente de viajes, el 28 de noviembre, un día de una época en la que no debería haber salido de la cama. Un taxi lo aguardó frente a la agencia.

Barbara, la agente, me lo había contado, bajo coacción, más de veinte veces.

—¿No nos dijiste que era donde ibais a ir de luna de miel? Fue como si te regalara una segunda luna de miel. ¿Me equivoco?

—Es donde yo quería ir de luna de miel.

—Exacto. Estuvo muy bien.

Silencio.

—Y los delfines. La carta siguiente hablaba de ver delfines —prosigo.

La carta de agosto. Me condujo a un sitio donde se podían ver desde la playa.

—No recuerdo bien el motivo de esa —dice Denise—. ¿Siempre quisiste ver delfines?

—No. Verás, esa es la cuestión. Yo no quería ver delfines. Él sí.

—Bueno, tampoco querías volver a cantar en un karaoke, si no recuerdo mal.

—No.

—Me figuro que la clave de algunas de sus cartas era sacarte de tu zona de confort.

La frase me sobresalta.

«Tienes que salir de tu zona de confort. ¡Sé más valiente! ¡Sé más entusiasta! ¡Sé más abierta!»

Reflexiono acerca de asuntos que hasta ahora nunca he confesado a nadie, asuntos que siempre he dejado de lado hasta que en los últimos meses me he visto obligada a revisar las cartas de Gerry con el único propósito de orientar al Club Posdata: te quiero. Esta tarea me está haciendo ver sus cartas de maneras distintas, maneras que por lo general me incomodan.

—¿Crees que esa carta en concreto y ese viaje fueron como si me dijera «Jódete»? —«¿Por qué delfines?»

—¿Por qué lo dices?

—Como si dijera: «¿Te acuerdas de aquella vez que no quisiste hacer lo que yo quería?».

—Holly, te fuiste de safari a Sudáfrica por él. Dormiste en un hotel con jirafas. Dejaste que se hartara de verlas. Al final consiguió la luna de miel que quería.

—Al final.

Silencio.

—De modo que no, no creo que fuese un «jódete». Ese no era el estilo de Gerry. Al menos, no el del Gerry que yo conocí. ¿Y no era el sitio al que tú tenías ganas de ir? Yo lo veo como un regalo. ¿Por qué estás pensando en eso después de tanto tiempo?

Ambas nos quedamos calladas. Reparo en que el motor del coche se ha parado, en que no hay ruidos de fondo. Me levanto, voy hasta la ventana y veo a Denise sentada en su coche, frente a mi jardín. La luz del interior del coche está encendida.

—Pienso —prosigue después de una larga pausa— que en todo caso estaba transigiendo. Quizá se dio cuenta de que te había obligado a hacer algo que tú no querías hacer y se sentía culpable. O quizá no se sentía en absoluto culpable y fue como una segunda oportunidad.

Apoyo la frente contra la ventana fría.

—Denise, ¿por qué estás vigilando mi casa?

Levanta la vista y me ve en la ventana.

—Vaya, eres una detective pavorosa.

—Estoy bien, ¿sabes? No tienes que preocuparte por mí.

—Ya lo sé, Holly, pero ¿acaso siempre hay que recordarte que en este mundo no solo estás tú?

Baja del coche con una bolsa grande en la mano. Enfila el camino de entrada, mirándome mientras habla por teléfono.

—He dejado a Tom. ¿Puedo quedarme a pasar la noche?

Corro a abrirle la puerta. Tiene los ojos arrasados en lágrimas y la acojo.

—Por otra parte —dice con voz llorosa y apagada—, la vida es extraña. Es muy posible que Gerry tuviera un lado oscuro que desconocíamos y que te estuviera jodiendo desde la tumba.

La abrazo.

Gerry y yo avanzábamos a un ritmo distinto. Yo, despacio y de forma impredecible, en todas direcciones, unos pocos pasos adelante y después unos pocos pasos atrás; él, firme, rápido, ávido, curioso, concentrado. Por lo general, yo quería que aflojara el paso para disfrutar de los momentos en lugar de apresurarnos en todo con tanta energía. Él pensaba que era perezosa y que desperdiciaba el tiempo. Éramos el equivalente a darte palmaditas en la cabeza y frotarte la barriga a la vez. Un rompecabezas, una interferencia entre dos manos manifestada en una relación de pareja.

Me pregunto si su cuerpo siempre supo lo que los demás no: que sus momentos eran más escasos que los de la mayoría, que no dispondría del tiempo del que tendría yo. Su ritmo estaba en sincronía con su tiempo. Necesitaba correr aventuras porque no llegaría con vida a los treinta. Mi cuerpo disponía de un plazo más amplio, se tomaba su tiempo para cobrar impulso, para volverse curioso y aventurero. Para cuando eso ocurrió, él se había ido. Tal vez fue su partida lo que propició que ocurriera.

Me pregunto si estaba frustrado por quedarse quieto conmigo cuando en su interior había un reloj en marcha que lo impelía a seguir adelante. Me pregunto si lo retuve. Me pregunto si en caso de haber conocido a otra habría llevado una vida más divertida, emocionante y plena. Me pregunto, me pregunto todas estas cosas tan angustiantes como una especie de castigo que me inflijo yo misma, pero mi corazón siempre responde. Mi corazón sabe la respuesta con absoluta confianza, con la firme certeza de que quizá tuviéramos ritmos distintos, pero que siempre estuvimos en sincronía.

23

La botella de vino está abierta. Denise y yo estamos en el sofá con las piernas recogidas, cara a cara. La copa de Denise tiembla cuando viaja hacia sus labios.

—Empieza por el principio y no omitas nada. ¿Por qué has abandonado a Tom?

Las palabras suenan ajenas en mi boca.

El embalse interior de Denise se desborda y pasa de tener el control total a perderlo por completo. Observo cómo llora, pero estoy impaciente por recibir respuestas.

—¿Ha tenido una aventura?

—No —contesta medio riendo, secándose los ojos.

—¿Te ha golpeado? ¿Te ha hecho daño?

—No, no, nada que ver.

—¿Lo has hecho tú?

—¡No!

Busco una caja de pañuelos pero no encuentro ninguna, de modo que regreso del cuarto de aseo con un rollo de papel higiénico. Se ha calmado un poco, pero tiene la voz tan ronca y temblorosa que tengo que concentrarme para entender lo que dice.

—Desea con toda el alma tener un hijo —dice—. Cinco años, Holly. Llevamos cinco años intentándolo. Hemos invertido todos nuestros ahorros en ello, no nos queda ni un céntimo y sigo sin poder darle un hijo.

—Hacen falta dos para engendrar un hijo, no es solo culpa tuya.

—Sí que lo es.

Es la primera vez que sacamos este tema. Nunca he preguntado al respecto, pues no es asunto de nadie más que de ellos.

—Si me hago a un lado, podrá conocer a otra y vivir el resto de su vida tal como desea. Me interpongo en el camino de su sueño.

La miro boquiabierta, con los ojos como platos.

—Esto es lo más ridículo que he oído en mi vida.

—No lo es —responde, volviéndose y cruzando las piernas. Dirige su justificación a la chimenea en vez de a mí—. No te has puesto en nuestro lugar. No te imaginas cómo es. Decepción tras decepción. Y después en cada reunión, en cada cita, cada una de las veces que iniciamos la fecundación in vitro, Tom creía que iba a suceder pero no sucedía. Y no está sucediendo. Ni sucederá.

—Aún podría suceder —digo amablemente.

No —replica con firmeza—. Porque no voy a intentarlo más. Estoy agotada. —Se enjuga los ojos; su mirada es rotunda—. Sé que Tom me ama pero también sé lo que desea, y eso no puede tenerlo conmigo.

—O sea, que partiéndole el corazón y abandonándolo, ¿en realidad se lo estás poniendo más fácil?

Se sorbe la nariz a modo de respuesta.

—Te quiere, Denise.

—Ya sé que me quiere, pero a veces no basta con esto. Los últimos siete años, desde que nos casamos, hemos estado obsesionados con tener un hijo, engendrar un hijo. Es de lo único que hablamos. Ahorramos y planificamos, planificamos y ahorramos para tener un hijo. No hay nada más. Y ahora no habrá bebé. Así pues, ¿qué demonios somos? Si nos separamos, sé lo que no voy a ser. No seré una esposa que no pudo tener un hijo, y Tom no será un marido leal que se conformó con las migajas. ¿Le ves sentido?

—Sí —convengo finalmente—. Pero está mal.

Bebemos en silencio. Tomo un sorbo, rebuscando en mi mente algo acertado que decir, algo que le haga cambiar de opinión. Denise bebe un buen trago de vino.

—¿Ya has recibido ofertas por la casa? —pregunta, cambiando de tema tras apurar la copa.

—No.

—No entiendo por qué no te vas a vivir con Gabriel ahora mismo, mientras la casa está en venta.

—No voy a mudarme a casa de Gabriel.

Denise abre los ojos.

—¿Has cambiado de idea?

—La hija de Gabriel se va a vivir con él, y él quiere aguardar hasta que se adapte antes de que demos el paso siguiente. Y, antes de que lo preguntes, piensa que la adaptación de marras podría prolongarse dos años.

—¿Qué carajo? —escupe, y el vino vuela de su labio a mi ojo—. Perdón —dice mientras me limpio. Consternada, me mira fijamente—. ¿Acaso quiere romper contigo?

—Dice que no, pero preveo un futuro sombrío.

Bebo un trago de vino.

—Pero si es él quien quería que fueras a vivir a su casa.

—Lo sé.

—Se pasó meses pidiéndotelo.

—Lo sé.

—¡No tiene sentido!

—Lo sé.

Me mira recelosa, entornando los ojos.

—¿Tiene que ver con el Club Posdata: te quiero?

Suspiro.

—Sí. No. Quizá. Seguramente no ha sido de ayuda que me ocurrieran tantas cosas a la vez.

Me froto la cara, cansada.

—Tal vez deberías tomarte un descanso del club, es posible que no te convenga.

—No puedo, Denise. Dependen de mí. Acabas de conocer a Ginika, ¿qué va a ser de ella?

—Pero todo te estaba yendo muy bien hasta que te involucraste en el club.

—A lo mejor me ha ayudado a ver las cosas con más perspectiva.

—No sé, Holly...

—Supongo que en cualquier caso está bien que venda la casa. —Miro en derredor—. Me parece que estoy harta de este sitio. Es como si Gerry la hubiese desocupado hace siglos. Se ha ido —admito apenada. Entonces, tan deprisa como ha llegado, la tristeza se va y me invade un subidón de adrenalina. Podría hacerlo. Gabriel está llevando a cabo sus propios planes, se está ocupando de su vida, ¿por qué debería aguardarlo?

—¿Te apetece ir a vivir conmigo? —pregunta Denise.

—No, gracias.

Se ríe.

—Está bien.

—Vas a volver con Tom y vas a decirle lo que me has dicho a mí. Habladlo como adultos. Esto solo ha sido un traspié.

—Creo que tendré que hacer algo más que aguantar la respiración y esperar a que se me pase.*

Cierto, mal consejo. Estoy harta de aguantar la respiración. Los cambios necesitan acción. Apuro la copa.

—Bien —suspira Denise, cansada—. Me voy a la cama. ¿Puedo dormir en el cuarto de invitados, por favor?

—Puedes, pero no me tengas toda la noche en vela con tus lloriqueos.

Sonríe con tristeza.

—Me parece que estás cometiendo una enorme equivocación —digo con ternura—. Te ruego que por la mañana cambies de opinión.

—Si vamos a intercambiar consejos, me consta que no estoy en condiciones de dar uno, pero estás enamorada de Gabriel. Este club te ha afectado, tanto si quieres reconocerlo como si no. Te ha devuelto a Gerry, cosa que debería ser positiva, pero no estoy muy segura de que lo sea. Gerry se marchó, Gabriel está aquí, es real. Por favor, no dejes que el fantasma de Gerry te aparte de Gabriel.

* Juego de palabras intraducible. En inglés, *hiccup* significa «hipido» e «hipar», pero también «traspié» o «desliz». *(N. del T.)*

24

—Paul, si tu mujer llega a casa...

—No vendrá.

—Pero si llega...

—No vendrá. Estará fuera toda la tarde.

—Paul —digo, tajante—. Si por alguna razón tu mujer regresa, no podemos mentir. No participaré en un engaño, no estoy aquí para eso. No quiero que piense que soy una mala mujer. Ya soy la reflexóloga de Bert, y resulta bastante perturbador.

Se ríe y rompe la tensión.

—No voy a pedirte que mientas. Entiendo lo difícil que esto es para ti, y yo, todos nosotros, apreciamos lo que haces, los sacrificios que estás haciendo después de todo lo que has pasado.

Comentario que me hace sentir fatal. Mis sacrificios no son nada comparados con los suyos.

—Bien, ¿qué plan tenemos para hoy? ¿Qué quieres que haga?

—Tenemos mucho que hacer —dice motivado.

Es un manojo de energía e ideas, me recuerda a Gerry. Físicamente no se parecen. Él es diez años mayor. Aun siendo tan joven, tiene diez años más que mi marido; otra vez el codicioso y amargo monstruo de comparar el tiempo.

—Solo voy a escribir una carta, la carta que les explique a todos lo que estoy haciendo; el resto, si no te importa, será visual.

—Las cartas son visuales —respondo bastante a la defensiva.

—Quiero transmitir a los chicos una idea de cómo soy, mi humor, el sonido de mi voz...

—Si escribes las cartas bien...

—Sí, defensora de todas las cartas jamás escritas —bromea—, pero mis hijos todavía no saben leer. Quiero hacer algo un poco más moderno, más en sintonía con lo que atrae a los niños, y les encanta la televisión.

Estoy sorprendentemente decepcionada, pero lo dejo correr. No todo el mundo valora las cartas como yo, y me figuro que Paul tiene razón; sus hijos pequeños, nacidos en esta generación, seguramente preferirán ver y oír a su padre. Es otra lección que he aprendido, y es que esta tarea hay que moldearla exactamente como desee el interesado para sus seres queridos: mensajes a medida de quien antaño vivía a los que siguen viviendo.

—Lo primero es lo primero —dice Paul. Me conduce a través de la cocina hasta una sala con un mirador—. Una clase de piano.

El mirador da al jardín de atrás. Una casita de juegos para niños, columpios, postes de portería torcidos, bicicletas, juguetes esparcidos por doquier. Una muñeca abandonada en la tierra, la cabeza de un hombrecito Lego encajada entre las ranuras del patio. La barbacoa está tapada, sin usar desde el invierno, los muebles de jardín necesitan lijado y barnizado. Pajareras de colores clavadas a la valla. Una puerta de hadas a los pies de un árbol. El conjunto pinta un fresco de su vida cotidiana. Me imagino la actividad, el caos, las risas y los gritos. La sala del mirador es como si perteneciera a otro hogar. No hay juguetes, nada que la relacione con el resto de la casa. Es un oasis. Un suelo de mármol gris claro. Paredes gris claro, una alfombra de piel de oveja. Una araña cuelga del centro del techo, baja y justo encima del piano. Y eso es todo, no hay más mobiliario.

Paul me la muestra pomposamente orgulloso.

—Este —sonríe— fue mi primer hijo antes de que nacieran los monstruos. Lo puse aquí por la acústica. ¿Tú tocas?

Niego con la cabeza.

—Empecé a los cinco. Practicaba cada mañana de ocho a ocho y media antes de irme al colegio. El piano me amargó la vida hasta que terminé el colegio, comencé la universidad y me di cuenta de que ser pianista en las fiestas me convertía en un imán para las chicas.

Nos reímos.

—O, al menos, en el centro del entretenimiento.

Se pone a tocar. Jazz. Libre. Divertido.

—«I've Got the World on a String»* —me dice sin dejar de tocar.

Se abstrae en su propio mundo mientras toca con la cabeza gacha y los hombros encogidos. Ninguna desesperación, solo dicha. De repente para y nos sumimos en el silencio.

Me levanto en el acto y voy a su lado.

—¿Estás bien?

No contesta.

—Paul, ¿estás bien?

Lo miro a los ojos. Migrañas, náuseas, vómitos, doble visión, convulsiones. Sé lo que padece Paul. Lo he visto antes. Pero no puede estar padeciéndolo ahora; el tumor desapareció. Se está recuperando, lo venció. Todo esto es preventivo. De todas las personas a las que dedico tiempo, Paul es quien tiene más motivos para ser optimista.

—Ha vuelto —anuncia con un nudo en la garganta.

—¿Qué? —pregunto. Sé perfectamente a qué se refiere, pero mi cerebro no lo puede asimilar.

—Tuve un ataque que duró cinco horas. El doctor me dijo que ha vuelto como una bomba.

—Oh, Paul, lo siento mucho. —Resulto pusilánime, estas palabras no bastan—. Mierda.

Sonríe tristemente.

—Sí. Mierda. —Se frota la cara, cansado, y me quedo callada, estoy alterada—. En fin, ¿qué opinas? —pregunta, mirándome a los ojos—. Sobre la clase de piano.

---

* Famosa canción de jazz compuesta por Harold Arlen, con letra de Ted Koeler. Se estrenó en el también famoso Cotton Club en 1932, y desde entonces la han cantado los mejores cantantes. La traducción literal del título sería «Tengo el mundo en una cuerda», que cabe interpretar como «Tengo el mundo en mis manos». (N. del T.)

¿Qué opino? Opino que no sé si alentarlo más. Opino que temo que le ocurra algo en mi presencia y me da miedo que eso suceda y no sepa cómo explicárselo a su esposa. Opino que en lugar de perder el tiempo aquí conmigo debería estar con su mujer y sus hijos, creando recuerdos reales, no recuerdos para el futuro.

—Opino... que tienes razón. Esto funciona mucho mejor en una cámara que en una carta.

Sonríe, aliviado.

Le pongo una mano en el hombro y le doy un apretón para infundirle ánimo.

—Mostremos a tus hijos cómo eres exactamente.

Sostengo el teléfono en alto y empiezo a grabar. Paul mira a la cámara con renovada energía, un brillo pícaro en los ojos.

—¡Casper, Eva, soy yo, papá! Y hoy os voy a enseñar a tocar el piano.

Sonrío y observo, hago zoom en sus dedos mientras enseña las escalas, procurando no reír cuando bromea y se equivoca adrede. No estoy en la habitación, no estoy aquí. Esto es un hombre hablando a sus hijos desde la tumba.

Después de tocar las escalas elementales y «Twinkle Twinkle»,* nos vamos a la cocina.

Abre el frigorífico y saca dos tartas. Una de chocolate para Casper y otra de bizcocho con glaseado de color rosa para Eva. Hurga en una bolsa de la compra y saca una vela rosa; un número tres.

—Para Eva —dice Paul, clavándola en el centro de la tarta. Se queda un momento mirándola y no me cabe imaginar siquiera sus insondables pensamientos. Tal vez esté pidiendo un deseo. Acto seguido, la enciende.

Pulso el botón de grabar y amplío su rostro, medio oculto tras la tarta que sostiene con las manos. Comienza a cantar «Cumpleaños feliz». Cierra los ojos, pide un deseo y sopla la vela. Cuando vuelve a abrirlos, los tiene empañados.

* «Twinkle, Twinkle, Little Star», canción de cuna inglesa muy popular. (N. del T.)

—Posdata: te quiero, cariño.

Dejo de grabar.

—Magnífico —digo en voz baja, pues no quiero arruinarle este momento.

Me coge el teléfono y revisa su actuación, y entretanto miro qué hay en la bolsa.

—¿Paul? ¿Cuántas velas has comprado?

No contesta. Doy la vuelta a la bolsa y todo se derrama sobre el mostrador de mármol.

—Bien —dice después de ver la grabación—. Quizá podrías abrir más el zoom en mí y la tarta, prefiero que no se vea mucho fondo.

Levanta la vista, ve mi cara y después el contenido de la bolsa encima del mostrador. Hay un montón de velas de números azules y rosas. Veo el cuatro, el cinco, el seis... hasta el diez. Veo un dieciocho, un veintiuno, un treinta. Todos los años que se va a perder. Incomodado, cambia el peso de un pie a otro.

—¿Demasiado raro? —pregunta.

—No. —Recobro la compostura—. En absoluto. Pero vamos a necesitar mucho más tiempo para hacer todo esto. Y habrá que mezclar un poco las cosas. No podemos dejar que te vean con la misma camisa cada año. ¿Puedes ponerte otras camisas y ropa elegante? Seguro que tienes un montón de ropa elegante, hagamos que resulte divertido.

Sonríe, agradecido.

A pesar de la batalla a la que se enfrenta Paul, una batalla que ya ha librado antes, encuentro que pasar tiempo a su lado resulta productivo. Con Gerry me sentía del todo impotente, estábamos a merced de las decisiones que tomaba el médico, acudíamos a las citas, seguíamos los planes de tratamiento al pie de la letra, sin saber lo suficiente para poder tomar decisiones claras o escoger entre distintas opciones. Me sentía incapaz. Ahora, si bien es evidente que sigo siendo impotente contra el tumor de Paul, al menos tengo la sensación de que puedo hacer algo por él. Tal vez Gerry se sentía así cuando me escribía las cartas. Mientras todo lo demás era incierto o escapaba a su control, esto era lo único que tenía bajo control. Al mismo tiempo que yo luchaba por su vida, él se preparaba para después de su muerte. Me pregunto cuándo comenzó todo, en qué momento se sometió a lo que sabía que iba a suceder o si lo hizo «por si acaso», como ha sucedido con Paul.

Pasar ratos con Paul es el remedio ideal para esclarecer la maraña de confusión personal en la que me encuentro, porque puedo comentar estos pensamientos con él. Quiere saber, quiere escuchar. El club me necesita, me quiere, y cuando les refiero historias acerca de Gerry y rememoro sus cartas, no tengo por qué revisar lo que digo a media frase, no tengo que disculparme ni refrenarme como hago con mis familiares y amigos si siento que me estoy pasando, o que estoy atrapada en un túnel del tiempo, o retrocediendo. Los miembros del club quieren oír hablar de Gerry y sus cartas, quieren saber de mi vida con Gerry, saber cuánto lo extraño y cómo lo recuerdo. Y mientras escuchan, tal vez mentalmente lo sustituyen por su propia imagen, y a mí por la de sus seres queridos, visualizando cómo será todo cuando ellos se hayan ido. Es mi refugio para hablar sobre él, es el lugar donde lo hago vivir otra vez.

Puedo sumergirme felizmente en este mundo.

25

Después de dos horas de espera en un hospital que me da otro punto de vista sobre la vida de los miembros del Club Posdata: te quiero y en qué medida las visitas al hospital, las esperas, las revisiones, las pruebas y los resultados forman parte de su vida, me tiendo en una camilla y observo a la enfermera que dibuja una raya con rotulador en la escayola.

Seis semanas después de encadenarme, están contentos con la curación del tobillo que han constatado en las radiografías. Sitúa la cuchilla al principio de la línea, aplica presión con delicadeza y la mueve siguiendo la guía dibujada. Poco a poco va retirando yeso, revelando la piel pálida, enrojecida y dolorida en las zonas que han reaccionado a la escayola. Parte de mi piel se desprende con la escayola, parece que esté en carne viva, como si se hubiera quemado.

Hago una mueca de dolor.

La enfermera me mira con conmiseración.

—Lo siento.

El tobillo, la espinilla y la pantorrilla están destrozados, más pálidos en los lugares donde no están enrojecidos por las quemaduras, y más flacos que los de mi pierna derecha. La izquierda ha hecho frente a un trauma, es frágil en comparación con el resto de mi cuerpo. Se recuperará. Qué alivio.

Me siento como una cebolla con una capa menos. Me pica, me duele un poco, pero estoy desencadenada y de una pieza.

—¿Hola? —pregunto al entrar en el estrecho recibidor; cuadros de distintos estilos en las paredes y una larga alfombra sobre el entarimado original del suelo.

Avanzo despacio por la alfombra, con la pierna enfundada en una bota que me ayuda a apoyar bien el peso en el tobillo debilitado. Aunque no estoy del todo libre, agradezco no llevar las muletas y la escayola. Respiro el aire de la casa que casi consideré mi hogar. Gabriel, que ha regresado de trabajar hace poco y aún no se ha quitado el uniforme, está sentado en un sillón, tecleando en su teléfono, y levanta la vista hacia mí, sorprendido.

—Holly. —Se levanta—. Acabo de enviarte un mensaje de texto. ¿Qué tal ha ido?

Baja la mirada a mi pie.

—Tengo que llevar esto unas cuantas semanas y quedaré como nueva.

Viene a mi encuentro y me abraza. Mi teléfono vibra en el bolsillo.

—Es mi mensaje —dice Gabriel.

—¿Está Ava? —pregunto, mirando en derredor.

—No, todavía no. Se muda el viernes, después del colegio.

Suspira agobiado.

—Estaréis de maravilla.

—Eso espero.

—¿Podemos hablar? —pregunto, dirigiéndome al sofá.

Me mira nervioso y luego se sienta.

El corazón me late con fuerza.

Trago saliva.

—Entiendo la decisión que tomaste sobre Ava; desde que te conozco me has estado hablando de lo mucho que deseabas estar más presente en su vida, pero yo ya no puedo seguir así. Ya no puedo seguir con lo nuestro.

Me tiembla la voz y hago una pausa para mirarlo a la cara, ver cómo lo está encajando. Se ha quedado anonadado, me escruta, sus ojos abrasan los míos. Me sorprende que Gabriel no lo haya visto venir, y tengo que apartar la mirada para poder continuar. Me miro las manos, las estrecho con tanta fuerza que tengo los nudillos blancos.

—Hace un tiempo hice un trato conmigo misma para dejar de esperar que la vida sucediera. No quiero posponer las cosas para el futuro. Quiero que ocurran ahora. Creo que hemos acabado nuestro recorrido; creo que hemos terminado, Gabriel.

Hablo con poco aplomo, pero estoy muy segura de las palabras que salen de mi boca, me las he dicho a mí misma un sinfín de veces. Es lo que hay que hacer. Hemos perdido el rumbo. Hay personas que luchan para volver a estar juntas, pero nosotros no. Cumplimos con nuestro propósito.

—Holly —susurra—, no quiero que rompamos. Ya te lo dije.

—No, pero has echado el freno y... —Mi mente vacila y aparto los pensamientos sobre que podríamos intentar seguir juntos en lugar de hacer lo que he decidido—. Tienes otros compromisos. Sé lo importante que es para ti ser un buen padre, me lo has estado diciendo desde el día en que te conocí. Ahora tienes tu oportunidad. Pero no puedo quedarme aguardando mientras lo haces. Y hay cosas que quiero hacer con las que tú no estás de acuerdo, y no puedo hacerlas si tengo que pedir disculpas constantemente o fingir que no las estoy haciendo.

Se tapa la cara con las manos y me da la espalda.

No me esperaba lágrimas. Apoyo la mano en su espalda y me inclino para verle el rostro.

Levanta la vista, con una sonrisa forzada, y se enjuga los ojos.

—Perdona, es solo... Estoy sorprendido. ¿Estás segura? Quiero decir, ¿lo has pensado bien? ¿De verdad es lo que quieres?

Asiento.

—¿Debo intentar que cambies de parecer? ¿Tengo alguna posibilidad de convencerte?

Niego con la cabeza. Contengo las lágrimas que quieren brotar de mis ojos, y el nudo en la garganta está a punto de asfixiarme.

Detesto las despedidas, pero detestarlas no es una justificación válida para quedarse.

26

Una vez en casa me ducho, aliviada por fin al poder lavarme el cuerpo entero. Refunfuño cuando el agua golpea la piel nueva y hace que me pique. Comienzo lo que será mi ritual cotidiano: masajes con aceites y cremas para la piel, que extiendo con cuidado en todas direcciones, estirando y flexionando, tratando de acostumbrarme a la recién adquirida libertad. Todavía me siento incapacitada sin la escayola, no me atrevo a apoyar todo el peso en la pierna sin la bota. Seré cuidadosa y paciente hasta que mis músculos recuperen el tono, tratando de ser tan amable conmigo misma como lo sería con otra persona. Y cuando el pecho me duele por haber perdido a Gabriel, o por el daño que le he causado, pienso en lo que él ha ganado, me obligo a recordar que ahora tiene a Ava. Y, por descontado, también pienso en lo que he ganado yo: mis nuevos amigos del club y lo que estos le han devuelto a mi vida.

En realidad, nunca sentí que Gabriel y yo fuésemos a durar para siempre. Yo era más joven cuando conocí a Gerry y tal vez creía ingenuamente que éramos almas gemelas, que él era el hombre de mi vida, pero cuando murió dejé de pensar así. He llegado a la conclusión de que en distintas épocas de la vida nos atraen ciertas personas por razones diversas, mayormente porque esa versión de nosotros guarda relación con su versión en ese momento concreto. Si dos personas perseveran en ello y lo trabajan, pueden crecer juntas en direcciones distintas. A veces todo se va al garete, pero creo que existe la persona adecuada, la media naranja, para todas las diferentes versiones de una misma.

Gabriel y yo vivimos en el presente. Gerry y yo apuntábamos a la eternidad. Obtuvimos una fracción de eternidad. Y un gozoso presente y una fracción de eternidad siempre son mejores que nada en absoluto.

Al salir de la ducha descubro que tengo una llamada perdida de Joy. La salud de Bert se ha deteriorado, ha perdido el conocimiento. Joy pregunta alarmada:

—¿Sus cartas están listas y en su sitio?

Elijo un tipo de letra eduardiano, de principios del siglo XX, para dar a las palabras de Bert un efecto más grandilocuente, y acto seguido me pregunto si no es demasiado grandilocuente, si debería buscar algo más sencillo, si todo es estilo sin apenas esencia. Otras fuentes tipográficas parecen demasiado frías, carecen de alma o incluso parecen letras escogidas al azar por un maníaco. Una vez que lo veo así, no puedo dejar de verlo de este modo. Le doy vueltas al asunto y finalmente regreso a la fuente eduardiana porque creo que es el tipo de letra que Bert deseaba emplear sin llegar a conseguirlo.

Imprimo las seis notas de Bert en etiquetas doradas, pego las etiquetas en tarjetones texturizados de color azul noche. Decoro el borde del tarjetón con diminutas pegatinas de colores. El tema está cargado de sentido para mí debido a la frase de Gerry «Apunta a la luna e incluso si fallas aterrizarás entre las estrellas», aunque soy consciente de que Rita nunca entenderá esta conexión. Soy yo quien se siente conectada al estampar la identidad de Gerry en esto; con tema o sin él, tiene su esencia impregnada en todo, como si él hubiese plantado la semilla. Espero que a Rita le gusten las estrellas. Confío en que todo esto no le parezca que es como un trabajo de colegial. Elijo las más elegantes y caras. Meto las notas de Bert en sobres dorados y después imprimo números, probando con distintas tipografías. Apoyo la hoja con los números impresos contra mi ordenador y los estudio, con la esperanza de que uno de ellos me atraiga más que los demás. Están pasando muchas cosas en mi mente agotada por la falta de sueño.

Mientras estoy aquí sentada, escribiendo las palabras vivas de un hombre que está al borde de su último suspiro, no se me pasa por alto que posiblemente estoy escribiendo las cartas de Bert en el mismo lugar exacto en el que Gerry escribió las mías. Paso la noche en vela hasta que el sol empieza a salir y a esparcir su esperanza sobre el mundo. Por la mañana, las cartas están terminadas y espero que el querido Bert se las haya arreglado para permanecer aferrado a la vida durante la noche.

Me siento orgullosa de hacer esto. No me quebranta como los demás, y yo misma, pensaron que podría suceder. Volver la vista atrás, regresar al pasado, no significa ser débil. No significa reabrir heridas. Requiere fortaleza, requiere valentía. Requiere que la persona que lo hace tenga un mayor control sobre su carácter para mirar con perspicacia y sin prejuicios a la persona que una vez fue. Sé sin asomo de duda que reexaminarme me alentará, y conmigo a quienes afecte mi viaje, a remontar el vuelo.

—Has pasado la noche levantada —dice Denise a mis espaldas desde la puerta de la cocina, soñolienta y con el pelo revuelto. Inspecciona la mesa.

—¡Todavía vives aquí! —contesto con fingida estupefacción.

—Aún estoy medio dormida —responde—. ¿De quién son estas cartas?

—De Bert. Esta noche ha empeorado. Debo dejar listas sus cartas.

—Oh, vaya —dice en voz baja, sentándose—. ¿Necesitas ayuda?

—La verdad es que sí —digo, frotándome los ojos irritados y con dolor de cabeza debido al cansancio.

Denise me observa un momento, pensando algo que se guarda de decir, cosa que me alegra, y de pronto entra en acción, busca el resto de los tarjetones con las etiquetas numeradas y las mete en sus sobres correspondientes. Lee la primera que pilla.

—¿Escribe poesía?

—Quintillas. Es como un juego de pistas. Insinúa un lugar, su esposa va allí y encuentra la nota siguiente, y así sucesivamente.

—Qué entrañable. —Denise sonríe, leyendo, y luego mete la tarjeta en el sobre—. ¿Tienes que entregarlas hoy?

—Forma parte del servicio que presto. Bert no puede hacerlo.

—Te echaré una mano.

—Tienes que ir a trabajar.

—Puedo tomarme el día libre. Tenemos dependientas de sobra en la tienda y, francamente, me vendrá bien distraerme un poco.

—Gracias, amiga mía —respondo, apoyando la cabeza en su hombro.

—¿Cómo le va a nuestro hombre? —pregunta Denise, al ver que reviso los mensajes del teléfono.

Está rodeado de su familia. Sus nietos le han cantado himnos. Todos se han despedido.

Leo el texto de Joy en voz alta.

—Ya falta poco.

Mientras cierro con llave la puerta de casa oigo el portazo de un coche seguido de unas pisadas firmes en nuestra dirección. Pies en una misión.

—Oh, oh —dice Denise, dando la alarma.

—¡Lo sabía! —anuncia Sharon.

—¿Dónde están los niños? —pregunta Denise.

—Con mi madre, hoy me hacen un escáner.

—Pero pensaste en hacer primero un poco de trabajo detectivesco —señala Denise.

—He llamado a tu casa. Tom me ha dicho que te has instalado aquí. ¿Es verdad?

—Denise está pasando un momento de duda —explico.

—¿Por qué no acudiste a mí?

—Porque eres muy crítica y sentenciosa. Y no tienes habitación de invitados.

Sharon se queda boquiabierta.

—Pero sobre todo porque no tienes habitación de invitados.

—Podría haber puesto a Alex en la habitación de Gerard, es lo que hago siempre que tengo invitados.

—Sí, pero entonces tengo que compartir el cuarto de baño y no me gusta compartirlo.

—Holly solo tiene un cuarto de baño arriba, entre dos habitaciones.

—Sí, pero tiene un cuarto de ducha abajo.

Miro a Sharon y a Denise para ver si están hablando en serio. Parece ser que sí.

—Si queréis seguir conversando, podéis quedaros en mi casa sin problema, pero yo tengo que marcharme ya.

—Tú no trabajas los lunes —comenta Sharon, entornando los ojos con suspicacia—. La tienda está cerrada. ¿Adónde ibais las dos?

—A entregar unas cartas de amor —canturrea Denise alegremente.

Sharon abre los ojos como platos.

—¿Las cartas de Posdata: te quiero?

—¡Sí! —contesta Denise, y abre la portezuela del coche y se sienta en el asiento del pasajero.

—¿Por qué la provocas tanto? —pregunto al cerrar mi portezuela.

—Porque es muy fácil pincharla.

Pongo en marcha el motor, bajo la ventanilla y observo a Sharon, que está pasmada en la acera mirándonos fijamente. Se la ve agotada. Le vendría bien una aventura.

—¿Te gustaría venir con nosotras? —propongo.

Sonríe y sube al asiento de atrás.

—Esto me recuerda los viejos tiempos —digo, viéndonos a las tres juntas.

—¿Puedo ver las cartas? —pregunta Sharon.

Denise se las pasa.

—¿Tú también estás metida en esto?

—Cuidé a un bebé mientras Holly enseñaba a la madre a leer y escribir —explica Denise.

—¿Le estás enseñando a leer y escribir? —pregunta Sharon, sorprendida.

—Lo intento —respondo, dando marcha atrás. Espero un comentario mordaz. «La gente se desespera en su lecho de muerte, ¿verdad?» Algo, cualquier cosa para menospreciar lo que hago, pero no llega.

—Bonita presentación —dice Sharon, sacando del sobre la primera quintilla para leerla en voz alta.

Había una vez un niño en el Crisantemo
que se detuvo para el Himno Nacional.
Vio una visión en azul.
Eras tú, siempre tú,
hasta que mi corazón se detenga, lo viviré literalmente.

—Qué ternura —dice Sharon—. ¿Adónde lleva esta pista?
—El Crisantemo era una sala de baile. Se conocieron en los sesenta, la banda que tocaba aquella noche se llamaba The Dawn-breakers. Pero es demasiado temprano, el local aún no habrá abierto, de modo que antes iremos a la segunda ubicación.

Sharon abre el sobre siguiente y lee.

Había una vez un hombre en una cita
que usaba el amor de una mujer por los poemas como cebo.
Se sentaron en el banco.
Él aplacó los labios de ella
y el beso selló el destino del tonto enamorado.

—¿Su primer beso? —pregunta.
—Exacto.

El lugar donde Bert y Rita se besaron por primera vez en 1968 fue en el banco de Patrick Kavanagh,* situado en la orilla norte del Grand Canal, en Mespil Road, donde hay una estatua de tamaño natural de Kavanagh sentado en un extremo del banco e invitando a un desconocido a tomar asiento a su lado. Nos plantamos junto al banco e imaginamos a Bert y a Rita un montón de años atrás, dándose su primer beso, y me emociono. Miro a las chicas con los ojos arrasados en lágrimas, pero la expresión de Sharon no podría ser más distinta a la mía.

—Aquí no es donde tienes que dejar el segundo sobre.

* Patrick Kavanagh (1904-1967) fue un poeta y novelista irlandés, considerado uno de los más importantes del siglo XX en su país.

—Sí que lo es.

—No, no lo es. La primera quintilla conduce a la sala de baile, de manera que debes dejar el segundo sobre allí, con la pista para que Rita venga aquí. Aquí es donde debes dejar el tercer sobre.

Denise y yo nos miramos, estupefactas. ¿Cómo demonios hemos podido cometer semejante error? Tampoco es física cuántica.

—Apuesto a que os alegráis de haberme traído —dice, sentándose al lado de Patrick Kavanagh con un aire de satisfacción insoportable—. ¿Y dónde vais a dejar el sobre? —pregunta, todavía petulante—. ¿Aquí, con Paddy? —Mira a Patrick Kavanagh—. Paddy, me temo que nuestra amiga no ha pensado en este detalle, su gran plan maestro está resultando una pifia.

Denise se ríe a carcajadas, cosa que me irrita. Las miro a las dos con rabia y se callan al instante.

Estudio el banco. Me planteo la posibilidad de envolverlo en plástico y pegarlo debajo del banco, pero me consta que no es una solución práctica. No sé cuánto tiempo vivirá Bert, podrían ser horas, podrían ser días. Podrían ser semanas, cosas más raras se han visto. Si se puede echar a una persona del mundo antes de lo esperado, sin duda también puede vivir más de lo esperado. Además, tampoco sé cuándo decidirá Rita comenzar el viaje que Bert ha preparado para ella después de leer su primera nota. Podría tardar días, podría tardar semanas o podría tardar meses. Un paquete sospechoso debajo de una famosa atracción turística del centro de la ciudad, que cada día visitan un sinfín de turistas y quién sabe quién por la noche, no durará mucho tiempo.

—Se nota que está pensando —dice Denise.

—Porque apenas parpadea —termina Sharon la frase.

Se ríen, la mar de orgullosas de su broma.

—Tiene esa mirada en los ojos —comienza Sharon.

—Y no sabemos por qué —concluye Denise.

No les hago caso. No tengo tiempo que perder. Tengo cuatro cartas que entregar, Bert se está muriendo, iniciando su transición mientras nosotras estamos en este lugar tan importante de su pasado. Leo la inscripción y de repente me doy cuenta de algo que está mal. Algo horrible que me llena de espanto.

—Un momento. Bert dijo que se dieron su primer beso en este banco en 1968.

Miro a las chicas. Están posando coquetas con Patrick Kavanagh y se hacen selfis. Signos de la paz, labios besucones.

—Este banco lo instalaron en 1991.

Terminan sus selfis, perciben mi cambio de humor y se levantan para leer la placa. La miramos calladas.

Frunzo el ceño. El teléfono vibra en mi bolsillo. Leo el mensaje.

—Tal vez deberías preguntar a Bert si este es el sitio correcto —sugiere Sharon amablemente.

—Es demasiado tarde —digo, levantando la vista del teléfono. Se me saltan las lágrimas.

El mensaje es de Joy.

«Nuestro querido Bert se ha ido.»

27

Me siento en el banco con la cabeza entre las manos.

—Soy idiota.

—No eres idiota —dice Denise simplemente.

—Soy incapaz de hacer algo a derechas —me regaño—. Hay personas muriendo, he hecho promesas, y en cambio me porto como una maldita aficionada. Y encima he roto con Gabriel.

—¿Cómo dices? —prorrumpe Denise.

—¿Por qué? —pregunta Sharon.

—Lo nuestro... se estaba desmoronando. Colgaba de un hilo. De modo que corté el hilo.

—Bueno, en realidad —dice Denise, volviéndose hacia Sharon—, era Holly la que colgaba de un hilo. No quería tener que rendirle cuentas a alguien que no quería que participase en el Club Posdata porque era evidente que se estaba volviendo majareta, y Gabriel seguramente tenía miedo de perderla, cosa que de todos modos ha conseguido al no brindarle su apoyo, y ella no quería tener que enfrentarse a la verdad y reconocer que él tenía razón, por eso cortó con él como suele hacerlo con casi todas las personas que no están de acuerdo con la manera en que lleva su vida, lo que es probablemente el motivo de que no te haya llamado en semanas. Igual que cuando murió Gerry, ¿te acuerdas?

Sharon asiente, me mira nerviosa y luego vuelve a dirigirse a Denise.

—¿Aquello de cerrar la puerta y no dejar entrar a nadie?

—Exacto, pero esta vez se ha encerrado con un fantasma y ha cortado con el hombre de carne y hueso que la ama de verdad, quien, a su vez, lo admito, quizá ha reaccionado muy mal ante todo esto, pero el caso es que no la conoce tan bien como nosotras y, francamente, es humano, y ninguno de nosotros somos perfectos, así que, ¿quién puede culparlo?

—Denise —dice Sharon en voz baja, en un tono de advertencia.

La miro, pasmada. No, consternada.

—Lo siento —responde Denise, apartando la vista, sin sentirlo lo más mínimo—. Pero alguien tenía que decirlo.

Nos quedamos un rato calladas.

—Perra vida —dice Sharon—. Ojalá volviéramos a estar en Lanzarote, sobre una colchoneta inflable, flotando hacia África. Todo era más fácil entonces —dice, intentando aliviar la tensión.

No puedo reírme, no puedo borrar lo que ha dicho Denise. Sus palabras me resuenan en los oídos, el corazón me palpita como si tuviera miedo de que lleve razón. ¿Y si he cometido una equivocación enorme?

Sharon se vuelve y mira a Denise.

—¿Podéis disculparos para que podamos seguir adelante?

—¿Por qué tengo que disculparme? —pregunto.

Denise parece dispuesta a soltar toda la retahíla de mis errores, pero se contiene.

—Ya he pedido perdón pero volveré a hacerlo. Perdona, Holly, en realidad, estoy... —Niega con la cabeza—. Estresada. Quizá me haya equivocado al abandonar a Tom y resulta frustrante verte hacer lo mismo.

—¿Iba en serio lo que has dicho? —pregunto.

—Sí —contesta Denise—. Hasta la última palabra.

—Oh, por Dios —interrumpe Sharon—. Eso no es una disculpa. La verdad, menudo par de dos, ¿os pierdo de vista dos semanas y resulta que ambas habéis roto vuestras relaciones?

—Ten cuidado, es contagioso —digo, esbozando una sonrisa.

—Más quisiera John —murmura—. Bien, veamos, una cosa después de otra —dice Sharon, cambiando de tema—. En algún sitio tiene que haber otro banco. Bert no se lo inventó. —Busca en Google—. ¡Ajá! No eres idiota. Hay un banco que construyeron los amigos de Kavanagh semanas después de su muerte.

Se inauguró oficialmente el día de San Patricio de 1968. Tiene que ser ese.

Trato de concentrarme, pero es como si todo se estuviera desmoronando. Sigo reprendiéndome por no haber ayudado a Bert a pensar esto correctamente. Pero ¿cómo iba a hacerlo, si ni siquiera yo lo había pensado con detenimiento? ¿Cómo íbamos a dejar un sobre en un banco?

Recorremos la orilla del canal, yo con una muleta debido al tobillo debilitado, siguiendo un camino paralelo a una hilera de árboles. Pasamos ante las frondosas zonas residenciales de Ragland Road y junto al canal que adornan unos cisnes. Cuando llegamos a la orilla sur, a la altura de Lock Gates, muy cerca del puente Baggot, frente al hotel Mespil, encontramos un sencillo banco de piedra y granito. Lo contemplamos en respetuoso silencio. El atolondramiento que nos ha causado el banco más reciente de Patrick Kavanagh se ha disipado; este parece más acertado, un viejo y sencillo banco en el que Bert y Rita se besaron por primera vez, un remoto día de San Patricio, el 17 de marzo de 1968, durante una visita al nuevo banco en homenaje al poeta predilecto de Rita. Otros tiempos. Bert se ha ido pero el banco sigue en pie, piedra y madera que han absorbido la vida de personas que han ido y venido, que sigue observando los cambios de estación y el fluir del agua en el canal. Con todo, continuamos enfrentadas al mismo problema que antes. Dónde dejar el sobre.

El hotel Mespil se yergue justo al otro lado de la calle.

—¿Qué estás pensando?

Con renovada determinación, cruzo la calle hasta el hotel. Voy directa a recepción con el aire de alguien que va en serio y pregunto por el director del hotel.

—Un momento.

La recepcionista desaparece por una puerta disimulada en los paneles de la pared.

—Hola. —Una mujer sale de la habitación secreta y me tiende la mano—. Soy la directora adjunta, ¿en qué puedo servirla?

Su mano es acogedora, en estos tiempos de burocracia y papeleo, y espero que su corazón también lo sea.

Me conduce a una zona de sofás y me acomodo.

—Muchas gracias por atenderme. Me llamo Holly Kennedy y trabajo para una organización llamada Posdata: te quiero, que ayuda a enfermos terminales a escribir sus últimas cartas para sus seres queridos. Me ha enviado aquí mi cliente Bert Andrews, que desgraciadamente ha fallecido hace unas horas... Y necesito su ayuda.

Y ahí dejamos el tercer acertijo de su juego de pistas. Cuando llegue Rita, a quien habré dado una pista adicional para que vaya al hotel, recibirá la carta, que habrá estado a buen recaudo para que pueda leerla cómodamente instalada en un reservado, con una merienda por cortesía de la casa.

Nuestra segunda parada sale mejor que la primera. Visitamos la sala de baile donde Bert vio a Rita por primera vez. La sala de baile Crisantemo fue un local mítico durante la edad de oro de las bandas irlandesas, la meca del baile de Irlanda. Las chicas en un lado, los chicos en el otro. Si un chico te preguntaba si querías un refresco, significaba que estaba interesado en ti, si decías que sí a un baile, significaba que la interesada eras tú. Al parecer eran tiempos más inocentes, cuando la Iglesia católica dominaba el país. Miles de personas conocieron a su media naranja en las pistas de las salas de baile de Irlanda.

Un guardia de seguridad nos franquea la entrada al edificio, que está desierto mientras lo preparan para los exámenes del colegio del barrio. Nos permite dar una vuelta y echar un vistazo. Ni rastro de las pistas de baile y las bolas de espejos, en su lugar hay filas de pupitres y sillas pero, a pesar de todo, entrar aquí es como retroceder en el tiempo. Me imagino la sala, caliente y sudorosa, repleta de gente bailando swing en la pista.

Como si me leyera el pensamiento, Denise dice:

—Si estas paredes de cachemira hablaran...

Explico mi misión al guardia de seguridad, esta vez con más confianza y soltura, e insistiendo en que cualquiera que se implique está prestando un gran servicio a la humanidad. Se aviene a hacerse cargo del sobre y lo guarda en un lugar seguro con el nombre de Rita, así el sobre la llevará desde el sitio donde ella y

Bert se conocieron hasta el banco en el que se besaron por primera vez. Y, gracias a la pista que he añadido en letra pequeña al final de la quintilla de Bert, delante del banco que marcó su futuro, Rita encontrará su tercera carta, la misma que nos conduce a la siguiente ubicación, el lugar donde Bert le propuso matrimonio.

Había una vez un hombre que temblaba,
había palabras que su lengua no podía ensamblar.
Sobre una rodilla doblada
hizo su súplica.
De ese lugar guarda un recuerdo sentimental.

—¡Esto me encanta! —reconoce Sharon—. Por favor, avísame cuando vuelvas a hacerlo, me gustaría mucho ayudar. ¿Adónde vamos ahora?

—¿Cuánto tiempo tienes? Creía que hoy tenías un escáner.

Sharon pone cara de culpable.

—Es lo que le he dicho a mi madre para disponer de unas horas libres. Estoy muy cansada —dice, con los ojos brillantes.

Le doy un abrazo.

—Hoy es el día perfecto, en serio; sé que no estaba segura acerca de esto, Holly, pero a partir de ahora puedes contar con todo mi apoyo. No tiene nada de malo hacer estas cosas, y si quieres que se lo cuente a Gabriel, lo haré con gusto.

Mi sonrisa se desvanece en el acto ante la mención de Gabriel, pues vuelvo a recordar que lo he perdido. Renuncié a él.

—Ya es tarde para eso —digo, poniendo en marcha el motor.

Conduzco hasta el faro de Howth Harbour y la torre Martello, construida en 1817, donde Bert se declaró a Rita mientras comían pescado con patatas fritas. El farero sale de la casa de estilo georgiano adosada a la torre, escucha mi historia y me hace el honor de aceptar la carta para Rita. Igual que me ha sucedido con la directora adjunta del hotel y con el guardia de seguridad, voy descubriendo que la historia de Bert, una historia humana, es de las que la gente ocupada escucha aunque ande escasa de tiempo. No se me quitan de encima ni me evitan. No acudo a ellos con una queja, no estoy tratando de exigirles nada. Solo les pido que me escuchen y que participen en los últimos deseos de alguien. La amabilidad de estos desconocidos me da esperanza, fe en la humanidad: aunque a veces se tenga la sensación de que la gente se cierra a los demás, desprovista de compasión y empatía, todavía sabemos reconocer cuando algo es real. No estamos del todo entumecidos e insensibles.

El farero se queda el sobre que contiene esta quintilla:

Había una vez un tonto que se perdió,
que era codicioso e ignoraba el coste.
Lo siento, mi amor.
Desde abajo y desde arriba,
aquí es donde sentí tu odio realmente agotado.

—Me pregunto qué hizo —dice Sharon, mientras caminamos por el muelle hacia el estacionamiento, comiendo pescado con patatas fritas.

—Creo que lo podemos adivinar —contesta Denise, rezumando cinismo.

—No sé por qué estás tan enfadada, tienes un marido perfecto que te adora y que ha estado a tu lado en todo momento —le espeta Sharon. Me faltan energías para mostrarme de acuerdo, después de lo que Denise ya me ha soltado hoy.

—Ya lo sé —dice Denise en voz baja—. Por eso se merece alguien mejor.

Ninguna de las tres abrimos la boca mientras nos dirigimos al destino siguiente, Sharon reflexionando sobre la llegada de un bebé a una familia que ya lleva una vida bastante caótica, Denise meditando sobre su matrimonio y un futuro que no está saliendo con arreglo a sus planes. Yo cavilando sobre... Oh, todo.

Aparco, nos apeamos y miramos el edificio al que nos ha traído Bert.

—O sea, que aquí es donde Rita perdonó a Bert —digo, levantando la vista.

La risa rompe el silencio de nuestro mal humor. Se trata de una tienda de marihuana donde además hacen tatuajes.

—Nunca se sabe, a lo mejor se colocaron y se hicieron tatuajes declarando su amor —sugiere Denise.

—¿Qué hago?

—Tienes que seguir el protocolo —dice Sharon, alargando la mano para que pase delante.

Me río, respiro hondo y entro.

El personal es el más simpático de todos los lugares en los que hemos estado, se sienten conmovidos por la historia y emocionados por participar, e incluso se ofrecen a hacerle un tatuaje gratis a Rita cuando vaya a la tienda.

Ha sido un día muy largo y estamos las tres calladas, con ganas de terminar. El último destino es una casa de Glasnevin.

Sharon lee la quintilla.

Había una vez una mujer llamada Remordimiento.
Tenía una gemela que la inquietaba.
Es hora de decirse hola,
decir a la ira adiós
en esta casa donde se encontraron.

—Una mujer llamada Remordimiento —lee Sharon—. ¿Somos nosotras tres dentro de unos meses?

—Se refiere a Rita —explico, sacudiéndome de nuevo el espantoso miedo que Denise me ha infundido—. La casa familiar pertenece a la hermana gemela de Rita, aquí es donde nacieron y se criaron. Discutieron cuando murió su madre, algo relacionado con la herencia. Su hermana se quedó con todo y nunca volvieron a hablar, y sus respectivas familias tampoco.

—El dinero vuelve loca a la gente —afirma Denise.

—Me parece que será mejor que entres sola —dice Sharon.

Estoy de acuerdo.

Renqueo a través del pulcro y limpio jardín que alguien cuida con mimo. Llamo al timbre. La puerta tarda un rato en abrirse y, si bien solo he visto a Rita en contadas ocasiones, su hermana es en efecto su vivo retrato, aunque de aspecto más arisco. Me mira con desconfianza por una ventana aneja a la puerta y me doy cuenta de que no tiene la menor intención de abrir.

—Vengo de parte de Bert.

Abre la puerta.

—¿Qué quieren esta vez? ¿Mi sangre? —gruñe, dejando la puerta entornada y regresando al interior de la casa, arrastrando los pies. Entro y la sigo al cuarto de la tele.

Encima de la mesa de café hay una guía de televisión, círculos a bolígrafo señalan los programas escogidos. Se sienta lentamente en un sillón desvencijado, torciendo el gesto de dolor cuando se apoya en el bastón.

Me acerco a ella.

—¿Puedo ayudarla?

—No —gruñe.

Tarda un momento en recobrar el aliento, se cierra la rebeca.

—Prótesis de cadera —dice, y se fija en mi bota—. ¿Qué le pasó?

—Un taxi me dio un golpe mientras iba en bicicleta.

—Se creen que son los amos de la calle. ¿Es abogada? —me ladra.

—No, qué va.

—Entonces ¿qué? ¿Qué quieren de mí?

Saco la carta del bolso y se la paso.

—Bert quería que le diera esto. Pero no es para que usted la abra. Quería que se la dejara a usted para que la recoja Rita.

La mira con recelo, como si fuese una bomba, negándose a cogerla.

—Dígale de mi parte que se la guarde. Hace años que no veo a Rita. Bert lo sabe de sobras. No entiendo a qué juega. Juegos enfermizos. Son gente enfermiza, mi hermana y su marido.

—Bert ha fallecido hoy.

El enojo se borra de su semblante y sus labios forman un silencioso «oh».

—Hace tiempo me enteré de que había vuelto al hospital. ¿Qué ha pasado?

—Enfisema.

Niega con la cabeza.

—Se fumaba cuarenta cigarrillos al día. Yo se lo decía, «Bert, estos cabrones te matarán», pero nunca me hizo caso —dice enojada—. Dios lo tenga en su gloria —agrega en voz baja, santiguándose.

—He estado pasando ratos con él antes de que falleciera. Quería dejar unas cuantas cartas para Rita, en lugares significativos.

—Intenta emendar sus errores, ¿no? Vaya, ¿no es estupendo que lo haga una vez muerto? Así no tiene que afrontarlo él mismo. Rita no vendrá —dice, de nuevo enojada—. Hace siete años que no hablo con ella. Excepto a través de un abogado o una carta asquerosa que me haya mandado. Las guardo todas, puede leerlas, si quiere, así verá quién es el verdadero monstruo.

—No estoy aquí para tomar partido —digo amablemente—. No sé qué sucedió ni soy quién para juzgarlo. Bert me pidió que le entregara esto y le prometí que lo haría.

—Bien, pues le diré lo que sucedió. Y, a diferencia de ellos, le diré la verdad. Pasaba todos los días con nuestra madre cuando estaba enferma, la llevaba a todas las citas del hospital, la bañaba, la cuidaba, me vine a vivir con ella para cuidarla, y todos pensaban que lo estaba haciendo para conseguir la casa. —Levanta la voz como si me acusara a mí—. ¿Qué clase de mente enferma pensaría eso? Gente que solo quiere la casa para sí misma, eso es. Dinero, para ellos todo era dinero. Me mudé aquí porque la cuidadora que Rita contrató le estaba robando a mamá. ¡Le robaba el papel higiénico! ¿Alguna vez ha oído algo así? ¿Cobrar por cuidar de una anciana y robarle el papel higiénico? Nos ahorré un montón de dinero haciéndolo yo misma. ¿Y la ladrona soy yo? —Me señala con el dedo, pinchando el aire para que me lleguen bien sus argumentos—. Me pintaron como una estafadora, una ladrona. Difundieron rumores horribles de los que hablaba todo el vecindario. ¿Se lo imagina? Nunca hice que mamá cambiara su testamento. Nunca. Eso lo hizo por su cuenta. Hacen que parezca que yo la hubiera cogido de la mano y la hubiera obligado a escribir. Rita y Bert estaban bien, mamá sabía que yo necesitaba la casa. Me la dejó a mí. No podría cambiar eso aunque quisiera. —Se sienta y recarga energías para su siguiente arranque—. Y cuando se enteraron, ah, bendito sea Dios, estalló la tercera guerra mundial. De repente me convertí en un monstruo. Querían que vendiera la casa. Pensaban que se merecían la mitad del dinero. Enviaban cartas de abogados y empleaban todo tipo de tácticas de intimidación. ¿Y para qué? ¿Para irse de vacaciones más a menudo? ¿Comprar un coche nuevo? ¿Pagar las tasas universitarias para rescatar a su hijo drogadicto que siempre suspendía los exámenes? Oh, tan alto y fuerte, todo el mundo sabía cómo era ese chico, pero Rita no, ella fingía que era perfecto, mejor que los demás. Rita siempre fue así. —Se queda con la mirada perdida, los dientes apretados de rabia—. Mamá me dejó esta casa a mí y no fue porque yo se lo metiera en la cabeza.

—No lo dudo —digo, preguntándome cómo escapar de esta situación.

—Todos me dieron la espalda. Incluso sus hijos, mis propios sobrinos y sobrinas, piensan que soy el diablo. Tampoco se hablan con los míos. Primos que tanto se adoraban... —dice, negando enojada con la cabeza—. Destrozaron la familia, Bert y Rita. Nunca los perdonaré. Mamá me quería aquí. Tenía la mente tan clara como el cristal cuando hizo lo que hizo. No puedes culpar a los muertos. El deseo de un moribundo es el deseo de un moribundo.

Este es mi momento. Dejo el sobre encima de la guía de televisión abierta, donde me consta que lo verá.

—Y este es el de Bert.

Subo al coche y suspiro, aliviada de haberme ido, y sus palabras resuenan en mis oídos.

«No puedes culpar a los muertos.»

—¿Por qué has tardado tanto? —pregunta Denise.

—Me ha dejado agotada. Hay mucho resentimiento ahí.

—¿Crees que la carta de Bert dará resultado?

—No tengo ni idea —respondo, restregándome los ojos—. Espero que sí.

Son las seis de la tarde, ha sido un día muy largo y completo, un día provechoso pero agotador. Emprender el viaje personal de otra persona nos ha devuelto al nuestro, nos ha dejado contemplativas y meditabundas, dándole vueltas a nuestra vida.

—Supongo que no me dejará usar su cuarto de baño —dice Sharon.

Me río.

—Te reto a que lo intentes.

—Prefiero esperar —responde, revolviéndose incómoda en el asiento de atrás—. Todavía nos queda un sobre, el primero.

—Sí —digo preocupada, sin saber muy bien cómo proceder.

—¿Se lo das directamente a Rita? —pregunta Sharon.

—Sí, más o menos —contesto, encogiéndome de hombros.

—O sea, que no exactamente —dice Sharon, en lugar de dejarlo correr—. ¿Dónde dejarás la primera carta, Holly?

Carraspeo, nerviosa.

—Bert quería la primera carta en sus propias manos, para que Rita la encontrara.

Sharon abre unos ojos como platos.

—¿En el ataúd?

Denise se parte de risa.

—¿Cómo piensas conseguirlo? —pregunta Sharon.

—¿Qué harás? —pregunta Denise, secándose las lágrimas de risa del rabillo de los ojos—. ¿Abrir el ataúd durante el funeral?

—No lo sé, no lo había concretado con Bert, pero supongo que iré a la funeraria para que lo tenga en las manos cuando llegue a su casa.

—¡No dejarán que te acerques, no eres de la familia! —dice Sharon, y Denise sigue riendo hasta que se pone colorada.

—Les diré que obedezco instrucciones de Bert, que es lo que él quería.

—Como no tengas instrucciones por escrito de Bert o de su familia, será imposible que una desconocida deje una carta en las manos de un difunto. Holly, honestamente, tienes algunas reglas básicas que pulir antes de continuar con esto.

—Lo sé —digo en voz baja, mordiéndome las uñas—. Habrá un velatorio. Estará un par de días en su casa. Pediré que me dejen a solas con él un momento y la pondré en sus manos.

—Has tenido suerte con el guardia de seguridad, el hotel y la tienda de marihuana, pero dudo de que una funeraria vaya a permitirte dejar una carta de contenido ignoto en las manos de un difunto.

—¡Basta, Sharon! ¡Ya lo capto!

Las chicas se callan. Pienso que han aceptado este plan, pero de pronto Sharon resopla y las dos se parten de risa otra vez.

Pongo los ojos en blanco, alterada, sin que nada de esto, ni siquiera su risa, me parezca divertido.

Me encantaría reír con ellas, pero no puedo ponerme en su lugar. Esto es muy serio para mí.

Hace siete años Gerry me puso en el camino de una nueva hazaña, siete años después sus acciones me persiguen en mi aventura.

La vida tiene raíces, igual que la muerte, la muerte también las tiene.

28

—¡Oh! ¡Disculpe! —digo sorprendida; vuelvo a salir del almacén y regreso a la tienda—. Ciara —susurro tras encontrarla limpiando el espejo del probador—, hay un hombre arrodillado en el almacén.

—Tú siempre estás arrodillada en el almacén.

—Pero yo no rezo.

—Es Fazeel, nuestro nuevo voluntario. Ha comenzado hoy. Se encargará de la seguridad. Tiene que rezar cinco veces al día, así que no entres ahí al amanecer, a mediodía, por la tarde, al atardecer ni de noche.

—Tres de esos horarios no me suponen un problema, pero ahora no está amaneciendo ni son las doce.

—Me ha dicho que esta mañana se le han pegado las sábanas —dice Ciara, encogiéndose de hombros—. Solo serán unos minutos cada vez. Su esposa tuvo cáncer, quiere echar una mano. —Mira la bicicleta que he metido en la tienda para guardarla en el almacén—. ¿Has venido a trabajar en bicicleta?

—No, solo me ha parecido que podría ser un bonito accesorio.

—Se supone que no debes ir en bicicleta.

—Me dijeron que podía hacer ejercicio con la bota. No sabes cuánto lo he echado en falta. —Hago pucheros—. Además, es fantástico que tengamos un nuevo voluntario porque hoy necesito tomarme unas horas libres.

Arrugo el semblante y aguardo a que empiece a gritar.

—¿Otra vez?

—Lo sé, lo sé. Siento haberte pedido tantas cosas durante estas últimas semanas.

—Meses —responde contundente—. No pasa nada porque soy tu hermana y puedo tolerar tu pequeña crisis de la mediana edad; pero ahora en serio, Holly, ¿de qué se trata esta vez?

—Ha muerto Bert, un miembro del Club Posdata: te quiero, y tengo que asistir a su velatorio. Tengo que entregar la última carta. O, mejor dicho, técnicamente, la primera.

Ciara abre unos ojos como platos.

—¿Por qué no me lo dijiste?

—Te lo estoy diciendo ahora.

—Tendría que haberme dado cuenta de que estaba ocurriendo algo, has estado muy callada estos últimos días.

—En realidad ha sido porque he roto con Gabriel.

Vuelvo a cerrar los ojos y me preparo para el impacto.

Ciara se desploma en el sillón que hay al lado del probador y los ojos se le arrasan en lágrimas.

—Sabía que ocurriría. Es culpa mía. Ha sido por lo del club, ¿verdad? ¿No ha podido lidiar con ello? Ha sido por el *podcast*, no tendría que haberte pedido que participaras. La vida te estaba yendo bien hasta que abrí esa caja de Pandora.

—Ciara... —Sonrío, me acerco y me arrodillo delante de ella. Es típico de Ciara que tenga que consolarla después de mi ruptura—. No rompimos por el *podcast*, no tiene nada que ver con eso. Teníamos otros problemas que quizá se han puesto de manifiesto a raíz de todo esto. Fue decisión mía. En cuanto al club, contribuiste a que ocurriera algo maravilloso. Estoy ayudando a una serie de personas tal como me ayudaron a mí. Es un regalo. Ven conmigo y lo verás. Y la verdad es que me iría bien contar con una cómplice, porque lo que tengo que hacer no va a ser tarea fácil.

—¡Mathew! —llama Ciara, y Mathew aparece en la tienda—. Holly y yo debemos ausentarnos unas horas, ¿puedes ocuparte de esto? —Va a su encuentro y lo besa apasionadamente.

—Creía que acababas de contratar a alguien —dice Mathew, secándose la boca.

—Sí, pero está rezando.

Mathew mira confundido cómo nos marchamos y le lanzo una mirada de disculpa.

Joy, Paul y Ginika me están aguardando en casa de Bert. Les presento a Ciara, que los saluda como si fuesen de la realeza, y todos me miran, nerviosos y expectantes.

—Rita no ha encontrado la carta —susurra Joy.

—Ya lo sé. Todavía no he tenido ocasión de entregarla.

—Oh, Dios mío —dice Joy, preocupada e inquieta.

—Hola —saluda Rita, saliendo de la cocina al recibidor para dar la bienvenida a las visitas recién llegadas—. Sois muy amables al venir. —Lleva un vestido recto de color negro y una rebeca también negra, con un broche de la cruz de Santa Brígida—. Perdona, no recuerdo tu nombre. Hoy estoy viendo a mucha gente.

—Soy Holly, y ella es mi hermana Ciara. Lamento mucho su pérdida, Rita.

—Gracias a las dos. Ellos son amigos del club de lectura de Bert. —Me presenta a Joy, Ginika y Paul—. Ella es, era, la fisioterapeuta de Bert.

Ginika abre mucho los ojos y veo que sus labios forman una de sus inusuales sonrisas. Tiene que volverse y hundir la cabeza en la suave coronilla de Jewel para disimular.

—Vaya, qué interesante —dice Paul, iluminándosele el rostro—. ¿Dónde ejerces?

Le lanzo una mirada de advertencia y me sonríe con dulzura. Se lo están pasando todos en grande. Su pequeño secreto.

—Me enviaron del hospital.

—¿El hospital? ¿Qué hospital? —pregunta Paul, siguiendo con la broma mientras Rita me conduce a la sala de estar. Ciara se rezaga un poco.

—Del hospital de Bert —contesto, mirándolo otra vez. Se ríe entre dientes.

—En realidad, Rita, esperaba poder estar un momento a solas con Bert, si es posible —solicito con torpeza.

Si la pone nerviosa la petición de la podóloga, no lo demuestra. Abre la puerta y me encuentro con treinta personas hacinadas en el pequeño salón, alrededor del ataúd, que está en el centro, abierto. Todos los presentes nos miran a mí y a Ciara.

Ciara, vestida de negro como una viuda, luciendo un sombrero con un velo negro que le cubre medio rostro, sonríe forzadamente.

—Lamento su pérdida —dice, y se retira hacia una pared, dejándome sola.

Entreveo los rostros tensos de Paul, Joy y Ginika antes de que Rita salga de la habitación y cierre con cuidado la puerta en mis narices, impidiéndome escapar. Me quedo mirando fijamente la puerta cerrada, con el corazón palpitándome ante la imposible tarea que me aguarda.

—¿Qué está haciendo, mami? —pregunta un niño en voz alta. Hacen callar al niño, Ciara me apremia y poco a poco me vuelvo de cara a la sala. Todos los ojos siguen puestos en mí. Sonrío educadamente.

—Hola —susurro—. Mi más sentido pésame.

Hay niños sentados en el suelo, armados con sus juguetes, rezando juntos en silencio. Puños cerrados estrujan pañuelos llenos de lágrimas, todos van vestidos de negro y sostienen tazas de té y café. Estas personas, toda la familia y los amigos íntimos de Bert, se están preguntando quién soy y qué pinto aquí.

Por más que quiera, no puedo dar media vuelta y marcharme. Tiemblo desde las puntas de las orejas hasta los dedos de los pies. Doy unos pasos al frente y al menos la mayoría de ellos tienen el decoro de apartar la vista para concederme un momento con el difunto. Recomienza el murmullo y desaparece la tensión que me ha recibido al principio. Me siento como una intrusa que está a punto de robar algo muy valioso. Estoy aquí por Bert, me recuerdo a mí misma. Me dio instrucciones para que hiciera algo importante. Me tragaré el miedo y el orgullo y lo llevaré a cabo. Debo concentrarme en la tarea que tengo entre manos. La última petición de Bert.

Inveniam viam. O encuentro el camino o me lo invento.

Me acerco cohibida al ataúd. Poso la mirada en Bert, tan atildado con su mejor traje, camisa blanca almidonada y corbata azul marino, con el escudo de su club de críquet. Tiene los ojos cerrados, el semblante relajado, la funeraria ha hecho un buen trabajo. No conocía muy bien a Bert pero sé cosas muy íntimas de él. Las pocas veces que nos reunimos tenía que esforzarse para respirar, ahora está sosegado y tranquilo.

Se me saltan las lágrimas. Entonces le miro las manos y abro mucho los ojos. Está sosteniendo una Biblia. Esto no era parte del plan, Bert me dijo claramente que pusiera el sobre en sus manos. Jamás mencionó una Biblia.

Miro alrededor para asegurarme de que nadie me está observando, siguen con sus conversaciones a media voz para concederme este momento. Mientras están todos distraídos, pongo una mano sobre las de Bert y doy un pequeño tirón a la Biblia para ver si podré moverla fácilmente.

—La señora le está robando algo al abuelo —grita una voz infantil.

Me sobresalto y, al bajar la vista, veo a un niño que me está señalando.

Vuelve a hacerse el silencio en la sala.

—Oh, solo está estrechando la mano del abuelo —dice Ciara, sonriendo con dulzura y poniéndose a mi lado.

—Thomas, ven aquí —le ordena su madre, y el niño me mira receloso antes de apartarse de mí.

Miro en derredor otra vez y las miradas vuelven a estar pendientes de mí. Menos confiadas, ahora. Quizá haya algo de verdad en la declaración de Thomas. Empiezo a sudar. ¿No podrían mirar hacia otro lado? Meto la mano en el bolso.

Se abre la puerta y la llegada de otro doliente hace que dejen de prestarme atención. Aprovecho la oportunidad para sacar el sobre del bolso y ponerlo encima de las manos de Bert, pero las manos me tiemblan y lo hago con torpeza. La carta se mantiene en equilibrio un segundo sobre la Biblia, después se desliza hacia un lado del ataúd, donde jamás será vista.

—Por Dios, Holly —masculla Ciara.

La alcanzo y la vuelvo a poner encima, procurando que se sostenga en un sitio donde se vea claramente. El sobre resbala una segunda vez. Abro la Biblia y meto la carta entre las páginas, asegurándome de que quede a la vista, pero no me doy por satisfecha. Bert quería la carta en sus manos.

—¡Le ha hecho algo al abuelo! —grita Thomas, que se pone de pie y me señala.

Thomas no es amigo mío.

Estupefacta y completamente mortificada, miro alrededor, a las caras que me observan. La gente se acerca para mirar dentro del ataúd.

—¿Quién es? —pregunta una señora en voz baja, aunque la oigo.

—Es Holly —dice Rita a mis espaldas—. La fisioterapeuta de Bert.

Cierro los ojos.

29

Todo el mundo me mira. Respiro profundamente.

—Me llamo Holly —digo, dirigiéndome a los presentes—, pero no era la fisioterapeuta de Bert.

Ahora debería sonar un grito ahogado. Pero no sucede nada parecido porque esto no es una comedia de enredo, es la vida real a pesar de la ridícula situación en la que me he metido. Ciara retrocede en el acto y se arrima a la pared.

—Lo siento, Rita. —Me vuelvo hacia ella—. Bert preparó esto por voluntad propia; nada que ver conmigo, se lo aseguro. Me pidió que lo ayudara a prepararle una sorpresa, como símbolo de su amor por usted. Lamento haber tropezado con el último obstáculo y no haber hecho realidad sus deseos con la sofisticación que él deseaba. Pero el sobre que he dejado en sus manos es para usted, escrito por Bert y mecanografiado por mí porque decía que usted opinaba que tenía muy mala letra.

Suelta una carcajada, un agudo gritito de sorpresa que se le escapa, y se tapa la boca con las manos. Es como si el detalle de la mala letra fuese un código secreto que desbloquea su creencia en mí, y la aceptación de Rita hace que todos los demás se echen atrás.

—¿Qué ha hecho? ¡Sabía que andaba tramando algo! ¡Oh, Bert! —Lo mira sonriente, le asoman lágrimas a los ojos. De pronto arruga el semblante.

—Lee la carta, mamá —dice su hija, acudiendo a su lado. Hija de Bert y de Rita, madre de Thomas el espía.

Me retuerzo las manos, soy un manojo de nervios. Todos me

miran otra vez. Me aparto de Rita y su hija, abandonando el centro del escenario, y me escabullo hacia Ciara, que está junto a la puerta. Toma mi mano en señal de apoyo y la estruja con fuerza, tirando de mí para que no me vaya. Joy, Paul y Ginika forman una muralla en el umbral, apiñados para impedir que escape. Lentamente me vuelvo hacia el ataúd, una espectadora más de la nueva aventura de Rita.

Rita recoge la carta apoyada sobre la Biblia y las manos de Bert, acaricia el brillante papel dorado con las yemas de los dedos.

Me transporto instantáneamente al momento en que leí la primera nota que Gerry escribió para mí, cómo reseguí las letras con los dedos, reviviendo sus palabras, haciendo un esfuerzo por resucitarlo. Rememoro las primeras palabras de su primera carta. «Querida Holly, no sé dónde ni cuándo exactamente estás leyendo esto...»

Rita abre el sobre y extrae el tarjetón.

—«Querida Rita» —lee.

—Oh, papá —susurra una mujer del grupo. Me quedo paralizada. Paralizada en el tiempo. Atrapada en un recuerdo. «No hace mucho me susurraste que sola no saldrías adelante...»

Rita sigue leyendo.

—«Nuestra aventura en común no ha terminado. Baila conmigo una vez más, amor mío. Dame la mano y emprende este viaje conmigo. Te he escrito seis quintillas.» ¡Quintillas! —Levanta la vista—. ¡Detesto las quintillas!

Se ríe y prosigue.

—«Sé que detestas las quintillas» —dice leyendo, y todo el mundo se ríe.

«Solo soy un capítulo de tu vida, habrá muchos más.»

—«Cada quintilla es una pista. Cada pista conduce a un lugar. Cada lugar evoca un recuerdo y tiene un significado especial en nuestros corazones. Cada lugar contiene la pista siguiente.»

«Gracias por haberme hecho el honor de ser mi esposa. Por todo, te estaré eternamente agradecido.»

Y entonces un estremecimiento se adueña de mi cuerpo. Una sensación cálida que empieza en mi pecho y se extiende a mi barriga, mis piernas, mis dedos, mi cabeza. Una oleada de algo raro que me supera. No de mareo sino de nitidez. Mas no es nitidez de este momento en esta habitación, sino que se me lleva a otra parte, me levanta y solo puedo pensar en Gerry. Siento su presencia. Está dentro de mí. Llena cada rincón de mi alma. Está aquí. Está aquí. Aquí, en esta habitación.

Temblando, voy desconectando de lo que dice Rita. Está leyendo la quintilla. Todo el mundo la mira, se han olvidado de mí. Los presentes sonríen, está sucediendo. El deseo de Bert se está haciendo realidad, pero yo estoy temblando de la cabeza a los pies. Joy, Ginika y Paul se han acercado a Rita. Todos se han apiñado a su alrededor, formando un corro bien prieto. Mocos y lágrimas. Una sonrisa adorna cada rostro. Estrujo la mano de Ciara mientras me alejo de ellos y abro la puerta sin hacer ruido.

Mi cuerpo no para de estremecerse. Solo puedo mirar el suelo. Me ha dado un subidón de adrenalina, como si hubiese tomado varias dosis de café. Todo en mí está desatado, mis sentidos se agudizan, conectándome con otra cosa.

Noto un brazo en la cintura.

—¿Estás bien? —Un susurro en mi oído.

Cierro los ojos. Es Gerry, vuelvo a sentir su presencia.

De pronto tengo la sensación de salir flotando de la habitación, cruzar el recibidor y salir por la puerta de la calle. El brazo de Gerry me rodea la cintura, noto su aliento en la cabeza. Me da la mano.

Gerry. Es Gerry. Está aquí.

Abre la puerta y el sol me deslumbra y el aire fresco me llena los pulmones. Lo aspiro con fruición.

Me doy cuenta de que aún estamos cogidos de la mano y lo miro.

No es Gerry.

Es Ciara, claro que es ella, pero está haciendo lo mismo que yo. Respirar profundamente.

—¿Estás bien? —pregunta.

—Sí —susurro—. Ha sido... raro.

—Sí —conviene, aparentemente conmocionada—. ¿Ha ocurrido algo?

Pienso en ello. Lo que me ha llenado el cuerpo, el alma y la mente ha desaparecido, pero sigo estando eufórica por lo que me ha ocurrido.

—Sí.

—Te estaba observando. De repente te ha cambiado la cara. He creído que ibas a desmayarte. Parecía que hubieses visto un fantasma.

Como si supiera que Gerry estaba en la habitación.

—¿Y bien?

—Y bien ¿qué?

—¿Has visto un fantasma?

No se ríe, no está de broma.

—No.

Parece decepcionarse.

—¿Por qué? ¿Acaso tú sí?

—He sentido como si Gerry estuviera aquí —susurra—. He tenido esta... sensación. —Me suelta la mano y se toca el brazo, y veo que tiene la piel de gallina—. ¿Parece una locura?

—No. —Niego con la cabeza—. Yo también he notado su presencia.

—Vaya. —Abre los ojos de par en par y se le llenan de lágrimas—. Gracias, Holly, tienes razón. Ha sido el mejor regalo.

La estrecho entre mis brazos y cierro los ojos, deseosa de saborear y recordar cada parte de esta experiencia. Gerry ha estado aquí.

Estoy eufórica. Flotando en amor y adrenalina y otras singulares energías nuevas, me siento poseída. No por Gerry, esa impresión ha desaparecido, sino por el persistente vínculo con él. Ciara me lleva en coche de vuelta a la tienda y me dice que me tome libre el resto del día; ella también está bastante conmocionada. Por el camino recibo una llamada de la agente inmobiliaria. Le han hecho una oferta por la casa, no por el precio total que pedía, pero piensa que es el mejor que podemos conseguir. En la tienda de Ciara hay un cartel, sobre un alegre y radiante Buda, que dice: SOLO PUEDES PERDER AQUELLO A LO QUE TE

AFERRAS. Puedo aferrarme al pasado como a un clavo ardiendo, a todas mis cosas, o puedo desapegarme y guardarlas en mi corazón.

Tras una breve consulta con Ciara, llamo a la agente inmobiliaria y acepto con regocijo la oferta por mi casa. No necesito la casa para sentir el espíritu de Gerry. Estaba en una casa sin ningún vínculo físico con él, rodeada de personas sin ningún vínculo físico ni emocional con él, y él estaba presente. Esta casa ha actuado como una cadena alrededor de mi cuello, liberarme de ella me da energía. Puedo recrear la belleza de lo que compartimos en cualquier otro lugar, en un sinfín de rincones del mundo, puedo llevármelo conmigo mientras voy creando algo nuevo. Ha llegado la hora de marcharse. Ya me he despedido de la casa. Nunca tuve previsto quedarme tanto tiempo. Fue un primer hogar para Gerry y para mí, y luego se convirtió en el lugar donde terminamos.

Monto en la bicicleta y voy rauda por las calles, debería concentrarme más en el camino pero no puedo. No debería pedalear en absoluto con mi tobillo recién curado, menos aún con tanto entusiasmo, pero no puedo parar. Me siento como si tuviera alas y estuviera volando. Al aproximarme a mi casa soy incapaz de recordar el trayecto hasta aquí. Tengo ganas de llamar a alguien, tengo ganas de bailar, quiero gritar con dicha desde los tejados que la vida es maravillosa, la vida es fantástica. Estoy ebria.

Enfilo el camino de acceso a mi casa. El coche de Denise ha desaparecido, estará trabajando, aunque quizá nunca regrese. Espero que sea lo segundo. Entonces, al bajar de la bici siento un dolor agudo en el tobillo. Me he esforzado demasiado. Me creía invencible. Me siento pesada mientras apoyo la bici contra la pared del callejón lateral. Mi euforia se ha derrumbado y la cabeza me martillea con el efecto pleno e inmediato de una resaca. Entro en la casa en silencio. Apoyo la espalda contra la puerta y miro en derredor.

Nada.

Quietud.

Silencio.

Las últimas palabras de la carta de Gerry.

«Posdata: te quiero.»
Me desmorono.

He forzado demasiado el tobillo. Está hinchado y palpitante, lo apoyo en un cojín, con una bolsa de guisantes congelados encima. Me tiendo en la cama y no me muevo en toda la tarde, ni siquiera cuando el estómago me gruñe porque está vacío, como si estuviera empezando a comerse a sí mismo, y tengo náuseas. Necesito comer, pero no debería apoyarme en el pie. Veo pasar las nubes del azul al blanco, grandes nimbos seguidos de delgadas hilachas rezagadas, observo cómo la luz del día finalmente se convierte en oscuridad. No puedo levantarme a correr las cortinas. Estoy entumecida, inmóvil, paralizada. No puedo moverme, no quiero moverme. Mi tobillo palpita, mi cabeza palpita, un enorme bajón después de tan vertiginosas alturas.

Me pongo a pensar y pienso demasiado. En antes, en hace tiempo, en el principio de todo, en los viejos tiempos. En los primeros tiempos.

Suena el timbre, y en mi habitación me quito otro vestido por la cabeza, absolutamente frustrada, y lo tiro al suelo. Tengo la cara tan caliente que el maquillaje se me está derritiendo y estropea cada prenda de ropa que me roza la piel. Aunque hayan sido una opción, una vez sucias han dejado de serlo. Los conjuntos que he ido esparciendo presa del pánico y el enojo cubren casi todo el suelo. No quiero ni ver las prendas del suelo pero no tengo nada que ponerme. Gimoteo y acto seguido, horripilada de lo débil que parezco, gruño. Me examino en el espejo de cuerpo entero con mi nueva ropa interior desde todos los ángulos, estudiando lo que Gerry verá.

Oigo la voz de Gerry abajo y la risa de Jack. Seguro que ya están bromeando. Más vale que cuides de mi hermana, lo mismo que le ha dicho durante el último año desde que comenzamos a salir en serio, oficialmente, en lugar de robar ratos antes del colegio, durante la comida en el colegio y, después, camino de casa.

Dos años juntos, un año en serio, y Gerry ha pasado a ser un miembro más de la familia, sobre quien papá y mamá mantienen un ojo vigilante.

Papá siempre dice sobre su hermano favorito Michael: «Es un caballero, pero aun así hace trampas en el Monopoly».

Usa la misma frase para referirse a Gerry.

—Gerry no hace trampas en el Monopoly —replico siempre, poniendo los ojos en blanco—. Ni siquiera jugamos al Monopoly.

—Pues deberíais.

Aunque sé a qué se refiere papá.

Esta noche espero que Gerry haga trampas en el Monopoly y, como autodesignada banca, estoy lista para ayudar y ser su cómplice. Río por lo bajini, atolondrada por la emoción y la anticipación, pero una llamada a la puerta me silencia. Aunque la puerta está cerrada con llave, agarro un vestido para cubrirme.

—Holly, corazón, Gerry ya ha llegado.

—¡Ya lo sé! —le grito irritada a mi madre—. He oído el timbre.

—Vale —responde, herida en sus sentimientos.

Sé que, si no tengo cuidado, esta noche podría serme arrebatada antes de que haya comenzado. Ha sido precisa mucha persuasión para que mis padres me permitieran ir a la fiesta de esta noche. Es la primera fiesta de mayoría de edad a la que habré asistido sin la supervisión de los padres, y el trato es que se me permite tomar un trago. El acuerdo secreto y tácito es que esto no es un objetivo realista para nadie, menos aún para una chica de dieciséis años que tiene un novio de diecisiete años al que se le permite beber, por lo que dos tragos serán aceptables. Me propongo no beber más de cuatro. Una negociación justa, creo.

El primo de Gerry, Eddie, cumple veintiún años. La fiesta es en una disco de Erin's Isle, en el club de la GAA* en el que juega.

* La Asociación Atlética Gaélica (en inglés, Gaelic Athletic Association) es una asociación deportiva irlandesa que fomenta y organiza competiciones deportivas de *hurling* y fútbol gaélico, así como otros deportes de tradición irlandesa en categorías masculina y femenina. (*N. del T.*)

Y si bien toda la familia de Gerry asistirá, la regla es que los adultos se van a las once, cuando el DJ comienza. La regla es obra de Eddie; a los veintiuno no se considera adulto, cosa que dice mucho sobre su carácter. Gerry lo venera, es su héroe. Cuatro años mayor que él, siempre ha sido su primo favorito; juega con los sub-21 de Dublín y todo indica que llegará a la categoría sénior. Eddie es simpático y seguro de sí mismo. A mí me resulta amedrentador, el tipo de persona que te elige en un grupo para bromear, te hace una pregunta y suelta un comentario agudo, a veces a tus expensas si considera que es superdivertido. Gerry dice que es cachondeo, todos hablan así, pero nadie tan alto como Eddie, según veo. Todos se ríen siempre de lo que dice (y es divertido, un cómico nato), pero siendo yo una persona callada, que no tímida, estar cerca de gente tan impredecible como Eddie me pone nerviosa. A veces me molesta que Gerry idolatre tanto a Eddie; a veces pienso que preferiría estar con él que conmigo, porque a menudo elige salir con él antes que conmigo. Los padres de Gerry son menos estrictos con él que los míos conmigo. Con diecisiete años, Gerry conduce el coche de su padre y sale a los clubes con su primo mayor cada vez que este lo invita. Lo sigue a todas partes, pegado a sus talones como un perrito, igual que la mayoría de la gente a la que le gusta estar con Eddie. Aunque lo cierto es que Eddie me hace reír mucho, nunca me ha dicho una mala palabra, solo me ilumina con un foco cuando no quiero ser el centro de atención, y me pone celosa que Gerry pase tanto tiempo con él, y la manera en que Gerry el perrito sigue a su compinche es tan patética que se la tengo tomada a Eddie.

Reviso el sitio bombardeado en que se ha convertido el suelo de mi habitación, juntando prendas con la vista, localizando y mezclando, descartando, reordenando los montones de nieve fangosa.

Vuelven a llamar a la puerta.

—He dicho que estaría lista enseguida —chillo.

—Soy yo, histérica —dice mi hermana pequeña, Ciara. Con once años ya domina el sarcasmo y es capaz de manipular a cualquiera, incluso a mis padres. Como compartimos habitación, me veo obligada a abrirle la puerta.

Entra y en un tris ve el estado de la habitación y a mí en ropa interior en medio de todo el desorden.

—Vaya, qué resultona.

Pasa por encima de los montones de ropa, apoyando las puntas de los pies en las grietas donde se ve la alfombra, para ir hasta su cama. Lleva un tarro de Häagen-Dazs y una cuchara sopera, se sienta con las piernas cruzadas y me observa.

—Nos dijeron que no tocáramos el helado. Es para papá.

—Le he dicho que tengo el periodo —dice, lamiendo una cucharada bien llena.

Papá no soporta que se hable del periodo.

—Uno realmente abundante.

Arrugo la nariz.

—Por Dios, Ciara.

—Ya, me habría dado cualquier cosa con tal de que me callara. Deberías probarlo.

—No, gracias.

Pone los ojos en blanco.

—Si no vas con cuidado, te enviará al hospital —añado—. ¿No llevas ya tres semanas con el periodo?

Abre los ojos con ademán inocente.

—Pues sí, por eso necesitaba tanto el helado con trocitos de galleta. —Se ríe entre dientes—. En fin, ¿cuál es el plan?, ¿vas a follar con el maestro Ger esta noche?

—¡Cierra el pico!

Sonríe.

—Bien, esto es un sí. Hurra, hurra. Estás muy sexy con estas bragas.

Cierro los ojos.

—Ciara, cuando yo tenía once años no decía estas cosas.

—Bueno, tengo casi doce y las digo. Vamos a ver, ¿cuáles son las opciones?

—Todo esto. Nada de esto. —Suspiro y recojo unas cuantas prendas—. Esto. O esto. La verdad es que esto lo compré para la fiesta.

Le muestro una falda vaquera y una blusa. Está claro, con esta luz, que en realidad no pegan.

Tenga once años o no, confío en la opinión de Ciara, tengo fe en su estilo pero me falta valor para ponerme las cosas que me recomienda.

Deja el helado, se tiende bocabajo en el borde de la cama para buscar entre la ropa.

—¿Dónde vais a hacerlo?

—Te he dicho que cierres el pico.

—¿En el club de la GAA, contra la copa Sam Maguire?* ¿O con tu culo dentro de la Sam Maguire?

No le hago caso.

—¿En los baños, junto a un grupo de viejos con gorras de *tweed* comiendo sándwiches de huevo? ¿En la sala del personal, contra unas cajas de patatas fritas Tayto?

Esta última ocurrencia me hace reír. Lo más divertido de Ciara es que ella no se encuentra divertida. Nunca se ríe, ni siquiera cuando dice las cosas más hilarantes, y nunca se le acaba la cuerda. Suelta una agudeza detrás de otra, como si su mejor humor estuviera aún por llegar, como si lo estuviese desarrollando, ensayando, intentando mejorarlo.

No contesto a su ráfaga de lugares donde puedo hacer el amor en un club de la GAA, sino que observo cómo rebusca entre mi ropa mientras pienso en nuestro verdadero plan de ir a casa de Gerry. Sus padres, junto con los otros tíos, tías y demás parientes que no quieren ensordecer con una música que aborrecen se irán de la fiesta de Eddie para continuar los festejos en casa de Eddie; sus padres son famosos por las fiestas que dan en su casa, donde todo el mundo canta canciones hasta el amanecer. Esto significa que en casa de Gerry no habrá nadie.

Recuerdo que mi madre me contaba que en una casa pequeña con seis hijos, ella y sus hermanos y hermanas aprendieron de forma natural a encontrar sus escondites, que en un hogar tan lleno de personalidades e individualidades era imperativo, como es-

---

* Trofeo de la GAA en memoria de Sam Maguire, futbolista irlandés republicano y gaélico, recordado principalmente como epónimo de la Sam Maguire Cup, otorgada a los campeones absolutos de la liga de fútbol gaélico de Irlanda. *(N. del T.)*

trategia de supervivencia, hacerse un lugar en el mundo que fuese suyo para perderse en sus fantasías, jugar, leer, estar a solas, ser ellos mismos, hallar aislamiento y tranquilidad en medio del caos. El suyo era el hueco de detrás del sofá, cuya parte baja del respaldo no estaba arrimada a la pared. Los hermanos que no encontraban su espacio eran, y siguen siendo, un poco menos equilibrados. Lo mismo cabe decir de mis amigas. Siempre andamos a la caza de un lugar para estar con nuestros novios, una casa libre es una bendición e incluso entonces, una vez dentro, se libra una competitiva cacería para hacerte con tu zona, la punta del sofá, un rincón oscuro o una habitación vacía. Finalmente, esta noche Gerry y yo tendremos nuestro propio lugar, dispondremos de tiempo para estar realmente juntos sin miradas indiscretas ni gente que tropiece con nosotros, para crear un caos privado en medio de la calma. Nadie puede decir que un año de espera no haya sido más que suficiente. A efectos prácticos, Gerry y yo somos como monjas comparados con nuestros amigos. Lo de esta noche fue idea mía, tuve que ser convincente, amablemente persuasiva. No me costó mucho. «Yo estoy lista, ¿y tú?», le pregunté.

Gerry quizá sea alocado y divertido, pero también es reflexivo. Por lo general piensa antes de hacer sus locuras y luego las hace igualmente, pero primero siempre piensa.

Llaman otra vez a la puerta y me noto a punto de explotar.

—Gerry te está esperando —dice papá, a quien obviamente ha enviado mamá, que no quiere que le haga otro desplante.

—Roma no se construyó en un día —grita Ciara.

—La construirían más deprisa de lo que Holly tarda en vestirse —contesta papá. Ciara suelta una carcajada sarcástica y oímos como él se aleja por el descansillo.

—Siempre eres malvada con él. —Me río, compadeciendo a papá.

—Solo cara a cara. —Surge de un montón de nieve fangosa con un vestido—. Este.

—Es el primero que me he probado.

Me cubro con el vestido y me miro en el espejo.

—Desde luego queda mejor por delante —dice Ciara desde detrás, viéndome en ropa interior.

Es un vestido de satén negro con tirantes espagueti y es muy pequeño.

—El negro disimulará las manchas de sangre —dice.

—Ciara, eres maligna. —Niego con la cabeza.

Ella se encoge de hombros y recupera su helado antes de marcharse.

Bajo al recibidor. Mamá sale de la cocina para examinarme. Me dedica una mirada orgullosa pero preocupada, al mismo tiempo que admonitoria. Identifico y entiendo estas tres expresiones. Todo lo que mis padres dicen y hacen tiene varios significados. Como cuando mis padres dicen «pásalo bien», pero su tono sugiere que te diviertas con arreglo a lo que ellos consideran que es la diversión, que si en realidad me divierto como quiero, habrá repercusiones y consecuencias.

Papá, Declan y Ciara están viendo *Beadles About** en la tele y Declan se parte de risa. Jack y Gerry están en su guarida jugando al Sonic con la nueva Sega Mega Drive** de Jack. Además de Eddie, Jack y la Mega Drive constituyen la segunda adicción que aparta a Gerry de mí. He pasado infinidad de veladas y fines de semana en esta habitación con ellos dos. La habitación, que normalmente huele a calcetines sucios y pies apestosos, esta noche la llena el olor a loción para después del afeitado.

Gerry juega al Sonic con la mirada fija en la pantalla.

Jack me echa un vistazo y me silba con aire burlón. Aguardo en el umbral a que Gerry termine y repare en mí, y que Jack haga más comentarios agudos que pasaré por alto. Me consta que Gerry le cae bien, me consta que lo cambiaría por mí cualquier día y que todos sus desdeñosos comentarios y estereotipadas observaciones de hermano mayor son por deber, por turbación y porque cree que es lo que se espera de él.

El rostro de Gerry es una máscara de concentración, labios fruncidos, frente seria. Lleva vaqueros y una camisa blanca. Gomina en el pelo. Sus ojos azules centellean. Lleva suficiente CK

---

* Programa de la televisión británica en el que los participantes son víctimas de bromas pesadas grabadas con cámara oculta. *(N. del T.)*

** Videoconsola de sobremesa. *(N del T.)*

One para todos los hombres que haya en la fiesta. Sonrío, observándolo. Como si percibiera mi deseo, finalmente aparta la vista del juego. Me mira de arriba abajo, primero deprisa, después lentamente. Estoy nerviosísima. Ojalá pudiéramos saltarnos la fiesta.

—¡Oh, no! —grita Jack, levantando las manos, dándonos un buen susto.

Gerry lo mira.

—¿Qué pasa?

—Has muerto.

—Me da igual. —Gerry sonríe, lanzando el mando al regazo de Jack—. Me voy.

—No toques a mi hermana.

Gerry sonríe mientras viene hacia mí. Nuestras miradas se encuentran. Levanta las manos, sin que Jack lo vea, abre las palmas, separa los dedos y estruja el aire como si se dispusiera a cogerme las tetas. La puerta se abre a mi lado.

Es Ciara.

Mi hermana observa cómo desaparecen sus manos abiertas, y él se pone colorado al instante.

—Vaya. ¿Esto son los preliminares?

La fiesta en Erin's Isle es tal como me imaginaba que sería, pero cuando la imaginé la veía desde fuera. Resulta más fácil una vez dentro. Una sala llena de primos, tíos y tías de Eddie, no paramos de hablar mientras damos buena cuenta de las fuentes de bocadillos, alitas de pollo y salchichas de cóctel. A eso de las diez he terminado mi única bebida alcohólica permitida y mi tácita segunda copa hacia las once. Los invitados mayores se marchan a las once según lo planeado, y Eddie inicia una fila para bailar la conga y les hace dar una vuelta al local antes de llevarlos fuera, hacia los coches y los taxis que aguardan. Y entonces el DJ entra en escena y la música suena tan fuerte que se acaban las charlas civilizadas. Tomo una tercera copa, pensando que me dará tiempo a tomar una cuarta, empezando a pensar que nuestro plan para irnos se ha frustrado por la atención que Eddie lleva toda la noche prodigándole a Gerry. Cuando Eddie sale a la pista de baile para su número cómico de *breakdance*, tengo claro que debería pedir otro trago porque Gerry suele ser el entusiasta compinche del espectáculo. Pero me equivoco. Esta vez Gerry me elige a mí.

Gerry se inclina para susurrarle algo a Eddie, Eddie sonríe de oreja a oreja, le da una palmada en el hombro. Me muero de vergüenza, espero que Gerry no le haya dicho qué vamos a hacer exactamente, pero que nos marchemos temprano es muy revelador. Eddie arrastra a Gerry por la pista de baile en dirección a mí. Eddie me abraza y me estruja tanto que apenas puedo respirar. Gerry está tan contento de este encuentro de los gigantes de su corazón que no mueve un dedo para detenerlo.

Eddie, sudoroso y borracho, tira de los dos hacia él.

—Vosotros dos. —Nos estruja—. Sabes que quiero a este chaval.

Un poco de la saliva de Eddie aterriza en mi labio, pero soy demasiado educada para limpiarme. Noto el sudor de su frente pegajoso en la mía. Pienso que me está arruinando el maquillaje.

—Quiero a este chaval, en serio. —Da un beso a Gerry en la cabeza—. Y él te quiere a ti.

Nos vuelve a abrazar. Aunque sé que sus sentimientos son bienintencionados y que solo es un momento, también es patético. Este tío, que placa a hombres adultos en el campo de fútbol, no sabe la fuerza que tiene. Su brillante zapato puntiagudo de fiesta me pisa un pie, pellizcándomelo y haciendo que me duela. Me concentro en hacer que mi cuerpo sea lo más pequeño posible mientras prosigue.

—Te quiere —dice otra vez—. Y tú también lo quieres a él, ¿verdad?

Miro a Gerry. A diferencia de mí, parece conmovido por este descuidado despliegue masculino de amor e intimidad. No parece molestarle que lo estruje, le haga sudar o le escupa. Como tampoco que a su novia le estén arrancando por la fuerza una declaración de amor.

—Sí —digo, asintiendo con la cabeza.

Gerry me está mirando con ternura y las pupilas dilatadas,

cosa que me dice que está borracho, pero no pasa nada, yo también noto la priva. Tiene una sonrisa tan bobalicona que me río.

—Venga, largo de aquí, los dos —dice Eddie. Nos suelta, revuelve el pelo de Gerry con otro beso violento y se dirige de regreso a la pista de baile para una batalla de piruetas con un compañero de equipo.

Llegamos a casa de Gerry tan deprisa como podemos, resueltos a no perder ni un segundo de nuestro tiempo mágico. Gerry es un encanto, Gerry es considerado. Ambos lo somos. Ambos pensamos en el otro, lo que hace que sea mucho mejor para nosotros. Enciende una vela, pone música. Con dieciséis y diecisiete años somos los últimos de nuestro grupo de amigos en tener relaciones sexuales, y la pareja que lleva más tiempo junta. Soy suficientemente petulante para pensar que Gerry y yo seremos diferentes y somos lo bastante petulantes para asegurarnos que así es exactamente como queremos que sea. Detesto la palabra «petulante»; sin embargo, así es como nos ven los demás. Tenemos la confianza suficiente para hacer las cosas a nuestra manera, no seguir nunca la multitud, bailar, no marchar, al ritmo de nuestro propio tambor. Molesta a los demás, nos margina de vez en cuando, pero nos tenemos el uno al otro y no nos importa.

Hacemos el amor y es algo suave y profundo, y él encuentra su escondite dentro de mí, y mi refugio es envolverme en torno a él. Esculpimos juntos nuestro lugar en el mundo. Después me besa suavemente, con los ojos escrutando los míos para ver cómo me siento, siempre preocupado por lo que pasa dentro de mi cabeza.

—El abrazo de Eddie me ha dolido más —digo, y se ríe.

Ojalá pudiera pasar la noche con él, despertarme en sus brazos por la mañana, pero no puedo, no nos está permitido. Nuestro amor lo acotan y deciden otros, el simple pero esquivo momento de despertarnos juntos al amanecer, un placer solo para cuando «ellos» lo consientan. Mi toque de queda es a las dos de la madrugada y ya es esa hora cuando me despido de Gerry desde el taxi.

Apenas estoy dormida cuando mi madre me despierta y pienso que me han pillado, pero la llamada de emergencia a tan temprana hora no tiene nada que ver con nosotras. Gerry está al teléfono y llora.

—Holly —dice con voz entrecortada, sollozando—. Eddie ha muerto.

Una vez que su fiesta hubo terminado, Eddie y su pandilla siguieron la juerga en un club de Leeson Street. Eddie iba dando bandazos de borracho y se separó de sus amigos para ir en busca de un taxi que lo llevara a casa. Lo encontraron tumbado e inconsciente en la calle. Un atropello con fuga. Murió antes de llegar al hospital.

La muerte de Eddie destroza a Gerry. Sigue funcionando, pero es un Gerry que funciona mal y sé que nunca volverá a ser el de antes. No lo pierdo; de hecho, ocurre lo contrario. Todas las partes de Gerry que eran tonterías desaparecen y las partes que amo se refinan.

Nunca sabré si es porque el momento en que hacíamos el amor fue más o menos el mismo momento en que Eddie vivía las últimas horas de su vida, cuando derretimos nuestras antiguas formas y nos remodelamos en algo nuevo juntos, o si fue la muerte de Eddie. Seguro que fueron ambas cosas. La muerte de Eddie fue un suceso monstruoso que marcó nuestras vidas, quién sabe cuál de los dos acontecimientos cambió qué partes de nosotros. Lo que sí noto es que ambos eventos nos acercan más, y lo que sé de mí y de Gerry es que cuanto más se disloca el mundo, más nos unimos.

Se celebra el funeral.

Y entonces ocurre algo nuevo.

Estamos en la sala de estar con los padres, el hermano y la hermana de Eddie, todos anonadados. Gerry lamenta no haber estado con Eddie cuando este decidió irse a casa; le consta que de haber estado con él no habría dejado que Eddie se fuese a casa solo, lo habría acompañado hasta un taxi, lo habría sentado en el asiento de atrás, lo habría llevado a casa. Pero lo que ambos sabemos es que sabía que estábamos enamorados, que a Eddie le encantaba que estuviéramos enamorados, nos había abrazado a la vez, nos había estrujado a la vez y nos había enviado fuera. No hay culpabilidad que sentir, tan solo deplorar que Gerry no hubiera podido hacer que todo terminara mejor salvando a Eddie.

—Si me arrepintiera de no haber ido al club con Eddie, me arrepentiría de lo que ocurrió entre nosotros aquella noche —razona Gerry cuando estamos en casa—. Y no me arrepiento en absoluto.

La madre de Eddie nos lleva arriba para mostrarnos los regalos sin abrir que todavía están envueltos y con las tarjetas de felicitación intactas. Un montón de regalos envueltos que Eddie no tuvo ocasión de abrir. Sus padres los trajeron a su casa en bolsas de basura la noche de la fiesta.

—No sé qué hacer con todo esto —dice.

Los miramos. Hay entre treinta y cuarenta regalos amontonados.

—¿Quiere que la ayudemos a abrirlos? —pregunta Gerry.

—¿Y qué haré con ellos?

Echamos un vistazo a la habitación de Eddie. Está llena de cosas de Eddie. Cosas que tocaba, que amaba, cosas que huelen a él, que conservan su energía, que significan algo y encierran una historia. Trofeos, camisetas de fútbol, pósteres, peluches, videojuegos, libros del instituto; los objetos que custodian su esencia. Los regalos sin abrir que tenemos delante no contienen nada de Eddie, nunca han tenido ocasión de absorber su vida.

—¿Quiere que los devolvamos? —pregunto.

Gerry me mira, horrorizado de que haya dicho algo tan fuera de lugar, y por un momento temo no haberlo entendido bien.

—¿Lo haríais? —pregunta la madre de Eddie.

Me arrodillo y abro una tarjeta pegada a un regalo envuelto, balones de fútbol decoran el papel azul.

—Paul B —leo.

—Paul Byrne —dice Gerry—. Compañero de equipo.

—Los conoces a todos —dice su tía.

—Todos los paquetes llevan tarjeta —señalo—. Podemos hacerlo. —Miro a Gerry, que parece inseguro—. Un regalo de Eddie para sus amigos.

No sé por qué lo digo. Creo que es porque intento convencer a Gerry, porque sé que es lo que su tía quiere, pero al cabo de nada empiezo a creérmelo—. Un último regalo de Eddie desde allí donde esté.

Y Gerry se aferra a eso. Durante las semanas siguientes nos embarcamos en esta misión de devolver los regalos que le hicieron a Eddie. Identificar a los donantes, localizarlos y entregarles los paquetes. Y cada regalo cuenta una historia sobre quién era Eddie. Y la persona que se lo dio la comparte con nosotros, quiere que la sepamos. Por qué lo escogieron, la historia que tiene detrás, y cada razón es otro momento en el que Eddie está vivo. Y aunque les estén devolviendo su propio regalo, están recuperando una parte de Eddie. Y la guardarán. Era el regalo de Eddie, conservarlo lo mantendrá vivo, ya sea una camiseta de fútbol, unos absurdos calzoncillos de fantasía o una brújula de su tío para el sobrino escolta a fin de que no vuelva a perder el norte. Sea lo que sea, grande o pequeño, sentimental o jocoso, representa un reconocimiento de su amistad, y Gerry y yo se lo llevamos durante las vacaciones de verano. Ambos trabajamos a media jornada, pero pasamos todo el tiempo restante dando vueltas en el coche del padre de Gerry con su carnet de conducir provisional, solos él y yo, haciendo esta importante tarea de adultos con una libertad recién descubierta.

Nos derretimos y remodelamos juntos. Observé cómo ocurría, sentí cómo ocurría. Él estaba en mis brazos. Estaba dentro de mí.

Sexo, muerte, amor, vida.

Tengo dieciséis años. Gerry, diecisiete. Todo lo que se rompe a nuestro alrededor nos une aún más estrechamente, pues por más caos que haya, cada cual tiene que encontrar su escondite si quiere oírse pensar. Yo soy su escondite y él es el mío.

Creamos nuestro espacio y vivimos en él.

30

La bolsa de guisantes congelados se ha descongelado durante la noche y ha dejado una mancha de humedad en el extremo de la cama. La mancha de humedad penetra en mis sueños; cada vez que rozo con los pies la zona húmeda, sueño con que los tengo sumergidos en agua, primero un tranquilo paseo por una playa, suave arena esponjosa y agua reluciente que me los lame, después el borde de una piscina con los pies colgando, moviéndose libremente bajo el azul. Luego, en un sueño mas oscuro y profundo, me agarran del tobillo, un apretón en el punto dolorido, y me sumergen de cabeza en el agua como si fuese Aquiles. Se supone que esto me hará más fuerte, pero quienquiera que me agarra del tobillo se distrae y me deja colgando demasiado rato. No puedo respirar.

Me despierto asustada, sin aliento. El verano ha traído consigo una luminosa mañana, cantos de pájaros y un abrasador sendero de luz solar que atraviesa directamente el cristal y cae sobre mi cara como si un gigante estuviera agachado a mi lado sosteniendo una lupa. Me tapo los ojos e intento llenar de saliva la boca reseca. El cielo es azul, la alarma de un coche suena cerca, un pájaro se hace eco de la alarma del coche. Una paloma torcaz le responde, un niño ríe, un bebé llora, unos chicos chutan un balón contra la tapia de un jardín.

He pasado una noche agitada. Sacudida por el funeral de Bert y por notar la presencia de Gerry, vuelvo a encontrarme aplastada por el sentimiento de pérdida.

Este es el problema de amar y perder, de aferrar y soltar, de retener y luego liberar, reconectar y después desconectar. La moneda siempre tiene otra cara, no hay terreno intermedio. Pero debo encontrarlo. No puedo volver a perderme. Debo racionalizar, debo ubicarme, debo afianzarme, ponerlo todo en perspectiva. Debo dejar de hacer que todo se refiera a mí, mis sentimientos, mis necesidades, mis deseos, mis pérdidas. Debo dejar de sentir tan profundamente pero no debo entumecerme; debo seguir adelante pero no debo olvidar; debo ser feliz pero no rechazar la tristeza; debo aceptar pero no aferrarme; debo ocuparme pero no obcecarme; debo afrontar pero no atacar; debo eliminar pero no aniquilar; debo ser amable conmigo pero debo ser fuerte. ¿Cómo va a ser una mi mente cuando mi corazón está partido en dos? Tantas cosas que ser y no ser; no soy nada pero lo soy todo; sin embargo, debo debo, debo.

Puedo hacer más, más de cuanto debería. Las cartas no bastan. He de aprender de Bert, puedo hacer más por Ginika y se lo debo a Jewel. Empezaré por ahí y este punzante dolor de cabeza seguramente desaparecerá con el tiempo. Debo hacerlo, y debo hacerlo así. Estoy inmóvil pero no impotente. Adelante, Holly, adelante.

Denise llama quedamente a la puerta. Me envuelvo con el edredón, finjo que duermo y espero que se vaya. La puerta se abre despacio y Denise entra sigilosamente. Oigo cerámica contra la mesita de noche cuando deja algo encima. Huelo el café y la tostada con mantequilla.

—Gracias —digo, hablando por primera vez, y la voz me sale como un graznido.

—¿Estás bien? —pregunta Denise.

—Sí. He tenido un despertar espiritual.

—Oh, estupendo.

Sonrío.

—He hablado con Ciara, me ha dicho que ayer fue bien en el velatorio de Bert.

Finalmente abro los ojos para estudiarla, para ver si está conteniendo la risa, pero no es así. Es la empática, compasiva y considerada Denise de siempre.

—Mi parte pudo haber ido mejor —digo, incorporándome—. Pero fue bien recibida, que es lo principal. —Miro la mesita de noche y constato que he acertado con la comida. Cremosos huevos revueltos con mantequilla sobre una rebanada de pan negro, y mi estómago me recuerda que no he comido desde ayer a esta hora, antes de irme a trabajar—. Gracias por el desayuno.

—Tengo que ganarme el sustento.

Sonríe apenada.

—¿Ha ocurrido algo?

Se rasca una cutícula.

—Ayer fui a ver a Tom. Le pedí perdón. Le dije que me había equivocado, que había tenido una crisis de pánico.

—¿Y?

—Me mandó a la mierda.

Hago una mueca.

—Tom está enfadado, tiene derecho a desfogarse, pero ya se le pasará.

—Eso espero. Tengo que seducirlo, aunque en realidad no se me da bien seducir. Puedo sobornarlo con regalos, ¿alguna idea?

Mi mente ha divagado mientras Denise hablaba.

—¿Alguna vez habéis pensado en adoptar?

—¿Crees que si adopto un bebé lo seduciré?

—¿Cómo? No. Me refiero a la adopción, la acogida familiar. Me consta que no es lo mismo, no es un bebé que haya nacido de ti y de Tom, y eso es lo que deseáis, pero fíjate en cómo has estado con Jewel, fíjate en lo amorosa, cuidadosa y maravillosa que has sido con ella. Imagina cuántos niños hay que necesitan el tipo de amor que estás deseosa de dar. —Hago una pausa, divago otra vez hasta que se afianza un pensamiento—. Denise —digo con los ojos como platos.

—No —contesta Denise, haciéndome callar—. Sé lo que andas pensando. Ya lo he investigado.

—¿De verdad?

—El procedimiento dura dieciocho meses e incluso entonces, si por un milagro pudiera trastocar la vida de Jewel y traumatizarla al sacarla del nuevo hogar en el que lleve instalada esos dieciocho meses, tampoco es que puedas escoger al niño que quieres. Los servicios sociales deciden quién va a dónde.

—Pero si de un modo u otro te convirtieras en la tutora de

Jewel, ¿Tom sentiría lo mismo? —pregunto, anticipándome a los acontecimientos.

—Primero necesito que empiece a hablarme, si pretendo mantener una conversación de esa magnitud. Incluso que me mirase a los ojos sería un comienzo. En fin, todo esto es hipotético. Tendría que decidirlo Ginika. No debo intentar convencerla, no estaría bien.

—A lo mejor querría. ¿No merece la pena preguntárselo? Está buscando un lugar seguro en el que crezca su bebé. Tú has sido la mar de cariñosa y amable con ellas. Y te mueres de ganas.

Denise me mira.

—Y sin ánimo de presionarte —prosigo—, Tom va a tener que acogerte de nuevo porque anoche acepté una oferta por la casa. Tenemos entre ocho y doce semanas antes de quedarnos sin hogar.

—¡Vaya! ¿En serio? —Denise procura mostrarse entusiasmada, pero veo las patas que palmean frenéticamente bajo la superficie tranquila—. Enhorabuena. ¿Dónde vas a vivir?

—No tengo ni idea.

—Caray, Holly, no es que esté en posición de juzgar, pero ¿qué te está pasando? —pregunta Denise—. En muy poco tiempo, desde la grabación del *podcast*, estás un poco desquiciada.

Gruño y me dejo caer en la cama.

—Por favor, no vuelvas a decirme cosas tan espantosas, no lo soporto.

De repente me fijo en el tazón de café que ha dejado a mi lado. Está bebiendo del tazón de *La guerra de las galaxias* de Gerry. El que rompí.

—¿Has arreglado ese tazón?

—No. Estaba en la encimera cuando volví del trabajo.

Ayer. Cuando llegué a casa pasé por la cocina para coger los guisantes congelados, pero no puse orden antes de subir y desplomarme en la cama. Me inclino hacia delante y observo atentamente el tazón humeante. Busco las grietas en el asa y el borde.

—Espera un momento.

Me destapo, me levanto de la cama y bajo corriendo a la cocina. Denise me sigue.

Abro el armario. El tazón roto no está.

—Estaba aquí, junto al juego de llaves —dice Denise, señalando al lado de la tostadora, y entonces entiendo lo que ha ocurrido.

Es el juego de llaves de Gabriel.

Restauró a Gerry de nuevo.

El sábado por la mañana es cuestión de ponerse en marcha, pero no conduzco, no voy en bicicleta; hoy tomaré el autobús, concretamente, el número 66A. Ginika me ha hablado de él, ha despotricado y refunfuñado a propósito de él en sus momentos de frustración. Su padre, el conductor de autobús, el demonio al timón del 66 que lleva a sus pasajeros hasta Chapelizod, al tiempo que, desde lejos, la vuelve loca.

No está en el turno de las nueve y media. Me lo tomo con calma, me siento en los escalones de hormigón de un edificio georgiano de Merrion Square, bebiendo un café para llevar. Levanto la cara al sol con la esperanza de que al canalizar mi energía directamente hacia él tenga la amabilidad de corresponder y animarme. A las diez y media, sé que es él. Tiene la misma cara que Ginika. Sus mismos ojos grandes, sus mismos pómulos altos y redondos.

Abre las puertas y me pongo en la cola para subir. Lo miro atentamente mientras la gente mete sus monedas, inserta su tarjeta de transporte y sigue adelante. Escuetas inclinaciones de cabeza a quienes lo saludan, una presencia serena y reservada. Nada que ver con el retrato que pintó ella. No hay capitán arrogante en este buque, solo un cansado y callado profesional con los ojos enrojecidos. Me siento donde no lo pierdo de vista y lo observo durante todo el trayecto. Desde Merrion Square hasta O'Connell Street maniobra cambiando de carril, levantando una mano para dar las gracias a quienes le ceden el paso. Paciente, sosegado, cuidadoso, atento en el ajetreado tráfico de un sábado por la mañana en el centro de la ciudad. Ocho minutos más hasta Parkgate Street, diez minutos hasta Chapelizod. Miro alternativamente el pueblo y al padre de Ginika, analizando a uno y otro con igual interés. Siete minutos hasta el centro comercial de

Liffey Valley, donde la mayor parte de los pasajeros se apea. Diez minutos hasta Lucan Village, otros doce hasta River Forest, donde finalmente soy la única persona que queda en el autobús.

Se vuelve de escorzo.

—Última parada.

—Oh. —Miro a mi alrededor—. ¿Va de vuelta al centro?

—Dentro de veinte minutos.

Me levanto y me acerco a él. Su tarjeta de identificación dice Bayowa Adebayo. Fotografías y chucherías decoran el salpicadero en torno al volante. Crucifijos, medallas. Una fotografía de cuatro niños. Uno de ellos es Ginika. Una foto del colegio, un uniforme gris con corbata roja, una radiante sonrisa de dientes blancos torcidos, sus ojos avellana relucientes de vida y picardía, un sugestivo hoyuelo en su sonrisa.

Sonrío a la imagen.

—¿Se ha pasado de parada? —pregunta.

—No. Esto... Solo estaba disfrutando del viaje.

Me observa con discreta curiosidad. Quizá le parezco rara, pero para él nada lo es.

—Ya. Bueno, salgo en veinte minutos.

Tira de una palanca y se abren las puertas.

—Oh.

Bajo del autobús y miro en derredor. Las puertas se cierran de inmediato. Se levanta de su asiento y va a la parte trasera del autobús con una bolsa pequeña de plástico en la mano. Se sienta y se come un bocadillo, bebe algo caliente de un termo. Repara en mí, sentada en la parada, aguardando, y devuelve su atención al bocadillo.

Veinte minutos después recorre el pasillo, abre las puertas, se apea, las cierra desde fuera, arrugando su bolsa en una mano, y la tira a la papelera. Se estira, se ajusta la cintura del pantalón a la barriga y abre las puertas. Sube y las vuelve a cerrar de inmediato, mientras ocupa su puesto al volante. Cuando está listo abre las puertas y vuelvo a subir. Me saluda asintiendo, sin preguntas, sin conversación, lo que yo haga no es asunto suyo y él no es curioso, y si lo es, no lo demuestra. Me siento en el mismo sitio que antes. Me levanto en la última parada, en Merrion Square, dejo que todo el mundo baje antes que yo. Me acerco a la ventanilla del asiento del conductor.

—¿Va a volver otra vez? —pregunta, con humor en sus ojos cansados, un esbozo de sonrisa en los labios.

—No —digo, preparada esta vez—. Soy amiga de su hija Ginika.

Su sonrisa no se borra, pero la manera en que se hiela en su rostro dice lo mismo que si se hubiese borrado.

—Es maravillosa, muy valiente, y me ha motivado y enseñado muchas cosas. Debería estar orgulloso de ella.

Realmente solo tengo coraje para decir esto. Todo lo que, tal vez, quiero decir. Porque tiene derecho a saberlo. No, más aún: debería saberlo. Es mejor que sepa, mientras su hija sigue viviendo y respirando el mismo aire que él, que es maravillosa, valiente e inspiradora. No basta con decirlo después, como tampoco es bueno darse cuenta después. Bajo del autobús rápidamente, antes de que me grite o me insulte o nos involucremos más de lo que quiero. Ha sido suficiente, creo. Espero.

Es hora de comer y, alentada por mi breve encuentro con el padre de Ginika, camino como si no tocara el suelo y con la sensación de tener el deber primordial de llevar a cabo la siguiente tarea que prometí. Tengo un sobre lleno de dinero bien guardado en el bolso, una lista de la compra escrita con cuidado y cariño, y un enorme deseo de seguir apartando los rincones oscuros de mi mente. No debo permitir que las nubes se trasladen al centro, es preciso que sigan a la deriva, igual que las nubes que ayer vi flotando por la ventana. Es el primer sábado de junio, y tengo que hacer las compras de Navidad para Joy.

Joy tiene tres hijos: Conor, Robert y Jeremy. Conor está casado con Elaine y tienen dos hijos, Ella y Luke. Robert está casado con Grainne y tienen cuatro hijos pequeños, los gemelos Nathan y Ethan, Lily-Sue y Noah. Jeremy tiene un niño llamado Noah con Sophie y un bebé en camino con Isabella.

Joy tiene tres hermanas y un hermano; Olivia, Charlotte, Emily y Patrick. Tres están casados, uno divorciado, pero Joy está muy unida a sus cuñados. Entre todos tienen once hijos, y cinco de ellos tienen hijos a su vez. Por parte de Joe, Joy tiene dos cuñadas y un cuñado, todos tienen hijos y entre los tres la convierten en tía de ocho sobrinos y sobrinas más. Cuatro de estos sobrinos y sobrinas tienen un total de siete hijos. Y luego está Joe, que es su sostén, y sus dos mejores amigas, Annalise y Marie.

Todos estos nombres figuran en la lista de las compras de Navidad que escribió Joy, junto con un regalo escogido exprofeso. Me ha pedido a mí que hiciera esto; la portavoz del Club Posdata: te quiero, no a sus hijos ni a sus cuñadas ni a sus amigas del alma, porque quiere que todo siga ocurriendo con normalidad, que no haya nada fuera de lugar, incluso a pesar de que la vida ha girado en una dirección que nadie desea que haya tomado. No quiere que nadie importante en su vida se sienta excluido; todos sus seres queridos recibirán su regalo de despedida.

Entregar las cartas de Bert, hacer las compras de Navidad para Joy y verla hornear y guisar los platos favoritos de Joe, tomando notas en su libreta de secretos, haber sido invitada a casa y al mundo de Paul para filmar mensajes personales, entrever sus pensamientos y recuerdos íntimos... Todo ello ha sido una calurosa bienvenida a los preciados mundos privados de estas personas. Tengo una sensación de propósito, de responsabilidad con quienes me han confiado una importante tarea. Si bien no cabe duda de que me ha distraído de mi propia vida, también me ha regalado la distracción de mis infortunios. Estoy absorta en el trabajo que llevo entre manos. Seguir la lista de Joy, comprar los regalos con arreglo a su presupuesto y después marcar cada nombre e ir reduciendo la lista resulta extraordinariamente satisfactorio. Estoy ocupada. Tengo un objetivo muy gratificante, el de cumplir el deseo de Joy.

Cuando regreso a casa me siento en el suelo del cuarto de la tele y esparzo los regalos a mi alrededor, dispuesta a envolverlos. Por lo general aborrezco envolver, dejo esa tarea a los mostradores que a tal efecto montan las tiendas en Navidad. Pero no es Navidad y me toca a mí hacerlo. Provista de papel para regalo y cordel, pongo más cuidado que nunca en asegurarme de que las esquinas queden perfectas, con la cinta adhesiva de doble cara bien escondida.

Denise llega a casa a las siete de la tarde, y Sharon viene con ella. Siento una punzada de irritación porque mi aislamiento se ha roto y, aunque Sharon también es amiga mía, no me ha pedido permiso. Estoy muy acostumbrada a tener mi propio espacio, me gusta estar sola. Incluso cuando prácticamente vivía con Gabriel, que cada cual tuviera su casa significaba que podíamos tomarnos los respiros necesarios para nuestro espacio mental, e incluso cuando estábamos juntos se nos daba bien ser independientes.

—¿Son tus regalos de Navidad? —pregunta Sharon, observándome desde el umbral.

—Sí, para Joy.

Me preparo para encajar una réplica mordaz.

—Muy bien, pues no te molesto más; estaré en la cocina con Denise.

Se va rápidamente porque se percata de mi estado de ánimo. Momentos después, oigo música. Un instrumento de cuerda que conduce a los suaves y tranquilizadores tonos de Nat King Cole cantando «The Christmas Song»; la música procede del teléfono de Sharon. Me trae una copa de vino tinto y un cuenco de patatas fritas, me guiña el ojo, se va y cierra la puerta al salir.

Cada paquete tiene su tarjeta: «Para Conor», «Para Robert», «Para Jeremy»... Para todos los que figuran en la lista, firmada con un «Posdata: te quiero». Los meto todos en cajas de cartón normales y corrientes y las rotulo como «Luces del árbol de Navidad», pues el plan es guardarlos en el desván para que Joe los encuentre cuando decore la casa por Navidad.

Le dije a Gabriel que mi vida retomaría su curso normal, que sería capaz de apartarme de la vida de estas personas en el momento adecuado, una vez cumplidas mis obligaciones. Pero tenía razón en cuanto a mí: no sé hacerlo. En lo que se equivocaba, no obstante, fue en creer que se trataba de algo negativo. No es algo que evitar, esta es mi vida ahora mismo. Esta vida me está dando vida. Ayer me caí, me estrellé, pero ahora soy diferente. He aprendido de mis errores y hoy he recogido los trozos.

31

Incapaz de tomarme más horas libres en el trabajo y sintiéndome aún revivida y entusiasta una semana después de mi gran epifanía, decido empezar los días más temprano. Son las siete de la mañana de un domingo y tengo buenas sensaciones respecto a la siguiente misión, la de Paul. Espero en el gran aparcamiento vacío de un centro comercial, en la dirección que me ha dado. No tengo ni idea de por qué estoy aquí. No tengo ningún control sobre las ideas de Paul, simplemente manejo la cámara y es lo único que quiere que haga. Me pregunto si debería hacer algo más y si él me lo permitiría.

Por fin entra un automóvil en el aparcamiento y no puedo evitar reír. Es un Morris Minor de color verde botella, no el coche habitual de Paul. Grabo la llegada conteniendo la risa e intentando que no me tiemble el pulso. Se supone que no se me debe oír ni ver. Aparca a mi lado y baja la ventanilla, lo que lleva un rato, pues es de mecanismo manual pero añade humor.

—Hola, Casper —dice a la cámara—. Tienes dieciséis años y buen aspecto, estoy seguro de que las chicas te adoran. Este es el coche en el que el abuelo Charlie, mi padre, me enseñó a conducir. No era un coche chulo entonces y no lo es ahora, pero hoy te voy a dar tu primera lección de conducir en el mismo coche en el que me enseñó a mí el abuelo Charlie. Sube —dice, guiñando un ojo.

—¿Qué pasa? —Me mira con incertidumbre cuando terminamos de filmar la clase de conducción—. ¿No ha quedado bien? No te he visto muy entusiasmada.

—¡Está genial!

Sonrío forzadamente porque estoy preocupada. Ha hecho unos cuantos comentarios que dudo de que sean relevantes dentro de dieciséis años, y creo que Paul no ha meditado esto a fondo. Actúa como si su hijo de dos años fuese a tomar esta clase de conducción mañana, mencionando a amigos que tiene ahora, aludiendo a todo desde el presente, o refiriendo cosas que es imposible predecir para dentro de quince años. Me guardo de decírselo porque no quiero echar a perder el buen humor de Paul. Sus deseos son órdenes para mí, y su compañía es revitalizante cuando está tan alegre. Preparar las cartas y las películas no nos sume en la oscuridad como cabría imaginar, como temía Gabriel; todo es positivo y divertido y con visión de futuro. Quisiera que me viera tal como estoy en este momento; riendo y sonriendo, disfrutando del tiempo que paso con alguien que Gabriel suponía que me arrastraría hacia un estado de depresión profunda.

—¿Sigue en pie lo de grabar mañana los vídeos para Eva? —pregunta, rebosante de energía, anhelante, preocupado por lo que vaya a responderle.

—Está todo organizado.

—Fantástico —dice Paul—. Pues entonces casi hemos terminado. Necesito completarlo todo para la semana que viene.

Cuando termine con Paul, solo quedará una persona. ¿Qué haré después?

—¿Por qué la semana que viene?

—Tengo programada una craneotomía.

Sin duda alguna, la neurocirugía de cualquier clase seguramente es la operación más peligrosa a la que alguien se puede someter. Una craneotomía es la operación más común para extirpar un tumor cerebral; en ella, el cirujano corta una parte del cráneo para llegar al cerebro. Con frecuencia el cirujano no puede eliminar todo el tumor, de modo que solo elimina lo que puede; esto se llama citorreducción. Existen riesgos de infección, hemorragia o pérdida de sangre en el cerebro, de formación de coágulos de sangre, hinchazón del cerebro y convulsiones, y algunos pacientes pueden sufrir una apoplejía debido a la baja tensión sanguínea.

—A mi marido le hicieron una.

—Esta será mi tercera. El cirujano ha insinuado que puede producirse parálisis del lado izquierdo.

—Tienen que darte la hipótesis más pesimista.

—Ya lo sé. Pero quiero tener preparados todos los mensajes, por si acaso. He escrito la carta para Claire y tenemos un montón de vídeos; los tendrás listos, ¿verdad?

Mueve las piernas nervioso debajo del volante.

—Los he ido enviando a la dirección de correo electrónico que establecimos para Casper y Eva —digo serenamente, intentando que mi entonación le influya.

—Mi carta le dice a Claire lo que tiene que hacer con los niños —dice.

Asiento con la cabeza. Espero que a Claire le parezca buena idea, de lo contrario tendrá que cargar el resto de su vida con el envío de e-mails a sus hijos a medida que vayan creciendo. Me planteo si debería comentárselo a él, pero en cambio le pregunto:

—Paul, ¿seguro que puedes conducir?

La pregunta le fastidia.

—Solo pregunto porque me preocupa —agrego.

Durante casi cuatro años mis días giraban en torno a lo que Paul está viviendo ahora. Sé lo que son la visión doble, las convulsiones, la inmovilización. A Gerry le cancelaron el carnet de conducir.

—Después de la semana que viene no podré. Después de la semana que viene no podré hacer un montón de cosas. Gracias por tu ayuda, Holly.

Es contundente y entiendo que me está dando pie para que baje del coche.

Un golpecito en la ventanilla me da un susto.

Paul levanta la vista y maldice.

Me vuelvo y veo a una mujer, más o menos de mi edad, con una colchoneta de yoga al hombro, fulminándome con la mirada a través de la ventanilla.

—Mierda —susurro. Miro a Paul, que está pálido como la nieve—. ¿Es Claire?

Sonríe de oreja a oreja y sale del coche.

—Paul —mascullo, con el corazón palpitando de nervios.

—Sígueme la corriente.

Me sonríe apretando los dientes.

Claire se aparta de mi ventanilla.

—Hola, cariño —le oigo decir afectuosamente, rezumando encanto y, en mi opinión, mentiras.

—Hay que joderse —susurro antes de respirar profundamente y abrir la puerta.

Claire no abraza a su marido, su lenguaje corporal denota frialdad.

—¿Qué demonios estáis haciendo? —Me mira—. ¿Quién demonios eres tú? ¿Qué haces con mi marido?

—Te presento a Holly, cariño —dice Paul en un tono de advertencia—. Mírame. Ella es Holly. Es amiga de Joy, es miembro del club de lectura.

Claire me mira de arriba abajo, no puedo sostenerle la mirada. La situación es espantosa, es justo lo que temía. Incluso me odio. Si hubiese encontrado a Gerry sentado dentro de un coche con otra mujer una semana antes de una importante operación, después de haber dedicado mi vida a cuidarlo, habría querido estrangularlos a los dos. Esto no está bien.

—Has dicho que ibas a Smyths a comprar juguetes para los niños —dice Claire—. Ni siquiera tendrías que conducir, pero te he dejado ir. He estado muy preocupada, te he llamado varias veces. Ahora tengo una clase, he tenido que llamar a mamá para que se encargue de los niños. Por Dios, Paul, ¿qué estás haciendo? ¿Y por qué vas en el coche viejo de tu padre?

Toda ella emana frustración. Estoy de su parte.

—Perdona, me olvidé de tu clase. Me voy directo a casa y me ocupo de los niños, tu madre puede irse a a la suya. Y tienes razón, no debería haber ido en coche. He coincidido con Holly en Smyths, no me encontraba bien y le he preguntado si no le importaría llevarme a casa. Nada serio, solo dolor de cabeza y un ligero mareo, pero no estaba seguro de poder ponerme al volante, por eso le estaba enseñando cómo funciona, eso es todo.

Habla demasiado deprisa, cuesta creerle, pero también es difácil interrumpirlo y discutir con él. Claire me mira. Doy un paso atrás, dispuesta a marcharme.

—Me ha estado ayudando, nada más. —Paul me mira—. Me ha hecho un favor enorme. ¿No es cierto?

Miro a Paul.

—Sí.

Paul no está fuera de peligro ni por asomo, pero yo no me quedaré. No me va a convertir en una mentirosa ni en una tramposa.

—Un placer conocerte, Claire —digo arrepentida, cohibida por mi tono de voz, mis palabras, mi expresión, mi actitud—. Asegúrate de llegar sano y salvo a casa, Paul —le digo fríamente.

Me apunté a esto para ayudar, no para ser una impostora, no para ser un saco de boxeo. Aunque esto lo ayude, cada golpe me hace daño.

Después de mi jornada laboral, me encuentro al borde del puro agotamiento cuando me siento a la mesa con Ginika. Estamos trabajando con fonemas, juntando sonidos para formar palabras. He puesto una sombrilla para poder sentarnos fuera con las abejas que danzan zumbando a nuestro alrededor y se dan un festín con las flores de vivos colores que plantó Richard. El mobiliario de jardín se ha limpiado, lijado y barnizado, a tiempo para las dos semanas de ola de calor que se nos vienen encima. Denise está sobre una manta con Jewel, revolcándose, cantando y riendo, señalando pájaros, abejas y flores, y el diminuto y regordete dedo índice de Jewel no para de apuntar a esto y aquello.

Ahora mismo su palabra favorita es «guau», el mundo entero es guau.

—¡Mira, Jewel, un avión! —dice Denise, tumbada de espaldas y señalando el cielo, al avión solitario que surca el cielo azul, dejando una estela blanca.

—Guau —dice Jewel, con el índice pronto a señalar.

Mientras Denise abre los ojos de Jewel al mundo que la rodea, estoy agradecida a la igualmente atenta Ginika, que no ha cejado en cumplir su parte del trato. Por más que sostenga haber sido una alumna irresponsable en el colegio, desde luego ahora no lo es. Aplicada, puntual, preparada, se entrega en cuerpo y alma a su alfabetización como si le fuera la vida en ello.

—C-h.

—Estas dos letras van juntas, hazlas sonar juntas.

Me llevo el dedo a los labios para darle una pista.

—Ch —dice, y sonrío contenta y orgullosa.

—Ch-i-t-o-n —pronuncia por separado. Frunce el ceño y lo vuelve a decir—. Chitón —dice de repente, cayendo en la cuenta, y después me mira—. Chitón.

Sonrío.

—Ojalá mi colegio hubiese ido más en esta línea —declara, riéndose.

—Ahora la siguiente palabra.

—J-o-d-e-r. Joder. ¡Joder! —Se ríe.

—La siguiente.

—G-u-e-r-r-a. Guerra.

—¡Sí! —Levanto el puño en alto—. La «u» no se pronuncia y no la has pronunciado.

Abro la mano para chocarla con la suya.

Pone los ojos en blanco y me da una palmadita, avergonzada por mi alabanza.

—Mira que eres burra. Chitón, joder y guerra —lee—. ¿De qué mierda de humor estás?

—Entre «g» y «e», y entre «g» e «i», la «u» no se pronuncia —prosigo, pasando por alto su pregunta.

Ginika chasquea la lengua.

—Te entiendo, cuando le estamos cogiendo el tranquillo a algo, siempre surgen dificultades.

—Como el cáncer.

—¡Ginika!

Se ríe maliciosamente.

—Por desgracia, muchas de estas palabras son corrientes y las llamamos «palabras con trampa».

Ginika pone los ojos en blanco. Se arremanga.

—Vale. Que vayan viniendo.

Sonrío.

—En «agua», por ejemplo, la «u» hay que pronunciarla.

—Por todos los diablos. ¿Cómo va nadie a aprender todo esto?

Tira el lápiz al aire y cae sobre la mesa. La punta afilada deja una minúscula marca en el barniz reciente. Hago como si su estallido de ira no hubiera sucedido; por descontado, no es la primera vez.

—Ginika —dice Denise—. Perdonad que os interrumpa. —Habla con una entonación muy peculiar, parece nerviosa—. Hace poco una amiga mía se estaba deshaciendo de las cosas de sus bebés; sus hijos ya han crecido, iba a tirar un cochecito. Me lo quedé porque pensé que igual te vendría bien para Jewel. No tienes que usarlo si no quieres...

—Odia los cochecitos, lo sabes de sobra. Le gusta que la lleven en brazos —responde Ginika con firmeza, sin levantar la vista de la página.

—Por supuesto, siendo su madre, eres quien mejor lo sabe. Pero se me ocurrió quedármelo en lugar de dejar que acabara en un contenedor. Te lo voy a mostrar.

Entra corriendo en casa mientras nosotras miramos a Jewel, que está tendida boca abajo, concentrada en una brizna de hierba, señalando con el dedo, acariciándola y, de pronto... la agarra para arrancarla. Denise regresa al jardín con el cochecito.

No parece usado. Está como nuevo.

Miro de soslayo a Ginika, que está observando fijamente el cochecito, con un millón de cosas pasándole por la cabeza.

—Podría llevarla a dar un paseo, una vuelta por la calle, no iremos lejos —propone Denise, manteniendo una actitud despreocupada—. Solo para cambiar de aires.

Me quedo al margen. Con la cabeza gacha, sigo preparando la lección.

Ginika permanece callada. Cuando la presionan, es del tipo explosivo, sobre todo en lo que atañe a su hija. Su respuesta, cuando llega, nos sorprende tanto a mí como a Denise.

—Bueno.

Jewel patalea mucho cuando la meten en el cochecito, pero luego enseguida se distrae con los, también nuevos, juguetes que

Denise pone en la barra. Incluso cuelga su libro favorito y Jewel se pone contenta.

Ginika se queda tranquila una vez que se marchan. Se vuelve de los libros de texto hacia la colchoneta vacía en la hierba. Parece cansada, está cansada. Tiene ojeras, ha perdido mucho peso, el cáncer se le ha extendido al hígado, al intestino y a la ingle. Intenta alcanzar su bolso con gran esfuerzo y se lo recojo. Rebusca en un paquete y saca una piruleta, pero me consta que no es un dulce. Es una piruleta de fentanilo, para accesos repentinos de dolor agudo.

—Hagamos una pausa —digo—. ¿Quieres que vayamos dentro? Hace bastante calor.

—No quiero hacer una pausa —me espeta.

—De acuerdo. ¿Te apetece tomar algo?

—No.

Silencio.

—Gracias —agrega, más amable.

Para darle tiempo, aparto mi silla de la sombra y por fin me relajo, me recuesto contra el respaldo, cierro los ojos, levanto el rostro hacia el cielo, escucho el canto de los pájaros con placer, las abejas que me rodean, estrujo el césped con los dedos de los pies. Mi día de mierda comienza a disiparse.

—¿Tu marido usaba esto? —pregunta Ginika.

Abro los ojos y la veo moviendo la piruleta en el aire.

—No. Tomaba morfina. Intravenosa.

—Esto es más fuerte —dice Ginika, lamiendo—. La morfina me sentaba mal.

El cambio desde que la conocí es impresionante, pero no en lo más evidente. Sí, su cuerpo está cambiando, pero su mente también. Tiene el cuerpo más flaco pero la mente más abierta. Habla de asuntos más personales, cuando no está concentrada en mantener el muro en pie, y sostenemos conversaciones de verdad. Tiene más confianza, está más segura de sí misma, sabe lo que quiere. Por descontado, siempre lo ha sabido, pero expresa sus opiniones y emociones de una manera distinta. Reconoció su alegría al verse capaz de leer las instrucciones de un jarabe para la tos que iba a tomar Jewel. Le lee un cuento cada noche al acostarla. Ser capaz de leer la ha vuelto más desenvuelta y menos confundida y perdida en el mundo.

—Me parece que tu casa está encantada. Las fotografías cambian de sitio.

Sigo su mirada a través de las puertas abiertas del patio, el comedor y la sala de estar. Supongo que se refiere a la foto de Gabriel y yo en tiempos más felices del pasado, sustituida por la fotografía caída de Gerry y yo, en un marco más pequeño. Me he dado cuenta de que al llegar se fijaba, y esperaba que me preguntara en cuanto ha posado sus ojos en ella, pero, ante mi sorpresa, se ha contenido.

—Gabriel y yo hemos roto.

Me mira asombrada.

—¿Por qué? ¿Te engañaba?

—No. Tiene una hija que lo necesita, al final ella fue su prioridad.

Mi culpa instantánea por pintar a Gabriel como el malo de la película me dice que sé que Ava no fue la verdadera razón de nuestra ruptura. La pócima de negación está perdiendo efecto.

—¿Qué edad tiene la hija? —pregunta Ginika.

—La tuya —respondo, dándome cuenta por primera vez. Ginika parece que sea años luz mayor que ella.

—¿Y por qué lo necesita? ¿Está enferma?

—No, pero tiene problemas. Problemas en el colegio, se porta mal. Bebe, fuma, sale de fiesta. No se lleva bien con su madre y su futuro padrastro. Gabriel pensó que sería mejor que se fuese a vivir con él.

—¿En tu lugar?

—Más o menos —suspiro—. Sí.

—¿Así que te dejó por una mocosa?

—Su hija necesita estabilidad. —Procuro disimular mi cinismo—. Y no me dejó. Fui yo quien lo hizo. —Estoy harta de contarle cosas a medias. Es lo que ella hace conmigo y si seguimos así, nunca llegaremos a parte alguna. Me inclino hacia delante, apoyo los codos en la mesa, el rostro en la sombra—. Me cansé de esperarlo, Ginika. Y no me apoyó cuando empecé a hacer esto.

—Celos —dice, asintiendo comprensivamente, y mira la manta donde todavía están esparcidos los juguetes de Jewel.

—No. —Frunzo el ceño, confusa—. ¿Por qué dices que estaba celoso?

—Es evidente. Tu marido hizo algo asombroso que otras personas ahora intentan imitar. Puso en marcha algo bastante grande. Tu novio no puede competir con un marido muerto, ¿verdad? Por más bueno que sea talando árboles o lo que sea. De manera que se dice a sí mismo: si va a pasar tanto tiempo con su exmarido, que venga a vivir conmigo mi hija en lugar de ella. A ver qué le parece.

Miro sorprendida a Ginika. Es un punto de vista que tal vez no me he planteado por tonta.

¿Es posible que Gabriel estuviera celoso de Gerry? Tiene sentido, pues ¿no es exactamente lo que yo sentí ante su reencuentro familiar?

—Ginika, eres una de las personas más sabias que conozco.

—Ni siquiera sé deletrear «sabia» —murmura, incómoda con el elogio.

—Dudo de que esa sea la definición de «sabia».

—¿Cuál es la definición de «sabia»? —pregunta.

Sonrío con ironía.

—No lo sé.

—Si pasara cinco minutos con ella, pondría en vereda a esa chica —dice Ginika, poniéndose de mi parte—. Quizá no tenga la energía que tenía antes para dar un buen rapapolvo, pero podría meterle esta piruleta por el culo.

—Gracias, Ginika, resulta muy conmovedor, pero deja de intentar ser el ojito derecho de la profesora.

Me guiña el ojo.

—Le cubro las espaldas, señorita.

—Y es muy considerado por tu parte. Al mismo tiempo le haría daño y le aliviaría el dolor.

Se ríe con ganas, con auténticas carcajadas, y se le ilumina el semblante.

—¿Puedo preguntarte por el padre de Jewel... otra vez? —sondeo, con la sensación de que estamos teniendo un momento de intimidad.

—Solo quiero escribir una carta.

—Perdón.

Alcanzo el libro.

—No quiero decir eso —aclara, poniendo una mano encima del libro para que no lo abra—. Lo que quiero decir es que quiero que Jewel reciba una carta mía. No necesito que intentes poner paz en mi familia como hiciste con la hermana y la mujer de Bert.

—De acuerdo. —Es como si me hubiese leído el pensamiento. ¿Acaso lo sabe? ¿Su padre se puso en contacto en ella? Me es imposible dejarlo correr—. Ah, por cierto, Ginika —digo, nerviosa—. El fin de semana pasado vi a tu padre.

Entorna los ojos y noto la punzada de su penetrante mirada.

—¿Cómo dices?

—Tenía la sensación de no estar haciendo suficiente, de...

—¿Qué has dicho? ¿Dónde lo viste?

—Tomé el autobús. El 66A. Me dijiste que era su línea. Me senté en el autobús, hice todo el recorrido de ida y vuelta —explico—. Después, cuando me disponía a bajar, le dije que te conozco, que eres maravillosa, sumamente valiente y una de las personas más inspiradoras que conozco, y que debería estar inmensamente orgulloso de ti.

Frunce el ceño, me escruta con interés para ver si estoy diciendo la verdad.

—¿Qué más?

—Ni una palabra más, te lo prometo. Quiero que tus padres sepan lo increíble que eres.

—¿Qué te dijo?

—Nada. No le di tiempo a responder. Bajé volando del autobús.

Mira hacia otro lado mientras asimila esta información. Espero no haberlo estropeado todo, no haber puesto en peligro nuestra relación, que ahora me doy cuenta de que es una amistad que, además, no quiero perder. Está claro que me he pasado de la raya, solo me queda preguntarme si me perdonará. Existe el no hacer suficiente, como con Paul. Y también existe el hacer demasiado, como con Ginika. Tengo que encontrar un término medio.

—¿Cuándo dices que lo viste?

—El sábado por la mañana. En la ruta de las diez treinta.

—¿Qué aspecto tenía? —pregunta Ginika en voz baja.

—Estaba tranquilo. Ocupado, pendiente de su trabajo. Concentrado...

Me mira, y esta vez lo hace con mucha atención.

—¿Estás bien?

—No, la verdad es que estoy cagada de miedo por si te da por matarme.

Sonríe.

—Podría hacerlo. Pero no. Quiero decir, ¿realmente estás majareta? Pasaste la mañana del sábado sentada en un autobús con mi padre. ¿Para qué? ¿Por mí?

Asiento con la cabeza.

—Dios.

—Perdona.

Se queda callada.

—Te agradezco que le dijeras eso. Creo que nadie le ha hablado de mí hasta ahora. —Se yergue en la silla, orgullosa—. ¿También hablaste con mi madre?

—No. —Levanto las manos a la defensiva—. No me has dicho dónde trabaja.

—Menos mal.

Sonreímos.

—Lleva una foto tuya en el volante. Una foto del colegio. Uniforme gris, corbata roja, sonrisa traviesa.

—Ya —dice, ausentándose un poco—. Prefiere a esa chica.

—¿Qué versión de ti prefieres?

—¿Cómo? —pregunta, frunciendo el ceño.

—Este año he pensado que Gerry no me conoce tal como soy ahora, que no conoció a la persona en la que me he convertido. Yo prefiero esta versión de mí, sin embargo, me volví así porque lo perdí. Si alguna vez tuviera posibilidad de deshacerlo todo, no querría descubrir cómo habría sido mi futuro.

Reflexiona un momento.

—Sí, entiendo lo que quieres decir. Ahora me gusto más.

Lo que Ginika ha tenido que pasar hasta llegar a esta versión de sí misma.

—Perdona si hice lo que no debía. Prometo no volver a ponerme en contacto con tu padre nunca más.

—Hiciste lo que no debías —conviene, chupando la piruleta—, pero fue bonito, aunque un poco inútil.

Antes de que el muro se levante, prosigo.

—He estado pensando en Jewel, en su futuro, dónde vivirá y quién le dará una vida. Sé que cuentas con una familia de acogida, pero a lo mejor hay personas que conoces que podrían ser sus tutores y cuidar de ella. Tienes control absoluto al respecto, ¿sabes?, solo tendrías que añadirlo a tu...

—¿Qué?

—Tu testamento.

Entrecierra los ojos.

—¿Tienes a alguien en mente?

—Vamos a ver, yo... —Me atasco. Es un momento muy vulnerable de su vida, no quiero que se me acuse de ejercer una influencia indebida, no sobre algo tan importante como esto. Salgo por la tangente—. Bueno, su padre, por ejemplo. ¿Sabe lo que está ocurriendo? ¿Acerca de Jewel? ¿Que estás enferma?

Me fulmina con la mirada.

—Perdona. —Me echo para atrás—. Creía que estábamos teniendo un momento de intimidad.

—Lo que tienes es un momento de ruptura, por eso flipas. Sigamos con el trabajo.

Abrimos los libros y retomamos la lección donde la habíamos dejado.

—¿Alguna vez has deseado que tu marido te escribiera otro tipo de cartas? —pregunta inopinadamente, mientras escribe la palabra «amor» una y otra vez. Escojo palabras que me consta necesitará para la carta de Jewel.

Me pongo tensa.

—¿Qué quieres decir?

—Lo que he dicho —responde sin rodeos.

—No.

—Mentirosa.

Irritada, paso por alto el comentario.

—¿Sabes qué quieres escribir en tu carta? —pregunto.

—Estoy en ello —contesta con la cabeza gacha y concentrada de nuevo en su letra cursiva. Ahora es: «querida, querida, querida, querida, querida, querida»—. Aunque tengo claro que no quiero que sea como las de Paul —agrega, una vez completa la línea.

—¿Por qué no? —pregunto, sorprendida.

—¿Lo dices en serio? —Vuelve a observarme con detenimiento—. Paul tiene hilvanado cada segundo de la vida de sus hijos, según parece. Sus cumpleaños, sus clases de conducción, sus bodas, su primer día de colegio, la primera vez que se limpian el culo. Es como si creyera que puede ver cómo serán exactamente. Pero ¿y si no son esa persona? Conozco a Jewel mejor que nadie en este mundo. Pero ni siquiera sé lo que hará dentro de cinco minutos, imagínate mañana. Para ellos será raro, ¿entiendes? —Se estremece al pensar en el futuro de los hijos de Paul—. Por eso te he preguntado por las cartas de tu marido. Quizá se equivocó en algo que no te convenía después de su muerte.

Me vuelve a mirar. Sus palabras me han golpeado con contundencia y las ideas se me agolpan en la mente.

—Porque si hay una carta que no te gustó por lo que fuese, a lo mejor tendrías que contárselo a Paul; tampoco es que don Yo-puedo-hacer-esto-por-mi-cuenta te vaya a escuchar. ¿Qué les pasa a los hombres? Él y Bert. Si querían que alguien entregara sus cartas, tendrían que haber contratado un servicio de mensajería. ¿Yo? Yo sí que necesito tu ayuda.

—No sé qué decir, Ginika. —Suspiro, todo se desvela otra vez—. A veces me pregunto quién de nosotras enseña a quién.

32

El día siguiente tengo otra sesión con Paul, la última antes de la operación. No estoy de muy buen humor, sobre todo después de cómo terminó la clase de conducción de ayer. Echo de menos un asado dominical en casa de mis padres y estoy un poco amargada pese a que me alivia no tener que contestarles sobre mi ruptura con Gabriel y mi implicación en el club, sobre cómo estoy arruinando el matrimonio de Paul en lugar de velar por él. Solo me imagino lo que Ciara les estará contando. He decidido estar aquí, pero aun así me contraría estar perdiéndome mi vida, como si Paul tuviera que saber el sacrificio que hago por él.

Llega avergonzado.

—Perdona lo de ayer. Claire me creyó, si eso te hace sentir mejor.

—Pues no —le espeto—. Hoy ni siquiera quería venir.

—Temía que no lo hicieras.

—Lo que ocurrió ayer va contra todo lo que estoy intentando conseguir. No quiero mentir a tu esposa. No quiero que me odie. No quiero arruinar nada, el objetivo es darle un regalo, no una pesadilla. Se supone que soy invisible, no la causa de un problema.

—Te lo prometo, Holly, no volverá a suceder. No mentiré; si es preciso, le explicaré la verdad.

—Si no lo haces tú, lo haré yo —digo con firmeza.

—Entendido.

Resoplo, sintiéndome un poco mejor.

—Bien, terminemos esto.

La «iniciativa Posdata: te quiero», según lo expresé en nuestras comunicaciones, logró que Donard Castle, un castillo del siglo XV que era de propiedad de una familia hasta hace cincuenta años y que ahora es un lugar popular para celebrar eventos, tomara una decisión favorable para nosotros. Hoy acoge la recepción de una boda y, mientras la pareja está en una capilla cercana pronunciando sus votos, Paul y yo tenemos permiso para utilizar la sala completamente amueblada y decorada a fin de filmar sus piezas para Eva.

Su discurso como padre de la novia.

Cuando me contó la idea hace ya algún tiempo me conmovió, pero hoy, en la falsa boda de Eva, estoy inquieta. Después de las perlas de sabiduría que ayer me brindó Ginika, he sido incapaz de apartar de mi mente su pregunta acerca de las cartas de Gerry. ¿Fueron útiles todas? ¿Se equivocó en algo? Suenan campanas de alarma. ¿Me estoy equivocando? No me refiero solo a sostener la cámara para grabar una película; el Club Posdata: te quiero me puso en esta posición debido a mi propia experiencia personal. Puedo ofrecerle más a Paul, pero no lo he hecho.

Durante una enfermedad, en particular una como la suya, hay pocos momentos de luz, y no quise ser yo quien la tapara. No interrumpí ni interferí en sus entusiastas planes porque no quería estropear lo que él había imaginado. Sin embargo, al quedarme callada, puse a sus seres queridos en el último lugar. Igual que he hecho con los míos. Miro la hora. Seguramente están sentados a la mesa. No sé qué estarán haciendo Gabriel y Ava. Tal vez estén compartiendo mesa con Kate y Finbar, y la idea de que jueguen a ser una familia unida y feliz me entristece.

—¿Qué te parece? —pregunta Paul, enfundado en su chaqué negro—. Me llamo Murphy. Paul Murphy.

Sonrío y le ajusto la pajarita torcida.

—Eres el padre de novia más juvenil que he visto en mi vida.

Contempla la sala de recepciones, impresionado.

—Holly —sonríe—, te has superado.

Los ornamentos que han elegido los novios son rosas y plateados, con centros de peonías rosas en medio de cada mesa para diez comensales. Los manteles son blancos y las sillas llevan fundas de tela blanca con lazos plateados y rosas alternados. La mesa presidencial es alargada y está dispuesta al estilo banquete, de cara a la sala, y detrás hay un escenario donde la banda acaba de terminar las pruebas de sonido antes de irse para concedernos la media hora asignada. Fue el máximo tiempo que pude negociar sin pagar tarifa alguna.

—¿Estás listo? —pregunto a Paul, sacándolo de su trance mientras estudia la sala, asimilando el decorado de fantasía para la futura boda de su hija. Se empapa de todo y lo añade a sus recuerdos, como si hubiese estado allí.

—Sí, claro —dice, tal vez sorprendido por la brusquedad de mi entonación.

—La mesa presidencial está ahí.

Me sigue, recorriendo despacio la longitud de la mesa, leyendo los nombres, tal vez imaginando quiénes estarán sentados en la boda de Eva.

—El padre de la novia va aquí —interrumpo sus pensamientos—. He traído una botella de champán. Sin alcohol, porque ya sé que con tu medicación no puedes beber.

Saco la botella de mi bolso. La descorcho sin hacer tonterías, lleno una copa que también llevaba en el bolso y se la paso.

Me observa en silencio.

—Es para el brindis.

—¿Va todo bien, Holly? Pareces un poco...

—¿Qué?

—Nada —dice, echándose atrás—. Si es por lo de ayer, me disculpo. Otra vez.

—Gracias. Solo quedan veinte minutos hasta que llegue el grupo de la boda.

—Bien. De acuerdo.

Ocupa el sitio del padre de la novia.

—¿Cuánto trozo de mesa quieres que capture? —pregunto—. Si me acerco mucho podríamos estar en cualquier parte, con lo que se desbarata el propósito de usar esta sala. Si me alejo y capturo la mesa, es evidente que estás solo.

Parpadea. Parece confundido.

Decido yo.

—Desde aquí se verán las flores. Vamos: uno, dos...

Le doy la señal.

Levanta la copa de champán y sonríe.

—Hola, Carita de Mono. Mi querida Eva, me honra estar aquí contigo en un día tan especial para ti. Estás muy guapa. Y este hombre...

Debo de haber hecho una mueca porque se interrumpe.

—¿He dicho algo malo?

Detengo la filmación.

—No. ¿Por qué?

—Has hecho una mueca.

Me encojo de hombros.

—No prestes atención a mi cara. Concéntrate en tu discurso. Volvamos a empezar.

—Querida Eva Carita de Mono. Me honra estar aquí...

—Un momento. —Es obvio que antes he hecho una mueca porque esta segunda vez me ha molestado lo mismo. Bajo el teléfono—. Eva tiene un año ahora, entiendo que la llames Carita de Mono, pero ¿crees que la llamarías así el día de su boda?

Lo piensa un momento.

—¿Queda raro?

—Quizá no se acuerde de que la llamabas Carita de Mono. Esto sucederá dentro de veinte años, por lo menos.

—De acuerdo. —Carraspea—. Querida Eva, estoy muy contento de estar aquí en un día tan especial. El traje te queda precioso...

—¿Y si no lleva traje?

—Todas las novias llevan traje.

—En 1952, sí.

Me mira, desconcertado.

—Podría llevar un biquini en una playa o un disfraz de Elvis en Las Vegas. No sabes cómo irá vestida. Lo más probable es que aparezcas en la pantalla de una habitación. La gente se quedará impresionada. Conmovida. Confundida. Imagina cómo se sentirá Eva. Basta con que transmitas tus sentimientos, no seas demasiado concreto porque si te equivocas quedará... mal.

—De acuerdo. Sí. Bien visto.

Comienza de nuevo.

—Hola, querida Eva. Estoy encantado de estar contigo en este día tan especial y, aunque no puedo estar contigo en persona, alzo mi copa por ti desde el mejor asiento de la casa. Quisiera felicitar al novio. Espero que este muchacho sepa la suerte que tiene...

Su sonrisa se desvanece. Irritación.

—¿Y ahora qué?

Dejo de filmar Potra vez.

—¿Y si no se casa con un chico?

Pone los ojos en blanco.

—Piénsalo bien. Tiene un año y quizá te parezca absolutamente heterosexual —digo con sarcasmo—, pero cambiará. Si se casa con una mujer, que digas esto estropeará la fiesta por completo.

Lo estoy fastidiando, pero se refrena y comienza otra vez.

Todo va bien hasta:

—Como padre de la novia, en mi nombre y el de Claire.

Dejo de grabar.

—Paul —digo amablemente.

—¿Qué? —me espeta.

Me acerco a él. Se nos agota el tiempo. Ha llegado la hora de que hable yo.

—Por favor, déjame que te sea sincera.

—¡Por Dios! ¿Acaso no lo estás siendo? ¡Los invitados no tardarán en llegar y no tenemos nada! Tendría que haber ensayado el discurso contigo.

Tiene el labio y la frente perlados de sudor.

—Me ofrecí y dijiste que no. Querías hacerlo a tu manera. Ahora escúchame bien.

Se serena.

—No he sido sincera contigo. Todo este tiempo he secundado tu entusiasmo, arrastrada por tu misión, pero te estaría haciendo un flaco favor si no parara esto.

Un directo al corazón, y se prepara para recibir más.

—Tus ideas son maravillosas. Son emocionantes. Son conmovedoras. Están llenas de amor... Pero sobre todo son para ti.

—Hago una pausa para ver cómo se lo toma y el asunto no pinta bien. Prosigo—: Están pensadas para sentirte incluido en los momentos especiales. Y también para que ellos tengan la sensación de que estás ahí, pero el caso es que ya estarás en su mente en esos momentos. Dejar de hacer todo esto, no significa que vayas a desaparecer.

Mira hacia abajo, la emoción le hace mover la mandíbula.

—¿Y si Casper no quiere conducir? ¿Y si Claire quiere enseñarle? ¿Y si Eva no se casa? ¿Y si se casa con una mujer y Claire quiere pronunciar el discurso? No puedes decidir su futuro por ellos.

—Entiendo lo que dices —afirma Paul con voz temblorosa—, pero no quiero que tengan la sensación de que les falta algo, de que están creciendo vacíos, como si hubiera un agujero en cada aspecto de su vida. Una silla vacía en la mesa donde debería estar sentado su padre.

Medito si decirlo o no. Incluso Gerry pensó en lo que Paul no ha pensado, su última carta allanaba el camino para que ese espacio lo llenara alguien.

—¿Y si la silla no está vacía?

—Oh, venga ya. Holly, esto es... Joder. Esta te la has reservado para el mejor momento —dice enojado—. Esto es una gilipollez, se acabó. Grabaré yo mismo el mensaje.

Sale de la sala hecho un basilisco.

Corro tras él, asustada. Mi objetivo era transmitir esperanza al Club Posdata: te quiero, pero ahora le he partido el corazón a un hombre que se enfrenta al final de su vida. Muy bien, Holly. Salgo corriendo de la sala de banquetes, paso por el bar, frente al fotomatón y una caja de disfraces para los festejos de la fiesta, y salgo por la puerta del bar. Está sentado fuera, en una mesa de pícnic decorada con globos rosas y plateados, contemplando el panorama. Seguro que preferiría que lo dejara en paz, pero todavía no he terminado. No habré acabado hasta que lo entienda. Me acerco a él y mis tacones rechinan en la grava. Se vuelve para ver quién se acerca y luego sigue contemplando el panorama.

—Márchate, Holly, hemos terminado.

De todos modos, me siento frente a él. Mira hacia otro lado, todavía me ignora, pero al menos no me desafía. Me lo tomo como un estímulo positivo, habida cuenta de las circunstancias.

Respiro profundamente.

—Hacia la mitad de las cartas de mi marido deseé que no hubiese escrito más.

Esto le llama la atención.

—Ahora estás siendo sincera. ¿No crees que nos lo podrías haber contado a todos hace unos cuantos meses? —pregunta, pero el enojo se ha disipado.

—Cuando Gerry murió caí en una oscura y miserable depresión de la que no podía salir. Así son las cosas. Una mierda. Estaba enfadada, estaba triste, todo me parecía injusto. ¿Por qué y cómo seguía dando vueltas el mundo sin él? Pobre de mí, es lo que realmente pensaba. No era fuerte. No era sensata. No manejé bien la situación. Me rendí. Las cartas me dieron un objetivo. Compañía. Más de lo que anhelaba de él. Sus cartas me obligaban a levantarme y salir. Me puso en marcha y, después, cuando yo había regresado a la vida, tenía la sensación de que aguardar cada mes la carta siguiente me refrenaba. Cada nueva carta me recordaba que Gerry se había ido, que a mi alrededor la vida seguía su curso. Mis amigas se comprometían o se quedaban encintas, y yo seguía aguardando más cartas para que mi marido muerto me guiara, temerosa de hacer algo por mi cuenta, no fuese a ser que estuviera en conflicto con la misión siguiente. Me encantaban, pero al mismo tiempo me entorpecían. Al cabo de un año, las cartas dejaron de llegar y entonces supe que había alcanzado el final. La hora de pasar página.

»Una carta acertada puede ser una bendición; una carta inconveniente puede ser peligrosa. Puede ser un contratiempo, puede atraparte en un lugar inseguro en el que vives a medias. Mi marido redactó bien sus cartas porque me conocía, pensaba en mí. Si hubiese seguido escribiendo cartas para el resto de mi vida... no habría dado resultado, porque ahora no me conoce. Si tuviéramos hijos, quizá no sabría que alguien me ayudaría a criarlos, amarlos, quizá que incluso lo llamarían papá o los acompañaría al altar. No se puede reemplazar a las personas, Paul, a ti nunca te reemplazarán, pero puedes reemplazar los papeles.

»Escribiendo tus cartas, o filmando tus vídeos, no debes ignorar a los demás. Me consta que no puedes ver el futuro, nadie te pide que seas perfecto, pero si tu deseo es estar presente para tu familia, para Claire, para Casper y Eva, no puedes decidir su futuro por ellos. No siempre formarás parte de su vida cotidiana, pero el recuerdo de ti sí lo hará. —Pienso en cómo sentí que Gerry inundaba mi cuerpo con su energía en el funeral de Bert—. Y quizá conseguirás estar presente de otra manera, quizá sentirán tu presencia de maneras que no puedes imaginar ni planear. Eso es lo que creo ahora.

Dejo de hablar y miro fijamente los campos que rodean el castillo. Espero a que se levante y se vaya, pero al cabo de un rato sigue ahí. Lo miro de reojo y veo que se está secando las lágrimas de las mejillas.

Rodeo la mesa deprisa y me siento a su lado, le echo un brazo a los hombros.

—Lo siento, Paul.

—No lo sientas —responde con voz temblorosa . Es el mejor consejo que alguien me haya dado jamás.

Sonrío, aliviada, pero percibo su dolorosa tristeza; un peso que me presiona el pecho.

—Tendría que haberlo explicado hace mucho tiempo. A todos vosotros.

—Seguramente no te habríamos hecho caso. —Se enjuga los ojos—. Me estoy muriendo —dice finalmente—. Solo intento hacer lo posible para darles más de mí.

—Lo sé, pero tienes que dejar sitio para que ellos te recuerden por su cuenta. —Se me ocurre una idea, clara y vívida y dirigida a mí misma—. Y no pueden permitir que tu fantasma ocupe el lugar de otra persona.

Después del encuentro con Paul, renuncio a la idea de reunirme con mi familia y me voy a casa. Saco las cartas de Gerry del cajón de la mesita de noche, nunca lejos de mí después de todos estos años, y abro una que necesito revisar con otros ojos.

La cuarta carta de Gerry la atesoré y agradecí. En ella me

animaba a desprenderme de sus pertenencias; no de todas, por supuesto, pero me orientó en cuanto a qué conservar y qué perder, qué cosas dar y a quién. Me decía que no necesitaba sus cosas para sentirlo cerca de mí, que siempre estaría a mi lado para abrazarme y guiarme. Gerry se equivocó. En aquellos momentos necesitaba sus cosas para sentir que estaba conmigo. Olía sus camisetas, que me negaba a lavar, y me abrazaba a sus jerséis para engañarme creyendo que sus brazos me rodeaban. Esta carta fue una de mis favoritas porque me mantuvo ocupada, no fue un acontecimiento puntual, me llevó un mes. Fueron semanas de trabajo reuniendo objetos, rememorando, aferrándome a ellos y desprendiéndome de ellos a medida que les adjudicaba un nuevo hogar.

Ojalá me hubiese tomado más tiempo antes de obedecer las instrucciones de Gerry. Ojalá hubiese pensado en mi vida con más detenimiento y en lo que iba a necesitar. En cambio, él me dio instrucciones basándose en la mujer que era cuando me conoció, en lugar de pensar en la mujer en la que me convertí una vez que se hubo ido, y hay objetos que di que ojalá hubiese guardado y, ante todo, hay valiosas pertenencias suyas que me dijo que conservara cuando sé que no debería haberlo hecho. Las conservé porque él me dijo que lo hiciera, y me serví de él como excusa para mis propias necesidades y avidez.

Llevo un tiempo dando vueltas a la entrega de la carta de Bert a la hermana de Rita. «No puedes culpar a los muertos», había espetado Rachel, respetando las últimas voluntades de su madre, como si las decisiones finales de los moribundos fuesen siempre correctas, sagradas e intocables. Estuve de acuerdo con ella, pero tal vez nos equivocamos las dos. Tal vez quienes nos abandonan no siempre ven el panorama completo, sino que lo ponen en nuestras manos confiando en que tomemos decisiones mejores.

Entro en el pueblo de Malahide y giro a la izquierda en la iglesia, bajo por Old Street hacia el puerto deportivo y el taller de reparación de embarcaciones construido en el embarcadero, donde su padre todavía trabaja. Después de la muerte de Gerry solía ver a sus padres unas cuantas veces al año; seguían siendo parte de mi familia, seguía siendo su nuera, pero con el tiempo, como el intermediario de nuestra relación había fallecido, también lo hizo nuestra relación. La conversación a veces era forzada, a veces incómoda, tarea dura y agotadora pues, aunque nos unía el amor, era imposible eludir que también nos unía la pérdida. Como el tiempo no es amigo de nadie, cuando me esforcé para salir adelante y pasar página, enfrentarme a la luz, supongo que esa parte de mi vida se resintió. Las felicitaciones navideñas y los regalos de cumpleaños al principio los entregaba en mano, pero después los envié por correo, y así nos fuimos distanciando cada vez más.

El padre de Gerry no me espera; ni cuando estaba casada con Gerry lo visitaba en el trabajo, pero debe hacerse y debe hacerse hoy. Estar involucrada con el Club Posdata: te quiero me ha proporcionado un nuevo punto de vista sobre por qué Gerry escribió sus cartas, y parte de esa lección ha consistido en descubrir que Gerry no siempre llevaba razón, y que yo no siempre hice bien en obedecerlas.

Llego al varadero y, naturalmente, la verja de hierro está cerrada. Detrás de la barrera los hombres se afanan en el trabajo limpiando, reparando, manteniendo embarcaciones de distintos tamaños, apuntaladas sobre patas de acero. Finalmente llamo la atención de un trabajador con el torso desnudo, sudoroso bajo el sol, y le hago una seña.

—Estoy buscando a Harold —anuncio—. Harry.

Abre la verja y lo sigo al interior del recinto. Harry va completamente vestido, por suerte, trabaja con empeño junto a la hélice de un barco inmenso.

—¡Harry! —grita mi guía, y el padre de Gerry levanta la mirada.

—Holly —exclama sorprendido—. ¿Qué te trae por aquí?

Deja la herramienta que estaba utilizando y viene a mi encuentro con los brazos abiertos.

—Me alegro de verte, Harry —digo contenta, buscando en su rostro algún parecido con su hijo, el Gerry que conocí y un atisbo del Gerry mayor que nunca llegó a ser—. Perdona que me haya presentado sin avisar.

—Estoy encantado de verte. ¿Vamos a la oficina a tomar un té?

Me pone una mano en la cintura y comienza a guiarme.

—No, gracias. No me quedaré mucho rato.

Noto que me estoy emocionando, como cada vez que tropiezo con un recordatorio físico de Gerry. Su padre lo trae a la vida, su vida enfatiza su muerte, y admitir abiertamente su muerte siempre es demoledor.

—¿Qué ocurre, cariño?

—Este año he emprendido un nuevo proyecto. Algo que me inspiró Gerry.

—Sigue —me insta, fascinado.

—Estoy ayudando a enfermos terminales a escribir a sus seres queridos. Lo llaman el Club Posdata: te quiero.

A diferencia de la mayoría de mis familiares, que detestaron la idea, él sonríe de inmediato, con los ojos húmedos.

—Qué idea tan maravillosa, Holly. Y un hermoso honor para Gerard.

—Me alegra que te parezca bien. Me han hecho volver a pensar en sus cartas, en lo que está bien y lo que está mal.

El Club Posdata: te quiero ha supuesto el hallazgo de un tesoro de valiosas lecciones para mí. Guardé la experiencia de las cartas junto con mis seis últimos años de vida, pero tan pronto como dije las palabras en voz alta para el *podcast*, aparecieron agujeros y surgieron preguntas. ¿Sus cartas eran para mí como supuse o eran en su propio beneficio? ¿Siempre quise que siguieran llegando? ¿Siempre fueron acertadas? ¿Hubo alguna que yo habría cambiado? A fin de ayudar a los miembros del club con las suyas, tenía que ser sincera en cuanto a lo que me dio resultado y lo que no, y eso no significaba ser desleal con Gerry, cosa que había temido.

—En fin.

Saco del bolso un estuche que reconoce de inmediato. Se le escapa un sonido gutural de dolor. Lo coge y lo abre. Es el reloj que regaló a Gerry cuando cumplió veintiún años; un valioso reloj que Gerry llevaba cada día.

—Gerard te lo dejó a ti —dice Harry, y se le quiebra la voz.

—Fue una decisión poco acertada —respondo—. Era un regalo de un padre a un hijo. El padre debería recuperarlo.

Guarda silencio y asiente a modo de agradecimiento, con los ojos arrasados en lágrimas, perdido no sé en qué pensamientos, aunque tal vez se trate del recuerdo de cuando se lo regaló a su hijo, el gran momento, y todos los momentos que pasaron hablando del reloj, acurrucados sobre él, el vínculo que los unía.

Gerry me lo dejó a mí porque era valioso, pero para su padre vale más.

Harry saca el reloj del estuche, me pasa el estuche y se pone el reloj en la muñeca, asegurándole el cierre. Se enjuga las lágrimas de los ojos.

Recuerdo el momento en que el reloj se paró, dos días después de la muerte de Gerry. Lo tenía en la mesita de noche, yo estaba escondida debajo del edredón, en el mundo de las tinieblas, con un ojo mirando el mundo real, sin querer participar pero manteniendo un ojo abierto de todos modos, escuchando el tic-tac de su reloj, observando el avance de las manecillas, la esfera que veía en la muñeca de mi marido cada día de nuestras vidas. Y luego, sin más, se paró.

Harry le da cuerda y se pone en marcha de nuevo.

33

—Para aquí —dice Ginika de pronto, como presa del pánico, mientras la acompaño a casa después de una lección.

Pongo el intermitente y giro bruscamente a la derecha en
Drumcondra Road, pensando que está mareada, que necesita vo-
mitar o que se va a desmayar.

Detengo el coche.

—¿Estás bien? Tengo un poco de agua.

—Estoy bien —dice en voz baja, distraída—. Sigue por ese
camino.

Ni siquiera había reparado en dónde estábamos, no creía que
fuese importante, pero mientras seguimos adelante caigo en la
cuenta de que estamos en el HomeFarm FC, un club de fútbol.
Confundida, meto el coche en el estacionamiento que está señalando, enfrente de un campo de fútbol, donde hay un equipo entre-
nando. La miro, aguardando una respuesta que no llega. Observa
a los chicos que juegan y, al darme cuenta de que va a necesitar
cierto tiempo, me recuesto en el asiento.

—Antes jugaba aquí —dice Ginika.

—¿De veras? —pregunto alegremente, contenta de que se
esté abriendo—. No te tenía por futbolista.

—Era delantera —dice, sin apartar los ojos de los muchachos del campo.

—Faltaría más.

Una sonrisa asoma a sus labios.

Jewel da un berrido en el asiento de atrás, me vuelvo y recojo la tortita de arroz que se le ha caído. La toma de mi mano con

un amable «ta, ta», se la embute en la boca y sigue chupándola. Una mano en su tortita de arroz, otra en el dedo gordo del pie, del que tira para llevárselo a la boca y decidir cuál de las dos cosas le gusta más.

—¿Ves a ese tío? —Ginika señala a un ayudante de entrenador alto y guapo—. Es el padre de Jewel.

—¿Qué? —grito tan fuerte que le doy un susto a Jewel—. Perdona, nena, lo siento.

Le froto el pie para calmarla. El labio inferior le tiembla un momento, pero acto seguido se concentra de nuevo en su tortita de arroz.

Ginika me da una palmada en el muslo.

—Dios, ¿por qué no cierras el pico? ¡Te va a oír!

—Perdona. Es que no puedo creer que... que me lo estés contando. —Me inclino sobre el volante y lo examino—. Es guapísimo.

—Sí, bueno. Se llama Connor. No parabas de preguntarme por él, así que aquí lo tienes.

No le he preguntado tan a menudo, pero Ginika está cambiando, está pensando, está haciendo planes para cuando llegue el final. Está en transición. Se me encoje el corazón.

—Ya podemos irnos. —Indica el volante con un gesto de la cabeza para meterme prisa, tal vez temerosa de que vaya a montar una escena.

—No, espera. Todavía no nos vamos a ninguna parte.

Sigo observando al misterioso personaje del que tanto he querido saber durante tanto tiempo.

—Bien, pero no bajaremos del coche.

—Ya lo sé. De acuerdo. No bajaremos. Pero... —Sigo observando mientras dirige el entrenamiento de los chicos más jóvenes—. ¿Qué edad tiene?

Ginika piensa un momento.

—Ahora, dieciocho.

Miro a Jewel y de nuevo a Connor. Está tan cerca de su padre... Seguramente lo más cerca que haya estado jamás.

—No —me advierte Ginika—. Sabía que esto era una equivocación.

—No lo es, no haré nada —digo con firmeza—. Solo dime una cosa, ¿él lo sabe? ¿Sabe lo de Jewel?

Niega con la cabeza.

—No podía, no quería que tuviera problemas. No quiero joderle la vida. Connor es buena persona, ¿sabes? Yo descubrí que estaba embarazada, después cuando enfermé. Dejé el colegio. No se lo podía decir.

—Lo entiendo, Ginika, no pasa nada.

—¿En serio? —Parece sorprendida. Aliviada—. Pensaba que me juzgarías.

—¿Quién soy yo para juzgar a nadie?

—Es que tú... Ya sabes...

—¿Qué? —pregunto.

—Tu casa, tu vida, eres tan perfecta...

—Ginika —la miro, asombrada—, disto mucho de ser perfecta.

—No es lo que me parece a mí.

—Vaya, gracias, pero... estoy muy jodida.

Se ríe con ganas. Y luego yo también. Dos locas sentimentales compartiendo este momento.

—Entonces ¿por qué estamos aquí? —pregunto con delicadeza—. ¿Qué quieres que haga?

—No lo sé. —Se encoge de hombros—. No lo sé. Quizá después, quizá cuando yo haya, ya sabes... Quizá entonces Connor podrá saberlo. Quizá querrá saberlo, quizá no. Pero yo no estaré aquí y será lo que tenga que ser. —Me mira—. Nadie sabe que es su padre. Se me ocurrió contárselo a alguien. Confío en ti.

—Joder —digo, soltando aire.

Me mira sorprendida y se vuelve a reír.

—Nunca te había oído decir palabrotas y ya lo has hecho dos veces.

—Veamos. —Procuro entender la situación—. Pensemos. Visto que estamos hablando, ¿podemos hablar en serio?

Se abraza.

—Claro, pero antes ¿podemos irnos de aquí?

Nos instalamos en el semisótano de Ginika e inspecciono discretamente el dormitorio comunicado con la cocina, la cama individual y la cuna. Una lámpara rosa al lado de la cama, cojines y edredón rosas, luces de Navidad rosas enrolladas al barrote del cabecero. No tenía a Ginika por una chica amante del rosa. Es juvenil y femenino y hace que la situación en que están Jewel y Ginika sea tanto más triste. Me asomo entre las cortinas corridas y veo un jardín alargado con hierba que no ha visto una segadora en años. Es un lugar fantástico para esconder colchones rajados y empapados, una vieja cocina, una bicicleta rota y oxidada y piezas de coche que los inquilinos anteriores o incluso los caseros descartaron en su momento.

—No es exactamente un palacio —dice Ginika, avergonzada, observando cómo me fijo en todo.

No es por la falta de empeño de Ginika, es la falta de mantenimiento la responsable de tanto deterioro, del moho y el olor a humedad. En este hogar hay más cosas para Jewel que para Ginika, otro indicio revelador de su carácter. Cada sacrificio ha sido por su hija. Ginika sienta a Jewel en una trona y alcanza uno de los numerosos tarros de comida para bebés que hay en la estantería.

—¿Puedo darle la papilla? —pregunto.

—Claro, pero estate atenta, que agarrará la cuchara.

Tal como me ha advertido Ginika, Jewel coge la cuchara que se acerca llena de comida. Forcejeamos, el puño regordete de Jewel es más fuerte de lo que creía, y lo salpicamos todo de papilla. Finalmente, gano yo. La próxima vez seré más rápida.

—¿Y bien? —dice Ginika nerviosa, retorciéndose los dedos mientras aguarda a que retome la conversación ahí donde la dejamos en el estacionamiento.

Pese a lo concentrada que estoy dando de comer a la peleona Jewel, que, aunque ya se ha zampado tres tortitas de arroz, come tan deprisa que no me da tiempo a llenar la cuchara, recuerdo por qué hemos venido aquí.

—He evitado esta conversación durante mucho tiempo, seguramente demasiado, porque pensaba que no era asunto mío. Ahora las cosas son diferentes. Como amiga tuya, pues te considero mi amiga, Ginika, no estaría haciendo una buena labor si no te contara lo que pienso, o si al menos no escuchara lo que piensas tú. No quiero meterte ideas en la cabeza, ni influir en tu manera de pensar, ni...

—Jesús, déjate de excusas, ya lo capto —interrumpe, poniendo los ojos en blanco—. Vamos, escúpelo. Piensas que Connor debería tener la custodia de Jewel.

—La verdad es que no —digo, sorprendida—. Bueno, no es que no lo piense, pero tenía otra cosa en mente. A otra persona. Me preguntaba si habías tomado en cuenta a Denise.

—¡Denise! —Abre los ojos y reflexiona un momento—. Denise —repite en voz baja—. Te cae bien Dee Nii, ¿verdad, corazón?

Jewel tiene la boca abierta de par en par y está inclinada hacia la cuchara llena que he dejado suspendida en el aire mientras hablaba. Sonrío y se la doy, y enseguida le doy otra para que Ginika tenga tiempo de pensar.

—En realidad, Denise y Tom —agrego.

—¿No se han separado?

—Esa separación durará poco. —Me pregunto cuánto explicar o cuánto le ha explicado ya Denise—. Realmente quieren un bebé, pero no lo consiguen. Concebir, quiero decir.

—Oh.

Parece interesada, concentrada.

—Seguramente no debería añadir más, es cosa tuya que lo hables con ellos. Y con la asistente social y la familia de acogida y con quienquiera que necesites hablar. Solo quiero que sepas que existe esta posibilidad, merece la pena que lo pienses. Y por lo menos Denise no tiene acento provinciano —añado, con una sonrisa.

—No —contesta muy seria—. Pero ¿y su hombre?

Me río y sigo dándole la papilla a Jewel.

—Primero tendría que conocerlo.

—Por supuesto.

—Pensaba que ibas a decir que querías quedarte a Jewel.

—¿Yo?

Por el modo en que espeto mi sorprendida respuesta, se da cuenta de que no ha acertado ni de lejos.

—Adoro a Jewel, pero... —Resulta terrible mantener esta conversación delante de la niña, estoy convencida de que esta chiquilla tan lista lo está captando todo—. Yo no... No sabría... No sé cómo...

—Serías una madre fantástica —dice Ginika en voz baja.

No sé qué contestar. Un tanto cohibida, meto otra cucharada en la boca de Jewel.

—Tienes más o menos la misma edad que mi madre. Y mira lo buena que has sido conmigo. No estoy diciendo que piense que eres mi madre, pero ya sabes qué quiero decir. Me has apoyado, me estás ayudando tal como lo haría una madre. Apuesto a que eras estupenda con la hija de tu chico.

No lo era. Tendría que haberlo sido. Me doy cuenta de que podría serlo.

—¡Ostras! ¿Estás llorando?

—Me ha entrado un poco de papilla en el ojo —digo, pestañeando para contener las lágrimas.

—Ven aquí, blandengue —dice, y nos abrazamos.

Mientras le doy la espalda, Jewel ha agarrado el tarro de papilla y la cuchara y los ha agitado con gran entusiasmo en el aire, de tal manera que se ha salpicado la cara y el pelo y toda la mesa.

—En realidad —prosigue Ginika con su habitual tono seco—, eres un poco desastre.

Me río.

—¿Qué vas a hacer cuando todos nos hayamos ido? —pregunta, limpiando el pelo de Jewel.

—Ginika —digo en voz baja, negando con la cabeza—. No quiero hablar de eso. Ahora estás aquí.

—No me refiero a mí, me refiero a ti. ¿Qué vas a hacer cuando los tres nos hayamos ido?

Me encojo de hombros.

—Seguir trabajando en la tienda. Vender la casa. Buscar un sitio donde vivir.

—Múdate a casa de tu chico.

—No. Eso terminó. Ya te lo conté.

Me estudia.

—Bah —dice, dándome un codazo—. No es verdad. Está como un queso. Solo tienes que decirle —se ríe—, decirle que piense que eres un árbol. Trabaja con árboles rotos, ¿no?

—Más o menos.

—Dile que suba a tus ramas y que en lugar de talarte te haga un remiendo. —Se ríe para sus adentros—. He estado viendo a ese tipo, el doctor Phil, cada mañana. Me parece atractivo. —Me mira—. Es un papanatas. Casi siempre. Pero a veces suelta auténticas perlas de sabiduría —dice pomposamente, agitando la cuchara—. Llámalo, no seas idiota.

Me río.

—Ya veremos, Ginika.

Camino de casa me apena pensar en la pregunta de Ginika, imaginar un mundo en el que ella, Paul y Joy no estén presentes, no tomarlos en constante consideración. Me digo que pasará un montón de tiempo antes de que esto deba preocuparme. No obstante, la enfermedad de Ginika elige su propio ritmo y apenas dos semanas después de haber estado conversando en su cocina, riendo y bromeando alegremente y hablando del futuro, su futuro decide aminorar la marcha y venir a examinarla más de cerca.

Estoy en el hospital, sentada al lado de la cama de Ginika. Si antes era fuego, ahora es rescoldo, pero sigue resplandeciendo y emitiendo calor, evidencia de fuego, símbolo de vida.

—Anoche escribí mi carta —dice; tiene ojeras oscuras.

—Ah, ¿sí?

Le tomo la mano.

—Esto estaba muy tranquilo. Había enfermeras, pero todo estaba en calma. Me conecté con Paul en Facetime. ¿Lo has visto últimamente?

Asiento.

—Tiene un aspecto horrible. Está hinchado. Dice que no ve con el ojo izquierdo. Después no pude dormir. Estuve pensando en él, en todo. Las frases acudieron a mi cabeza y no me las podía sacar, de manera que me puse a escribir.

—¿Quieres que te la lea?

Niega con la cabeza.

—Tu trabajo está hecho. Gracias, señorita —intenta bromear, aunque le falta su chispa habitual.

Los ojos se me llenan de lágrimas que rebosan, y esta vez no me dice que pare. No me dice que soy una idiota o una blandengue porque ella también está llorando.

—Tengo miedo —susurra tan bajo que apenas distingo las palabras.

La envuelvo con mis brazos y la sostengo fuerte.

—Lo sé. Estoy aquí contigo. Denise está aquí. Paul está aquí. Joy está aquí. Estamos todos aquí. No estás sola.

—¿Tu marido tuvo miedo al final? —pregunta, con el rostro surcado de lágrimas. Noto cómo me humedecen el cuello.

—Sí —susurro—. Quiso que le cogiera de la mano todo el rato. Pero entonces algo ocurrió, se escabulló. Fue sosegado. Fue apacible.

—¿Con paz?

Asiento y lloro.

—Sí —consigo responder—. Con mucha paz, Ginika.

—Vale —dice, y se aparta—. Gracias.

Alcanzo los pañuelos que hay al lado de la cama, le paso uno y cojo otro para mí.

—Ginika Adebayo, eres una mujer preciosa y asombrosa y no siento nada más que respeto y amor por ti.

—Ay, gracias, Holly. Yo siento lo mismo por ti —dice, asiéndome la mano y estrechándomela con una fuerza que me sorprende—. Gracias por todo. Has hecho por nosotros más de lo que te pedimos. —Mira hacia la puerta y le cambia la cara. Me suelta la mano—. Mierda, ya están aquí y tengo un aspecto horrible.

—Qué va.

Cojo otro pañuelo y le limpio la cara.

Endereza su turbante, alisa las sábanas y, lenta y trabajosamente, cambia de postura. Alcanza el cajón del armarito que tiene al lado de la cama y saca un sobre. Lo reconozco porque es el que ella y Jewel escogieron el día que llevé los artículos de papelería a casa de Joy. Se me vuelven a saltar las lágrimas, soy incapaz de controlar mis sentimientos. Me lo entrega y nos miramos a los ojos.

—Ahora tienes que irte. Vete, márchate, adiós —dice, ahuyentándome.

—Buena suerte —susurro.

Tengo que recordar que por cada adiós ha habido un hola. Y no hay nada más maravilloso que un hola de una persona a otra. El sonido de la voz de Gerry cada vez que contestaba al teléfono. Cuando él abría los ojos por la mañana. Cuando yo llegaba a casa del trabajo. Cuando me veía caminar hacia él y me hacía sentir que yo lo era todo. Tantos holas hermosos, un único adiós de verdad.

Ginika hoy está atareada, arreglando lo que puede, preparando al mundo para el vacío que dejará, preparándose para el mayor adiós a la persona más importante del mundo para ella.

La madre de acogida de Jewel ha llegado con la niña, y Ginika ha pedido a Denise y a Tom que acudieran. Aguardan fuera de la habitación con su abogado. Ginika tiene que hacer testamento, al que añadirá a los tutores de Jewel. Las normas del hospital solo permiten dos visitantes a la vez, pero, habida cuenta de las circunstancias, en el caso de Ginika autorizan la presencia de cuantas personas sean necesarias. Por respeto a su intimidad, salgo de la habitación en cuanto llegan, pero me demoro. Me quedo para ver como Ginika se sirve de la poca energía que le queda para tomar a Jewel de los brazos de Betty y ponerla en brazos de Tom. Toda una presentación.

Ojalá Gerry supiera lo que comenzó.

Por descontado, nunca sabré qué pensaba Gerry cuando me escribió sus diez cartas, pero hay una cosa que estoy aprendiendo. No lo hizo solo por mí como pensé en su momento, fue su manera de intentar seguir vivo cuando la vida hubiese agotado todos los caminos y la muerte se acercase para agarrarlo mientras caía. Fue su manera de decir, no solo a mí sino al mundo entero, «Recuérdame». Porque en última instancia es lo que todos deseamos. No desaparecer ni quedarnos atrás, no ser olvidados, formar siempre parte de los momentos que sabemos que nos perderemos. Dejar nuestra impronta. Ser recordados.

34

—No se puede hacer una tortilla sin romper algunos huevos —digo en voz alta, inspeccionando la zona catastrófica en que se ha convertido mi dormitorio mientras intento hacer las maletas para mudarme.

—Los huevos me dan diarrea —grita Ciara desde más lejos de lo que esperaba. Está en la habitación de huéspedes de al lado.

—¡Ciara! —la amonesto

Aparece en la puerta de mi habitación, ataviada con una singular colección de prendas que acabo de embolsar para llevarlas a la tienda. Todas a la vez, juntas, desparejadas.

—Se supone que estás ayudándome a llenar las bolsas, no a vaciarlas para disfrazarte.

—Pero si hiciera lo que dices, no tendría este aspecto. —Posa provocativamente apoyada en el marco de la puerta—. Me parece que este viernes por la noche me pondré este conjunto.

—¿Cuál? —pregunto—. Llevas unos tres.

Meter diez años de desorden en bolsas de basura o en cajas, para generar más desorden en mi nueva casa, me está llevando más tiempo de lo que esperaba porque cada carta, recibo y fondo de cada bolsillo de cada par de vaqueros o abrigo cuenta una historia y me lleva a un recuerdo. Estoy acostumbrada a hacer esto con gran eficiencia en el trabajo, pero como ahora la tarea es personal, cada artículo es un agujero espacio-temporal que me engulle a otra época de mi vida. Pese a sentirme suspendida en el tiempo, una hora se convierte en dos, el día da paso a la noche. Soy más despiadada con la ropa, los zapatos y los libros que no tienen valor sentimental. Cualquier cosa que no me haya puesto durante el último año y que, para empezar, me cuesta creer que comprara va directa a las bolsas para la beneficencia.

Al principio resulta estresante. Con todo esparcido en montones a mi alrededor, estoy armando un embrollo peor del que había antes, cada objeto sale de su escondite, revelando su inutilidad.

Triaje, lo ha llamado Ciara.

—No entiendo que haya cosas que consigan llegar a los estantes de tu tienda.

—Por eso tu trabajo consiste en vaciar las bolsas y cajas. Tengo el hábito de querer las cosas que la gente no quiere —dice descaradamente—, Mathew dice que es una maldición, pero me consta que es un don, porque fue exactamente así como me casé con él y así se lo dije en su momento.

Me río. Me siento en el suelo, apoyada contra la pared. Hora de tomarse un respiro.

—Me alegra tanto de que estés haciendo esto —dice Ciara, relajándose en el suelo, las piernas estiradas, con calcetines de fantasía encima de las medias. Se pone unas sandalias encima de los calcetines y las medias—. Estoy muy orgullosa de ti. Todos lo estamos.

—Debéis de verme con muy pocas expectativas, si la venta de una casa os incita al orgullo.

—Es más que eso y lo sabes.

En efecto, lo sé.

—¿Y si te dijera que no lo hago tanto por la voluntad de madurar emocionalmente sino más bien porque hay que renovar la cocina, porque hay que cambiar las ventanas, porque la caldera de la calefacción funciona mal y porque el suelo se está levantando en la sala de estar y tuve que disimularlo con una alfombra para que los posibles compradores no se dieran cuenta?

—Diría que me enorgullece que no te hundas con el barco. —Sonríe y procura mantener su sonrisa, pero le tiembla—. He pasado mucho miedo por ti estos últimos meses.

—Estoy bien.

—Ahora solo te falta encontrar un lugar donde vivir —dice

Ciara, canturreando, retorciendo un fular de tul como si estuviera haciendo acrobacias con cinta.

—Todo lo que he visto es tan desolador. El último apartamento que vi tenía un cuarto de baño de color aguacate de los años setenta.

—Lo retro es guay.

—Cuarenta años sin las bacterias del trasero de otra gente todavía es más guay.

Se ríe por lo bajo.

—Creo que estás poniendo excusas. Creo que sabes dónde quieres vivir.

Noto que la parte rota de mi corazón me está haciendo saber que sigue ahí, que no se va a ir. Por más que intente centrarme en todo lo demás, no tiene intención de curarse si no le presto atención. Echo un vistazo al dormitorio.

—Añoraré los recuerdos.

—Repugnante —dice, bromeando.

—No quiero olvidarlo todo, ni cualquier cosa en realidad, sino que quiero... —Cierro los ojos—. Quiero irme a dormir en una habitación donde no tenga nostalgia de alguien que se ha ido y no volverá. Y quiero despertarme en una habitación donde no tenga las mismas pesadillas.

Ciara no contesta y abro los ojos. Está hurgando en otra bolsa.

—¡Ciara! Estoy desnudando mi alma.

—Perdona, pero —saca unas bragas— estoy empezando a hacerme una idea de los dolorosos recuerdos que debes olvidar. ¿Cuántos años tienen estas? Por favor, dime que nadie las ha visto.

Me río e intento arrebatárselas.

—Esa bolsa va a la basura.

—No sé, creo que podría convertirlas en un sombrero.

Se las embute en la cabeza y posa. Se las quito de la cabeza.

—Raíces y alas —dice Ciara, repentinamente seria—. Te estaba escuchando, por cierto. Mathew y yo fuimos a recoger cosas para la tienda a casa de una mujer que estaba vendiendo el hogar de su niñez. Su madre había fallecido y le costaba vender.

Me preguntó si era posible que algo tuviera raíces y alas a la vez. Conservar la casa la ayudaba a aferrarse a su madre y a sus recuerdos, venderla iba a darle seguridad económica y nuevas posibilidades. Raíces y alas.

—Raíces y alas —repito; me gusta la expresión—. Odio las despedidas —digo con un suspiro. Entonces como un mantra para mí misma, añado—: Pero odiar las despedidas no es una justificación para quedarse.

—Y temer las despedidas tampoco es una justificación para irse antes —concluye Ciara.

La miro sorprendida.

Se encoge de hombros.

—Es un decir.

Mientras cargamos las bolsas en la furgoneta, mi teléfono suena dentro de la casa. Entro corriendo, pero aun así llego tarde para contestar a una llamada de Denise y el miedo me revuelve el estómago. Aguardo un momento para serenarme y le devuelvo la llamada. Contesta en el acto.

—Creo que deberías venir.

—De acuerdo. Dios mío.

Se me hace un nudo en la garganta.

—Sus padres acaban de irse. No ha reaccionado, pero creo que sabía que estaban aquí.

—Llegaré tan rápido como pueda.

En casa de Denise reina la calma. Las luces principales están apagadas, lámparas y velas iluminan los pasillos y las habitaciones. El ambiente es silencioso pero sereno, sin sensación de urgencia ni de inmediatez, todos hablamos a media voz. Ahora que Denise y Tom son los tutores legales de Jewel, Ginika y la niña han estado viviendo con Tom y Denise durante las últimas cuatro semanas, recibiendo asistencia médica en casa, y ha sido positivo para Ginika, a pesar del estado en que se encuentra, estar en el lugar donde se criará su hija, respirando el mismo aire. Aferrarse y dejar ir. Tom me conduce al dormitorio de Ginika, donde Denise está a su lado, sosteniéndole la mano.

Su respiración es lenta, apenas perceptible. Lleva días inconsciente.

Me siento en la cama y le tomo la otra mano, la mano derecha, la mano de escribir. Se la beso.

—Hola, preciosa.

Madre, hija, delantera, luchadora. Una joven inspirada que solo obtuvo una fracción del total, pero que nos dio mucho a mí y a todos nosotros. No parece justo porque no es justo. Sostuve la mano de Gerry mientras se iba de este mundo y heme aquí otra vez, diciendo adiós a alguien a quien quiero, porque quiero a esta chica, se ha ganado mi corazón. Presenciar esta transición, decir adiós, nunca es fácil, pero prepararme y ayudarla a sentirse preparada ha aliviado el sufrimiento, el enojo, la rabia que repunta al confrontarse con la cruel realidad. Dicen que lo que fácil viene fácil se va, pero no en este caso. Llegar al mundo es un maratón tanto para la madre como para su hijo, la vida empuja para entrar en este mundo, y marcharse es una lucha para quedarse en él.

Denise y yo permanecemos al lado de Ginika las horas restantes, una salida pacífica de este mundo tal como ella lo conoce. Después de aferrarse a su respiración durante tanto tiempo, inspira por última vez, y no hay espiración cuando la vida la suelta y la muerte la alcanza. Aunque su enfermedad era dolorosa, el fallecimiento es sosegado tal como le prometí que sería, y mientras está tendida quieta en la cama, sin más parpadeos, sin más movimientos del pecho, sin más trabajosa respiración, imagino, espero, deseo que el alma rebosante de diversión que habitaba su cuerpo ahora tenga la libertad de vagar y bailar, dar vueltas y elevarse. Del polvo venimos y en polvo nos convertiremos, pero, por Dios, vuela Ginika, vuela.

Por trágico y abrumador que sea, es un honor presenciar un momento como este y, tal vez egoístamente, con el tiempo será de ayuda que estuviera con ella hasta el final. Siempre recordaré cómo conocí a Ginika, siempre recordaré cómo nos separamos.

Como si lo supiera, como si detectara la mayor de sus pérdidas, en la otra habitación Jewel se despierta llorando.

En torno a la mesa de la cocina, exhaustos y con los ojos enrojecidos, Tom, Denise y yo nos reagrupamos. Saco la caja de recuerdos del bolso y la dejo encima de la mesa.

La carta de Ginika.

—Esto es para ti, Jewel. De mamá.

—Mamá —dice, sonriente. Se agarra los regordetes dedos de los pies y tira de ellos.

—Sí, mamá. —Intento sonreír, secándome una lágrima—. Mamá te quiere mucho. —Me vuelvo hacia Denise—. Ahora esto es responsabilidad tuya.

Denise la coge y acaricia la tapa.

—Bonita caja.

Es el joyero con espejos que encontré en la tienda. Volví a pegar en la tapa los cristales sueltos que estaban guardados dentro y saqué los compartimentos del interior para que fuese una caja de recuerdos perfecta, que contiene el sobre, el primer par de calcetines de Jewel, su primer pelele y sus primeros guantes, así como un mechón de cabello, los primeros que les cortaron a Jewel y a Ginika trenzados.

—La carta la escribió ella sola —explico—. No la leí ni me dijo qué iba a decir. Lo hizo todo por su cuenta.

—Una chica valiente —dice Denise en voz baja.

—Ábrela —la anima Tom.

—¿Ahora? —pregunta Denise, mirándonos a él y luego a mí.

—Seguro que a Jewel le encantaría oírla, ¿a ti no? —dice Tom, dándole un beso en la cabeza.

Denise abre la caja, saca la carta. La despliega. La visión de su letra, su duro trabajo y esfuerzo me hace volver a llorar.

Querida Jewel:

Tienes trece meses de edad.

Te gustan los boniatos y las manzanas asadas.

Tu libro favorito es la oruga hambrienta y muerdes las esquinas.

La canción del mapa de Dora la Exploradora te hace reír más que cualquier otra cosa.

Te pirra reventar burbujas.

Tu peluche favorito es el conejito Bop Bop.

Estornudar te hace reír.

Que se rompan papeles te hace llorar.

Adoras a los perros.

Señalas las nubes.

Te da hipo cada vez que bebes demasiado deprisa.

Te encanta la canción «ABC» de los Jackson 5.

Una vez te metiste un caracol en la boca y lo sacaste de la cáscara de un sorbetón. Ecs. No te gustan los caracoles.

Te encanta sentarte en mis rodillas y no te gusta que te dejen en el suelo. Creo que te da miedo que te dejen sola. Nunca estás sola. Nunca estarás sola.

No ves el viento, pero alargas las manos para atraparlo. Eso te confunde.

Me llamas mamá. Es mi palabra favorita.

Bailamos cada día. Cantamos «Incy Wincy Spider» en la bañera.

Ojalá pudiera verte crecer. Ojalá pudiera estar contigo todo el tiempo. Te quiero más que a nadie ni a nada en el mundo entero.

Sé amable. Sé lista. Sé valiente. Sé feliz. Sé prudente. Sé fuerte. No tengas miedo de tener miedo. A veces todos tenemos miedo.

Te querré siempre.

Espero que me recuerdes siempre.

Eres lo mejor que he hecho en mi vida.

Te quiero, Jewel.

MAMÁ

35

Apoyo la bicicleta contra la pared de ladrillo rojo y subo los pocos peldaños de la puerta principal, me pesan las piernas y mis zapatillas parecen de plomo. He pedaleado un buen rato para despejarme la cabeza, pero apenas recuerdo la ruta que he seguido. Llamo al timbre.

Abre Gabriel y me mira sorprendido.

—Hola —digo bajito, con timidez.

—Hola —responde—. Pasa.

Entro y lo sigo por el pasillo estrecho hasta el salón interior, los olores que identifico aumentan mi nerviosismo. Se vuelve para asegurarse de que sigo ahí, por si he cambiado de parecer y me he ido, o por si no soy real. Suena música de jazz en el tocadiscos y en la pared hay una gran pantalla de plasma.

—Te has curado —dice, al fijarse en mi pie sin bota.

—Tienes una tele —observo—. Y bien grande.

—La compré para ti. Durante meses la tuve guardada en el cobertizo —dice, un tanto incómodo e inquieto—. Iba a darte la sorpresa cuando te instalaras aquí. ¡Sorpresa! —añade sin entusiasmo, bromeando, y me río—. ¿Té? ¿Café?

—Café, gracias.

He pasado toda la noche en vela con Denise y Tom, llorando, contándonos anécdotas sobre Ginika, haciendo los preparativos de su funeral, preguntándonos en qué momento del futuro de Jewel será apropiado ponerse en contacto con el padre biológico de Jewel. Conversaciones trascendentales y pequeñas historias que se solapan y entretejen. Todas las incertidumbres y obstáculos. Estábamos tan agotados que no podíamos dormir. No les envidio el ajetreado día que les aguarda con Jewel, pero me consta que atesorarán cada segundo del regalo que les ha hecho Ginika.

Aromas de café llenan la habitación cuando Gabriel vierte agua sobre el café recién molido. Deambulo hasta el mirador, atraída por la luz matutina. Nada ha cambiado drásticamente, aparte del despacho que hay en un rincón y que antes estaba en la habitación de invitados, ahora dormitorio de Ava. Nunca se me habría ocurrido, pero, sorprendentemente, encaja; edificios doblegándose sin esfuerzo a los deseos de sus propietarios. Debería seguir el ejemplo de esta casa.

Miro el cerezo, las hojas verdes amarillean. Recuerdo que el año pasado aguardé con impaciencia a que floreciera en primavera, y que luego, prácticamente en una noche, los pétalos se los llevó volando el viento durante una tormenta, y cubrieron primero las piedras con una lujosa alfombra rosa que luego se convirtió en una plasta resbaladiza. Cuánto me gustaría verlo florecer otra vez.

Gabriel se reúne conmigo y me pasa un tazón de café. Nuestros dedos se rozan.

—Gracias por arreglar mi tazón —digo. En lugar de sentarse, se queda de pie. El tazón en una mano, la otra metida en el bolsillo de los vaqueros.

Le resta importancia encogiéndose de hombros, tal vez avergonzado de haberlo hecho.

—Te refieres al tazón de Gerry. Sé que no eres fan de *La guerra de las galaxias*. Dijiste que ibas a tirarlo, pero me consta que tienes tendencia a guardar las cosas que se rompen. Quizá tendría que haberlo dejado tal como estaba. A lo mejor querías arreglarlo tú misma. Quizá ese tazón me daba demasiado que pensar.

Sonrío. Tiene razón, guardo las cosas que se rompen, pero también es cierto que nunca las arreglo. El tazón lo conservé en el armario a modo de castigo autoinfligido, un recordatorio de lo que tuve y había perdido. Personas, no cosas, eso debería conservar.

—¿Sigues implicada en el club? —pregunta.

Asiento con la cabeza.

—¿Qué tal te va? —Sus ojos azules me escudriñan, como si hiciera una radiografía de mi alma.

De repente tengo ganas de llorar. Gabriel lo ve venir y deja el tazón, se acerca a mí, se arrodilla y me abraza con fuerza, me pasa los dedos por el pelo mientras me desahogo y doy rienda suelta a mis sentimientos. El agotamiento absoluto se apodera de mí, y los meses de trabajo, preocupaciones y altibajos se desatan en mis lágrimas.

—Me daba mucho miedo que ocurriera esto, Holly —dice, susurrándoselo a mi cabello.

—Ha sido una de las mejores experiencias de mi vida —respondo, en un afectado tono agudo, entre sollozos inoportunos.

Me suelta, se aparta un poco y me estudia, sin dejar de acariciarme hipnóticamente el pelo.

—¿En serio?

Asiento con énfasis, entre lágrimas, aunque quizá sea difícil de creer que experimento estos sentimientos mientras me ve en el estado en que me encuentro.

—Ayer perdí a una amiga. Ginika. Tenía diecisiete años. Su hija tiene un año. Denise y Tom son sus tutores. Enseñé a Ginika a leer y escribir.

—Caray, Holly —dice, secándome las lágrimas—. ¿Eso hiciste?

Asiento. Bert se ha ido. Ginika se ha ido. El tiempo que dedicaba a Paul ha concluido, sigo viendo a Joy pese a que su álbum de secretos para Joe está completo.

—No quiero que se termine.

Gabriel reflexiona al respecto, me estudia, después me levanta suavemente la barbilla con dos dedos y nos miramos a los ojos, muy de cerca.

—Pues no lo permitas.

—¿Cómo?

Me seco el rostro húmedo.

—Busca a otras personas. Sigue adelante.

Sorprendida, lo miro.

—Pero si dijiste que involucrarse era un error.

—Y me equivoqué. Me equivoqué en muchas cosas. Si dices que es la mejor experiencia de tu vida...

—Una de ellas —le corrijo con una sonrisa.

—Solo intentaba protegerte. Me dijiste que no te lo dejara hacer más, y la verdad es que creía estar haciendo lo correcto. Ni siquiera aguardé para ver qué ocurría.

—Ya lo sé, y llevabas razón. Un poquito. No puedo hacerte responsable, Gabriel. Perdí el norte yo sola. Di prioridad al club cuando tendría que habértela dado a ti.

—No te di muchas opciones —dice con ironía—. Me parece que ambos cometimos la misma equivocación. Escogimos una parte de nuestra vida antes que a nosotros dos. Te echo mucho de menos —agrega.

—Yo también te extraño.

Sonreímos y me mira esperanzado, pero todavía no estoy preparada. Alcanzo mi café y tomo un sorbo, intento recobrar la compostura.

—¿Cómo va todo con Ava?

—Bien —responde, sentándose a mi lado. Se vuelve hacia mí, nuestras piernas se tocan, su mano en mi muslo, todo tan familiar—. Está mucho más calmada. Lo vamos resolviendo. Pero tomé una decisión muy mala, fue un gran error perderte, Holly.

—Mi reacción fue exagerada —reconozco.

—No te apoyé. ¿Puedes darnos otra oportunidad? ¿Te vendrías a vivir aquí? ¿Conmigo y con Ava?

Miro a Gabriel y me lo planteo, pero estoy cansada de pensar, solo sé lo que está bien y el perdón es un regalo. Me alivia sobremanera que se me ofrezca una segunda oportunidad.

—Tenemos televisor —apostilla.

Sonrío y apoyo la cabeza en su hombro, luego me cubre de besos.

Quiero contarle a Ginika lo que ha ocurrido, quiero decirle que una vez más llevaba razón. Me corren las lágrimas. Lágrimas agridulces.

36

Ato la bici a la verja de Eccles Street, tras haber pedaleado hasta allí directamente desde el trabajo una luminosa tarde de viernes, inhalando el sol, el fresco aire veraniego. La calle está concurrida y ajetreada por la gente que entra y sale del hospital Mater.* Mi destino está en la acera de enfrente; una hilera de imponentes edificios georgianos, antaño majestuosas residencias, después apartamentos de alquiler, hogar de Leopold Bloom en *Ulysses*** y actualmente una sucesión de consultorios, clínicas, médicos y ambulatorios. Se respira el ambiente positivo de un viernes en la ciudad, la promesa del fin de semana, un humor festivo y de alivio porque todo el mundo ha logrado superar otra semana cargada de obligaciones. Parece que el tiempo será caluroso el fin de semana, nuestro veranillo de San Miguel, y el servicio meteorológico ha dado el visto bueno a las barbacoas. Los supermercados se verán asaltados por clientes en busca de hamburguesas y salchichas, las carreteras de la costa se congestionarán por la afluencia de coches descapotables con la música a todo volumen, las heladerías ambulantes acecharán en las urbanizaciones para atraer clientela con canciones hipnóticas, se paseará a los perros, los parques estarán repletos de carnes expues-

* El Hospital Universitario Madre de Misericordia (Mater Misericordiae University Hopsital) de Dublín se conoce popularmente como «el Mater». *(N. del T.)*

** Título de la novela del escritor irlandés James Joyce, considerada uno de los hitos de la literatura en inglés del siglo XX. *(N. del T.)*

tas al sol y de borrachos deshidratados. El lunes por la mañana quizá abundarán el arrepentimiento y las bajas por enfermedad, pero a esta hora, hoy, viernes a las seis de la tarde, se percibe un cosquilleo de anticipación y maquinación, un mundo de posibilidades abiertas a todos.

—Hola, Holly —dice Maria Costas con la cordialidad propia de una profesional, recibiéndome en su despacho con un firme apretón de manos.

Cierra la puerta y me conduce hasta dos butacas iguales situadas junto a una ventana georgiana. La habitación es apacible y rebosante de luz, un lugar seguro para que la gente desnude su alma. Si estas paredes hablaran... le deberían una fortuna a la psicóloga Maria. Hay un cactus sobre la mesa de centro.

Maria sigue mi mirada.

—Es Olivia. Me lo regaló mi hermana —explica—. Encuentro que si pongo nombre a las plantas, tengo menos tendencia a matarlas. Algo así como lo que hace la gente con los niños.

Me río.

—Una vez tuve una planta llamada Gepetto que murió. Resultó que, más que tener nombre, necesitaba agua.

Maria se ríe por lo bajo.

—¿En qué puedo ayudarte, Holly?

—Gracias por recibirme. Tal como le expliqué a tu secretaria, no es una visita personal.

Asiente con la cabeza.

—Reconozco tu nombre. Estoy familiarizada con tu entrevista en formato *podcast*, se la he recomendado a algunos pacientes, a los que están llorando a sus difuntos y a los enfermos terminales.

—He estado trabajando con algunos pacientes tuyos: Joy Robinson, Paul Murphy, Bert Sweeney y... —Trago saliva, todavía apenada por la muerte de mi amiga—. Ginika Adebayo. Hace poco descubrí que se enteraron de mi historia durante una sesión de terapia de grupo contigo. Mi historia los alentó a escribir cartas para sus seres queridos y acudieron a mí para que los ayudara, para que los orientara.

—Me disculpo por esa imposición —dice Maria, frunciendo

el ceño—. Joy respondió tan positivamente a que compartieras tu experiencia que vino a la sesión de grupo y la interrumpió para comentarlo. Desencadenó un gran debate sobre la mejor manera de prepararse para dejar a nuestros seres queridos. Los animé a mantenerse en contacto a lo largo de su experiencia en común; algunos lo hicieron, otros no. Hasta el día de su velatorio no me enteré de que Bert había dejado unas cartas, y pensé que era una excepción hasta que hace poco hablé con Joy.

—¿Estuviste en el velatorio de Bert? —pregunto horrorizada.

—Sí —contesta sonriendo—. Aquel niño no te lo puso fácil.

Me pongo colorada.

—Fue una chapuza.

—Era pedirte mucho que pusieras la carta en las frías manos del difunto, aunque no me sorprende, tratándose de Bert.

Nos reímos con ganas y cuando nos serenamos me dice:

—Me entristeció saber que Ginika había fallecido. Era una joven con mucho espíritu. Me encantaba escuchar sus opiniones, siempre iba al grano. Ojalá hubiese más Ginikas en el mundo.

Sonrío apenada.

—Con la original bastaría.

—¿Y su hijita?

—En los amorosos brazos de sus tutores. Amigos míos, por cierto. Anoche la vi.

—¿En serio? —Me estudia—. ¿La escritura de cartas todavía se sigue haciendo?

—Por eso estoy aquí. La escritura de cartas tiene nombre. —Sonrío—. El Club Posdata: te quiero. Fue idea de la fundadora, Angela Carberry, y quiero honrarla a ella y a los otros cuatro miembros originales siguiendo adelante con el club. Me gustaría seguir ayudando y orientando a enfermos terminales con sus cartas Posdata: te quiero y espero que me puedas presentar a pacientes tuyos a quienes pueda ayudar.

Espoleada por el apoyo de Gabriel y su incitación a que hiciera crecer el club, supe de la existencia de Maria Costas por Joy. Puesto que la doctora está en el origen de todo esto, pensé que lo más natural sería que floreciera desde aquí.

—¿Obtienes ganancias económicas en este club?

—No, por Dios —digo, ofendida—. En absoluto. Trabajo a jornada completa, todo esto lo he hecho en mi tiempo libre. No busco dinero, solo a otras personas a las que ayudar. —Sintiéndome incomprendida, prosigo con mi apasionado alegato—: Soy consciente de que esta idea de las cartas no es válida para todo el mundo, pero he aprendido que hay quienes se sienten obligados a dejar algo cuando se van. Mi marido fue una de esas personas. Al principio, hace siete años, pensaba que las cartas de mi marido solo tenían que ver conmigo, pero a través de este proceso he descubierto que también eran para él. Forman parte del viaje de despedida, en preparación del viaje final. En parte por cuidar de los suyos, en parte por deseo de ser recordados. No trabajo con plantillas; las cartas de cada cual tienen que ser individuales, y a fin de averiguar cómo ayudarán mejor sus cartas a sus seres queridos he tenido que dedicarles tiempo para observar sus relaciones. Ginika estuvo conmigo hasta tres veces por semana, a veces más. Si te preocupan mis intenciones, me gustaría que supieras que son totalmente honestas y bienintencionadas.

—Bien —dice Maria alegremente—, sin duda estás haciendo una labor honesta y apasionada. Escucha: no tienes que venderme la idea, fui yo quien animó a Joy a compartirla con el grupo, ¿recuerdas? Cómo vivir sabiendo que tienes un tiempo limitado es la fase paliativa terminal que tú estás abordando, y creo que es una parte indispensable de su viaje. Veo que piensas tanto en las necesidades de los pacientes como en las de sus seres queridos, y si bien hay cuestiones de privacidad que me impiden compartir mi lista de pacientes contigo, no tengo inconveniente en recomendar tu *podcast* a las personas que aconsejo —dice.

—Pero.

—Pero —prosigue Maria— los pacientes terminales son vulnerables, se enfrentan a la amenaza de una muerte inminente. Los pacientes con una mentalidad disfuncional son frágiles y hay que tratarlos con delicadeza.

—He pasado los últimos seis meses tratando a pacientes terminales con delicadeza, estoy al tanto de su mentalidad. Si tuvieras idea de lo que he pasado con ellos, por no mencionar la experiencia con mi marido, a quien cuidé durante toda su larga enfermedad...

—Holly —interrumpe amablemente—. No te estoy atacando.

Tomo aire y lo suelto despacio.

—Perdón. Lo cierto es que no quiero que esto se acabe.

—Lo comprendo. Para seguir adelante con esta iniciativa, pienso que sería aconsejable tener una estrategia más clara. Prepara una estructura para el club; necesitas reglas y directrices. Tienes que controlar el modo en que ayudas a estas personas —dice con firmeza—. No solo por ellas sino también por ti misma. Me cuesta imaginar cómo ha sido este año, ayudando sola a cuatro personas en este viaje. Tiene que haber sido abrumador.

Me quedo sin defensas.

—Pues sí.

Maria se recuesta en la butaca y, sonriendo, me dice:

—Antes de ayudar a más personas, asegúrate de que tú estás en una posición segura.

Salgo de su despacho sintiéndome aplastada. Estoy desinflada, pero también reflexiva. ¿He cometido errores con Paul, Joy, Bert y Ginika? ¿Les he dado malos consejos? ¿Les he causado perjuicios a ellos o a sus seres queridos? El viaje sin duda no fue perfecto, pero creo haber hecho una labor estupenda. Mis motivaciones tampoco podían ser más honestas. No busco el dinero de nadie. Hago esto para quienes creo que les será beneficioso, pero también lo hago, qué duda cabe, por mi propio bien.

Un coche toca el claxon cuando giro para salir del carril bici. Me da tal susto que freno y me paro. Dejo la bici en el suelo y me alejo de ella, como si fuese una bomba de relojería, con el corazón desbocado. No estaba concentrada; por poco chocan conmigo otra vez.

—¿Estás bien, cariño? —pregunta una mujer que lo ha presenciado todo desde la parada del autobús.

—Sí, gracias, solo estoy recobrando el aliento —contesto mientras me siento en la terraza de una cafetería, totalmente alterada.

Puedo ponerme a la defensiva sobre mi papel en el club este año y no arreglar nada y tirarlo conmigo al suelo, o puedo ser realista y aceptar un buen consejo. Maria Costas tiene razón. Mi vida personal salió malparada y no puedo permitirme que ocurra lo mismo otra vez.

¿El fantasma de Gerry de nuevo en mi vida o el Gabriel real? Elijo a Gabriel.

37

—Aquí —grita Gabriel en cuanto entro en la casa. Nuestro dormitorio es el primero a la derecha desde la entrada, el de Ava está a la izquierda, ambos dan al minúsculo jardín de delante, que está pavimentado, sin planta alguna, frente a una ajetreada calle principal. Me pregunto si Richard podría meter mano en el jardín de delante, empezar a darle vida. La puerta del dormitorio está abierta de par en par y Gabriel, tendido en la cama.

—¿Qué haces aquí?

—La tele está demasiado alta —dice—. Me he traído la música, pero no sé dónde ponerla con tanta ropa y zapatos, y maquillaje y perfumes, y sujetadores y tampones que se han mudado aquí. —Finge que llora—. Es como si ya no supiera quién soy.

—Pobre Gabriel —me burlo, encaramándome a la cama para sentarme encima de él.

—Lo superaré —dice, besándome—. ¿Cómo te ha ido con la terapeuta? Diría que hay arenas movedizas ahí dentro. ¿Se ha quedado atascada? —Me atornilla la sien con el dedo y me susurra al oído—. ¿Maria, estás ahí? ¿Debo pedir ayuda?

Me dejo caer a su lado.

—No ha subido a bordo.

—Está bien, puedes probar otras cosas —dice, optimista—. Ponte en contacto con organizaciones benéficas contra el cáncer. Diles que tienes un servicio beneficioso que ofrecer.

—Ya —convengo tajantemente—. O simplemente podría no hacerlo. No tengo por qué hacerlo.

—Holly, anímate. No necesitaste a esa terapeuta para empezar, ahora no la necesitas para continuar. ¿Sabes qué? En momentos como este pienso que te sería útil que te detuvieras, cerraras los ojos y pensaras... —cierra los ojos apretándolos, y una sonrisa amenaza con formarse en sus labios—: ¿qué haría Gerry?

Me río.

—A veces lo hago —prosigue Gabriel, en un tono burlón—. Deberías probarlo. —Cierra los ojos y susurra—: ¿Qué haría Gerry? ¿Qué haría Gerry?

De repente, abre los ojos.

—¿Y bien? ¿Ha dado resultado? —pregunto riendo, agradeciendo su buen humor.

—Sí, gracias —responde, saludando al cielo—. Dice que lo que él haría es... —Me pone boca arriba y se tiende encima de mí—. Esto.

Grito por el susto y me deshago en risas. Sonrío y le acaricio la cara.

—Siempre deberías hacer lo que haría Gabriel. Es justo lo que quiero.

—Ah, ¿sí?

Le escruto el semblante. Aunque haya estado hablando en un tono juguetón, tal vez Ginika llevaba razón al decir que Gabriel tenía celos de Gerry.

—No estás compitiendo contra él —digo.

—Lo estuve, pero nunca se puede vencer a un fantasma —responde—. De modo que él y yo tuvimos una charla, y le dije que, con todo el respeto debido, él y yo compartimos un objetivo, a saber, amarte, y que por lo tanto era mejor que diera un paso atrás y confiara en mí. Demasiados cocineros estropean la sopa, y todo eso.

—Suena un poco raro. Pero es encantador.

Se ríe y me besa con ternura.

—Repugnante —dice Ava, y dejamos de besarnos en el acto, miramos hacia la puerta y la encontramos observándonos, su semblante, una mueca de asco. Cierra la puerta y el televisor suena más fuerte en la otra habitación.

Gabriel se aparta y vuelve a fingir que llora.

La reunión con Maria Costas fue importante. Fui a buscar nuevos miembros del Club Posdata: te quiero pero salí con una idea de mayor calibre, una perspectiva más amplia sobre cómo abordar la cuestión. Maria llevaba razón: tengo que fijarme unos límites, de modo que no permita que la historia de cada persona a la que atienda viva en mi corazón y afecte mi vida. No puedo recibir a todos los miembros del club en mi casa tres veces por semana, y no puedo pasarme días enteros vagabundeando por la ciudad en búsqueda de tesoros. No puedo perderme los asados de los domingos ni puedo pedir más tiempo libre en el trabajo. El año del deshielo, como lo llama Ciara, ha terminado.

Estoy en el almacén de Magpie. En una pared hay una estantería que va del suelo al techo, llena a rebosar, hay un perchero de ropa a la espera de ser lavada, secada y planchada. Un canasto de ropa y una caja de objetos que no venderemos, sino que enviaremos a centros de beneficencia. Hay una lavadora, una secadora, una plancha de vapor. Es la atiborrada pero organizada sala de control de la tienda, pero si... Arrastro una silla por el suelo hasta el fondo de la habitación, de cara a la puerta. Me siento e imagino un escritorio delante de mí, con una silla de cara a mí. Imagino un diván, tal vez junto a la lavadora y la secadora. Cierro los ojos. Imagino.

Llaman a la puerta y abro los ojos. Entra Fazeel con su estera enrollada debajo del brazo.

—Es mediodía —dice, alegre.

Sonrío y me levanto de un salto.

—¡Voluntarios! ¡Sí! ¡Eso es!

Voy hasta él y lo abrazo.

—Caramba, sí que estás contenta —dice, y se ríe correspondiendo a mi abrazo.

—¡Ciara! —grito—. Ciara, ¿dónde estás?

Entro en la tienda.

—Aquí, aquí —dice Ciara. Está tumbada bocarriba debajo de un maniquí, con la cabeza oculta por la falda.

Mathew está sentado en un taburete, con los brazos cruzados, sin perder detalle.

—¿Qué estás haciendo? —pregunto.

—Se le ha caído una pierna —responde Ciara, con la voz ahogada.

—¿Está mal que esto me ponga cachondo? —pregunta Mathew.

Me río.

—Ciara, levántate, levántate, tengo novedades. ¡He tenido una idea!

—Bien —digo con entusiasmo a mi familia, congregada en torno a la mesa del comedor de mis padres, dando buena cuenta del asado dominical. Esta semana Gabriel y Ava han venido y Ava no ha parado de reír con las payasadas pueriles que Declan y Jack le han dedicado—. Voy a convertir el almacén de Magpie en la oficina del Club Posdata: te quiero.

—¡Sí! —exclama Ciara en un tono agudo de celebración, levantando el puño en alto—. ¡Aunque quizá no el almacén entero! —agrega en el mismo tono de celebración, con una sonrisa petrificada.

—Allí conoceré gente. Clientes.

—¡Sí!

—Entonces, como estoy sola y con un poco de suerte habrá montones de personas que requieran mis servicios, contrataré a voluntarios que me ayuden a llevar a cabo las tareas más mecánicas, ¡y ahí tenemos el nuevo Club Posdata: te quiero!

—¡Sí! —chilla Ciara, aplaudiendo excitada.

Ava se ríe.

—Un momento —dice Mathew, interrumpiendo la celebración de Ciara—. A principios de año eras totalmente contraria a este proyecto. Y ahora dices «¡Sí!» —agrega, imitando el tono agudo de Ciara—. ¿Por qué?

—Porque —dice Ciara, mirándolos a todos como si yo no pudiera oírla ni verla—, porque la última vez nadie quería que lo hiciera y lo hizo igualmente, y sufrió una crisis psicológica, de modo que apoyémosla.

—Oh, vamos, ¿no os parece buena idea? —pregunto.

—Es maravillosa —dice mamá.

—¡Bien por ti! —dice papá, con la boca llena de patata.

—Me gustaría ser voluntaria —dice Ava inesperadamente, y Gabriel la mira sorprendido—. Bueno, dijiste que necesitaba un empleo. Este parece guay.

—Pero no podré pagarte, cielo —digo apenada, muy honrada con su ofrecimiento.

—Puedes pagarle si consigues fondos —interviene Richard—. Si registras el Club Posdata: te quiero como organización benéfica o fundación, podrás recaudar los fondos que necesites. También deberías formar un equipo, por ejemplo, un contable, un asesor empresarial que ayude con el papeleo y las obligaciones legales. Todo el mundo tendría que dedicar su tiempo de forma voluntaria.

—¿En serio? ¿De verdad crees que debería hacerlo?

Miro a todos los presentes en torno a la mesa.

—Yo podría llevarte la contabilidad —se ofrece Richard. Antes de montar su empresa de jardinería fue contable.

—Me encantaría ayudar a recaudar fondos —dice Abbey.

—Que levante la mano quien opine que sí —propone Ciara.

Todos levantan la mano, excepto Gabriel.

—Es una iniciativa muy ambiciosa —dice.

—Es capaz de hacerlo, papá —dice Ava, dándole un codazo.

—Claro, papá —dice Jack, imitando a Ava.

—Claro, papá —dicen los demás al unísono, y se parten de risa.

Mientras la conversación se convierte en la ruidosa trifulca de costumbre, Gabriel me rodea los hombros con el brazo y se inclina hacia mí.

—Me consta que eres capaz —susurra, y me da un beso.

Reboso de emoción. Todo este tiempo he pensado en ello como un club, pero podría ser algo más. Con suficiente apoyo, podríamos ayudar a más personas. Podría dedicar más tiempo a las personas que necesiten que observe como es debido su vida para ayudarlas a dar forma a sus cartas y distribuirlas. El Club Posdata: te quiero podría convertirse en una fundación o una organización benéfica de alcance nacional que prestara su ayuda a los enfermos terminales que al final reclaman sus adioses. Y todo gracias a Gerry.

Suena mi teléfono; no reconozco el número.

—¿Diga?

—Hola, ¿hablo con Holly Kennedy? —pregunta una joven voz masculina.

—Sí. Soy Holly.

—Esto... Me dio su número Maria. Maria Costas. Me habló de su club.

—Sí, esto es el Club Posdata: te quiero —digo, levantándome para irme mientras todos se callan.

—Chitón —comienza Jack, puerilmente, dirigiéndose a Declan.

—Chitón —responde Declan.

—Chitón —prosigue Mathew, dando un codazo a Ciara, que no dice palabra.

Me tapo el oído libre con un dedo y salgo del comedor.

Cuando termino la llamada, veo a Gabriel de pie en la puerta, observándome.

—Tengo un cliente —informo alegremente, y acto seguido borro mi sonrisa, dudando de que mi felicidad sea justa, habida cuenta de la situación de Philip—. Pero no digas nada, ya sabes cómo son.

—No lo haré —susurra con complicidad.

En cuanto entramos de nuevo al comedor, me agarra la mano y la levanta en alto.

—¡Tiene un cliente!

Lo celebran con gran alboroto.

—Hola, Holly —dice Maria Costas, saludándome en la puerta principal del hospital de cuidados paliativos St. Mary—. Gracias por venir tan pronto.

—No hay de qué, me alegra que Philip haya llamado.

—Me dijo que quería dejar algo para sus amigos pero que no se le ocurría el qué. Fue entonces cuando le hablé de ti y del club. Después de nuestra conversación, no sabía con certeza si seguirías adelante con él.

—Me diste mucho en lo que pensar después de hablar contigo, pero siempre ha sido acerca de hacerlo crecer, no de ponerle final. Desde la última vez que nos vimos he estado implementando planes para desarrollar el Club Posdata: te quiero, con una estructura más definida y un equipo de colaboradores. Si después tienes tiempo, me encantaría contártelo con más detalle.

—Por mí, estupendo. —Nos detenemos—. Esta es la habitación de Philip.

—Ponme al día, por favor.

—Tiene diecisiete años, le diagnosticaron osteosarcoma, un tumor maligno del tejido óseo. Ha pasado por mucho, se ha sometido a una cirugía conservadora de extremidades y le reemplazaron el fémur izquierdo, se ha sometido a tres tandas de quimioterapia, pero el cáncer es agresivo.

Entramos en la habitación de Philip, que aparenta menos de diecisiete años. Es alto y ancho de espaldas, pero tiene el cuerpo encogido y la piel amarillenta. Sus ojos castaños están hundidos en las cuencas y se ven grandes.

—Eh, Philip —dice Maria tranquilamente, yendo hacia él con una mano levantada para chocar los cinco.

—Eh, Maria, la diosa griega.

Maria se ríe.

—En realidad soy chipriota y no corre sangre azul por mis venas, a no ser que cuentes el aceite de oliva de mi abuelo. Te traigo un obsequio. Holly, te presento a Philip. Philip, te presento a Holly.

—Yo prefiero el puño —digo, levantándolo.

—Oh, es de las del puño —comenta Maria, sonriendo mientras Philip y yo los entrechocamos.

Me siento a su lado y me fijo en que el interior de su armario está forrado con fotos de amigos. Chicos de su edad, grupos armando jaleo, riendo, posando en uniforme de rugby, un equipo de rugby. Un grupo sosteniendo un trofeo. Reconozco a Philip al instante, un joven adolescente musculoso antes de que el cáncer se adueñara de él.

Después de pasar una hora intercambiando ideas con Philip, Maria y yo nos vamos y lo dejamos solo.

—¿Y bien? —pregunto, con la sensación de haber estado haciendo una prueba ante ella.

—Para que tu club funcione, necesitarás a un terapeuta que tenga en mente las necesidades psicológicas de los clientes y que aborde cada caso de un modo flexible de acuerdo con el estado médico del paciente.

—¿Dónde podría encontrar a uno? —cavilo a media voz.

Mira un rato a Philip por la ventana.

—Cuenta conmigo —dice.

38

Dos meses después estoy sentada en un escenario junto a profesores del Belvedere College, una escuela de secundaria de Dublín, mientras el director pronuncia un discurso a los estudiantes de último curso que se van a presentar a los exámenes finales en verano. Los está motivando para que estudien más, crean en ellos y se aprieten los machos, porque se trata de algo importante. Se trata de su futuro. Escudriño los rostros de los jóvenes de diecisiete y dieciocho años de edad, veo esperanza, determinación, veo bostezos sofocados, pícaras bromas. Un poco de todo.

—Pero hay otra razón por la que hoy nos hemos congregado aquí.

Silencio. Intriga. Murmuran entre ellos, intentando adivinarla, pero no podrán.

—Hoy es el decimoctavo cumpleaños de Philip O'Donnell. Es nuestro deseo recordar a este alumno y amigo, que lamentablemente perdimos hace pocos meses.

Se oye una ovación, más fuerte en las filas centrales. Los amigos de Philip.

—Hoy ha venido a vernos una invitada especial, Holly Kennedy, que se presentará a sí misma y nos dirá por qué está aquí. Por favor, dad la bienvenida a Holly Kennedy.

Aplauso cortés.

—Hola a todos. Lamento haberos sacado de clase, seguro que tenéis ganas de regresar lo antes posible, de modo que no voy a robaros mucho tiempo.

Se ríen, encantados de que los hayan sacado de clase.

—Tal como ha dicho el director Hanley, me llamo Holly y trabajo en una fundación nueva que se llama Posdata: te quiero. Nuestro trabajo consiste en ayudar a enfermos terminales a escribir cartas para sus seres queridos, que se entregan después de que hayan fallecido. Es algo en lo que tengo experiencia personal, y si algo aprendí fue que es muy importante y valioso, para quienes están enfermos, asegurarse de que las personas que han dejado atrás sepan que no están solas, que serán orientadas, y también asegurarse de que van a ser recordados. Agradezco al director Hanley que haya permitido a Philip hacer realidad su deseo y os haya reunido hoy aquí. Tengo una carta de Philip. Era su deseo que la leyera en voz alta a sus grandes amigos Conor, alias Con-Man, David, alias Big D y Michael, alias Tricky Mickey.

Pese a lo conmovedor del contexto, el público se mofa de los apodos.

—Philip quería que os pidiera a los tres que os levantarais.

Contemplo el mar de rostros, cada uno de ellos buscando a su alrededor a los tres muchachos. Lentamente los mejores amigos de Philip se ponen de pie, y uno de ellos ya está llorando. Los brazos entrelazados en los hombros de cada uno para apoyarse, como si estuvieran en el campo de rugby para escuchar el himno nacional. Estos tres adolescentes ayudaron a portar el ataúd en el funeral y siguen estando codo con codo. Respiro profundamente. Debo mantener la calma.

—«Queridos Con-Man, Big D y Tricky Mickey» —leo—. «No voy a hacer que esto sea morboso, seguro que estáis suficientemente mortificados, de pie delante de todos.»

Alguien lanza un silbido.

—«En esta sala todos saben que sois mis mejores colegas. Os echaré de menos, lo único que no lamento de todo esto es saltarme los exámenes de este año. Al menos me he salido con la mía y no he tenido que estudiar.»

Se desata una ovación y lo aplauden.

—«Hoy cumplo dieciocho años, soy el más joven y nunca dejáis que lo olvide. Respeta a tus mayores, me decías siempre, Tricky Mickey. Pues bien, lo hago. Ojalá estuviera ahí para hacer esto con vosotros, pero podéis terminar lo que yo he comenzado. El 24 de diciembre, Nochebuena, haréis la ruta de los doce pubs de Navidad.»

Una erupción de vítores y aplausos. Aguardo a que cese el alboroto con la ayuda del director.

—«Doce pubs. Doce pintas. Y todas corren a mi cuenta, chavales. Llevad un cubo para la vomitona de Big D.»

Ruidos de arcadas y vómitos circulan por la sala, y el adolescente que está en medio del trío es objeto de bromas por parte de los compañeros que tiene detrás. Así identifico a Big D.

—«Comenzaréis en O'Donoghue, donde habrá una pinta de mi parte esperándoos. Cuando os la terminéis, el barman os dará un sobre con una nota mía, que os dirá dónde tenéis que ir a continuación. Como Hanley está escuchando, y no estaría de acuerdo en que esto se leyera de otra manera, debo añadir la condición de que acompañéis cada pinta con un vaso de agua.»

El público vitorea la mención del director, y me vuelvo a tiempo de ver a Hanley enjugándose los ojos.

—«Disfrutad la noche, tomad una pinta extra en mi nombre. Si puedo, os estaré vigilando. Posdata: os quiero, chavales.»

Los tres amigos se abrazan a la vez mientras el resto del público aplaude respetuosamente y se levanta para proseguir la ovación, coreando el nombre de Philip. Dos de los tres amigos están llorando, Big D en el centro, y el tercero esforzándose seriamente pero aguantando el tipo, comportándose como un hombre hecho y derecho, el muy serio papá de todos ellos, manteniéndolos juntos.

Nada se puede saber con certeza, pero me pregunto si, de haber vivido Philip, con el tiempo habrían seguido caminos distintos. La muerte destroza a la gente, pero también tiene una forma de coser a los que se quedan atrás.

Abro la verja de un jardín, cuyos goznes chirrían, y enfilo el sendero que conduce a la casa. Llamo al timbre y, cuando oigo pasos que se acercan a abrir, hago una seña a Mathew, que aguarda junto a las puertas traseras de su furgoneta. Ante mi inclinación de cabeza, abre el maletero y agarra media docena de globos rojos con cada mano. Lo siguen Ciara y Ava, cada una también con una docena de globos. Al abrirse la puerta de la casa, Mathew me pasa sus globos rojos y se va corriendo a buscar el resto.

La mujer no es mucho mayor que yo.

—Hola —dice, sonriente pero confusa.

—De parte de Peter —digo, entregándole una tarjeta en la que sé que pone:

Feliz cumpleaños, Alice,
pasan globos rojos.
Con amor,

PETER

Posdata: te quiero.

Se queda estupefacta.

Pulso el *play* de mi iPhone y empieza a sonar la canción «99 Red Balloons» de Nena, la primera canción que bailaron juntos. Se hace a un lado y observa la procesión de noventa y nueve globos que entran y llenan su casa junto con la canción.

Estoy sentada a la mesa de la cocina de un viudo que sostiene con la mano la pulsera de dijes que le acaban de regalar, las lágrimas le surcan las mejillas.

—Cada amuleto tiene una historia —explico, entregándole los ocho sobres con los ocho mensajes de su esposa—. Los escogió expresamente para usted.

Estoy con un padre y sus tres hijos en su casa. Me miran con los ojos como platos.

—¿Que mamá hizo qué?

—Abrió su propio canal en YouTube —repito—. ¿No es guay?

El niño de ocho años levanta el puño en alto.

—¡Superguay!

—Pero si mamá odiaba que viéramos YouTube —dice el adolescente, pasmado.

—Ya no.

Sonrío. Abro el portátil de su madre y pongo la pantalla de cara a ellos. Se apiñan, dándose codazos para hacerse sitio.

Empieza la música y su madre habla en un tono que ha robado a los *youtubers* que sus hijos idolatran.

—¡Hola, chicos, soy yo, Sandra, alias Bam-It's-Mam! ¡Bienvenidos a mi canal de YouTube! Tengo unas cuantas cosas muy guais que mostraros, y espero que os divirtáis viéndolas en casa. Posdata: os quiero mucho, chicos. Y ahora, ¡empecemos! ¡Hoy vamos a hacer barro!

—¡Barro! —chillan los niños, y su padre se recuesta en la silla y se tapa la boca para sofocar una oleada de emociones. Le asoman lágrimas a los ojos, pero los niños están tan ensimismados en el vídeo de su madre que no se dan cuenta.

Me despierto con un sobresalto. Hay algo que tengo que hacer urgentemente, lo quería hacer anoche antes de acostarme pero se me hizo tarde. Me incorporo y agarro el teléfono de la mesita de noche.

—¿Diga? —contesta Joy.

—Es 8 de diciembre.

El inicio no oficial de la Navidad. Es un día festivo, por lo visto se celebra la Inmaculada Concepción. Gentes de todo el país acostumbraban a desplazarse a Dublín para hacer sus compras de Navidad, antes de que las ciudades crecieran, antes de que viajar fuese tan fácil, antes de que la sociedad y la cultura cambiasen. Se trata de una antigua tradición que ya no sigue todo el mundo, pero hay una cosa que no ha cambiado: también es el día en que mucha gente que sigue las costumbres decora sus hogares para la Navidad.

—Holly, ¿eres tú?

—Sí. —Me río—. ¡Joy, es 8 de diciembre!

—Sí, ya lo sé, acabas de decírmelo, pero no lo entiendo.

—¿Joe comprará hoy el árbol de Navidad? ¿Va a decorar la casa?

—Oh. —Cae en la cuenta y baja la voz hasta convertirla en un susurro—. Sí, claro.

—No debe subir al desván —digo. Desnuda, me levanto enseguida de la cama y me pongo a buscar ropa.

—Dios mío, ¿qué voy a hacer? Yo no puedo subir —dice Joy.

—Por supuesto que no. Por eso te he llamado: yo las guardé ahí arriba y ahora voy a bajarlas. —Hago una pausa, sonriendo—. Joy, lo has conseguido.

—Sí —susurra—. Es verdad.

39

El abogado que se encargó de la adquisición de nuestra casa hace diez años se jubiló y transfirió toda mi documentación a una nueva firma con la que no he tenido trato comercial alguno desde entonces. Voy a la oficina para terminar por fin el papeleo necesario para la venta de la casa.

—Encantado de verla, Holly. He dedicado un tiempo a familiarizarme con su propiedad y las escrituras. Me topé con una cosa inusual y me puse en contacto con Tony. Me dijo que todo era correcto.

—Por favor, no me diga que algo no está bien, he tardado mucho en llegar a este momento. Solo quiero firmar el papeleo —digo, agotada por la experiencia.

—Todo está bien. Había una nota añadida al expediente. Se la entregaron a Tony Daly con instrucciones de que esta carta le fuese entregada a usted: «en caso de que Holly Kennedy venda la propiedad».

Palpitaciones instantáneas. Me acomete una súbita esperanza, pero me consta que es una estupidez después de tanto tiempo. Hace ocho años que Gerry murió, siete que leí su última nota. Hubo diez cartas, las leí todas. Sería avaricioso esperar que hubiera más.

Busca en el expediente y saca un sobre.

—Oh, Dios mío —digo, tapándome la boca con las manos—. Es la letra de mi difunto marido.

Me pasa el sobre, pero no lo cojo. Sigo mirándolo, sostenido en el aire; es su letra. Finalmente lo deja en el escritorio, delante de mí.

—La dejaré un rato a solas. ¿Quiere un vaso de agua?

No contesto.

—Se lo traeré.

A solas con el sobre, leo lo que pone en el anverso.

«La penúltima.»

Es sábado entrada la noche, o madrugada del domingo. La gente va saliendo del pub entre los gritos y los insultos de los porteros. Las luces están encendidas a tope, el olor a lejía es penetrante ya que el personal intenta arrojar a la calle a la clientela. Unos se van a casa, otros continuarán la fiesta en un club. Sharon y John están prácticamente comiéndose mutuamente la cara, como lo han hecho toda la velada, pero lo que antes parecía ligeramente poco apetecible es mucho más desagradable bajo la cruda luz blanca.

—¿La penúltima? —me dice Gerry, soñoliento, con una sonrisa encantadora. Sus ojos sonríen con picardía, llenos de vida.

—Nos están echando.

—Denise —dice Gerry, levantando la voz—. Haz un poco de magia, ¿quieres?

—A la orden.

Denise le dirige un saludo militar y se acerca directamente a un portero joven y guapo.

—Deja de ligar con mi amiga —digo.

—A ella le encanta —responde Gerry, sonriendo.

Denise da media vuelta y guiña el ojo, pues ya ha logrado garantizar una última ronda.

—Siempre una más —digo, dando un beso a Gerry.

—Siempre —susurra él.

Suena el despertador. Son las siete de la mañana. Me doy la vuelta y lo paro. Tengo que levantarme, salir de la cama, ir a casa, ducharme, ir al instituto. Siento a Gerry a mi lado. Su mano llega hasta mí a través de la cama, caliente como un horno. Se acerca y se arrima por completo a mí, con deseo. Sus labios me rozan la nuca. Sus dedos me encuentran, justo donde necesita encontrarme para convencerme de que me quede. Reacciono arrimándome a él.

—La penúltima —dice, adormilado.

Noto sus palabras en mi piel. Oigo la sonrisa en su voz. No voy a ir a ningún otro sitio que no sea él.

—Siempre una más —susurro.

—Siempre.

Miro fijamente el sobre que tengo delante de mí, encima del escritorio, sin salir de mi asombro. ¿Cómo no consideré esta posibilidad, con todos los análisis y cálculos que he hecho desde que murió? La penúltima, siempre lo decía. Siempre hay una más. Siempre. Diez cartas, tendría que haber sido suficiente, pero siete años después leo la carta final, la penúltima.

Querida Holly:

Siempre hay una más. Pero esta es la última.

Cinco minutos para mí, pero quién sabe cuánto tiempo para ti. Quizá nunca leas esto, quizá nunca vendas la casa, quizá se pierda, quizá otra persona está leyendo esto. Una hermosa hija o hijo tuyo. Quién sabe. Pero estoy escribiendo esto para que lo leas tú.

Podría haber muerto ayer, podría haber ocurrido hace décadas. Podrías estar metiendo tus dientes en un vaso de agua por la noche, lamento no haber llegado a envejecer contigo. No sé cómo eres en tu mundo ahora mismo, pero aquí, en mi mundo, en el momento de escribir esto, yo sigo siendo yo, tú sigues siendo tú y nosotros seguimos siendo nosotros.

Permíteme llevarte ahí de vuelta.

Seguro que sigues siendo guapa. Seguro que sigues siendo amable.

Siempre serás amada, desde aquí y desde otras partes, de cerca y de lejos.

Tengo experiencia en amarte de lejos, ¿recuerdas? Me costó un año pedirte que salieras conmigo.

No tengo duda alguna de que alguna vez eso cambiará, lo único que sé es que cuanta menos vida tengo en mí, más te quiero, como si el amor llenara el espacio vacío. Cuando me vaya, creo que no estaré lleno más que de amor, que no estaré hecho más que de amor por ti.

Pero en el remoto caso de que me enrolle con alguien en el otro lado, por favor, no te enfades, la dejaré tan pronto llegues tú. A no ser que estés buscando o esperando a otro.

Buena suerte con tu nueva aventura, sea cual sea.

Te quiero, preciosa, y todavía me alegra que dijeras que sí.

GERRY

Posdata: ¿nos vemos luego?

Dentro del sobre hay una nota que, pese a llevar ocho años dentro de un sobre, está arrugada. La aliso encima del escritorio y, al ver la letra, me doy cuenta de que es la primera carta que me escribió Gerry cuando teníamos catorce años.

Sus palabras me hacen retroceder en el tiempo y avanzar con renovada esperanza hacia mi futuro; me plantan en la tierra, arraigándome en la realidad, y me levantan para que me sienta como si estuviera flotando.

Su carta me da raíces y alas.

Martes por la mañana. Detesto los martes porque son peores que los lunes. Ya he pasado por un lunes y la semana sigue sin haber llegado a la mitad. Mi jornada escolar comienza con dos clases seguidas de mates con el señor Murphy, que me odia tanto como odio las mates, y eso es mucho odio dentro de una habitación en un martes. Me han trasladado a la primera fila, delante del escritorio del señor Murphy, para que me pueda vigilar. Estoy callada como un ratón, pero no puedo seguirle el ritmo.

Fuera llueve a cántaros, todavía tengo los calcetines empapados por la caminata desde la parada del autobús hasta el colegio.

Estoy muerta de frío, y para acabar de arreglarlo, el señor Murphy ha abierto todas las ventanas para despabilarnos porque alguien ha bostezado. Los chicos son afortunados, pueden llevar pantalones; mis piernas tienen la piel de gallina y siento el vello erizado. Me las afeité hasta las rodillas, pero me hice un corte en la espinilla y me pican a través del calcetín gris de lana del uniforme. Seguramente no tendría que haber usado la maquinilla de Richard, pero la última vez que pedí una a mamá, me dijo que soy demasiado joven para afeitarme las piernas, y no pienso pasar por la humillación de pedírsela otra vez.

Odio los martes. Odio el colegio. Odio las mates. Odio las piernas peludas.

Suena el timbre al final de la primera clase y debería aliviarme al ver que los pasillos se llenan de estudiantes que van a su clase siguiente, pero ahora me tocan otros cuarenta minutos que soportar. Sharon está enferma y por eso el asiento contiguo de mi pupitre está vacío. Detesto que no esté a mi lado, significa que no puedo copiar sus respuestas. La han puesto a mi lado porque no paraba de reír, pero es buena en mates y por eso puedo copiar. Veo los pasillos a través del panel de cristal que hay junto a la puerta. Denise aguarda hasta que el señor Murphy no mira y aprieta la cara contra el cristal, abriendo la boca y presionando la nariz hacia arriba como un cerdo. Sonrío y aparto la vista. Se oyen unas risas en el aula, pero para cuando el señor Murphy mira a ver qué pasa, Denise se ha esfumado.

El señor Murphy sale de clase diez minutos. Tenemos que resolver un problema que nos ha puesto. Sé que no daré con la solución porque ni siquiera entiendo el enunciado. La X y la Y me las paso por el culo. Regresará al aula apestando a tabaco como siempre y se sentará delante de mí con un plátano y una navaja, mirándonos a todos amenazadoramente como si fuese un matón. Alguien se sienta a mi lado. John. Me pongo colorada de vergüenza. Confundida, me vuelvo de escorzo hacia la pared donde normalmente se sienta, con Gerry. Gerry baja la vista a su cuaderno.

—¿Qué haces aquí? —susurro, aunque todos los demás están hablando, pues seguramente han resuelto el problema. Aunque no hayan terminado, poco importa, el señor Murphy siempre me pregunta a mí.

—Mi colega quiere saber si saldrías con él —dice John.

El corazón me palpita y se me seca la boca.

—¿Qué colega?

—Gerry. ¿Quién si no?

Palpitaciones.

—¿Es una broma? —pregunto, molesta y mortificada al mismo tiempo.

—Va en serio. ¿Sí o no?

Pongo los ojos en blanco. Gerry es el tío más guapo de la clase; corrección, del curso. Puede ligarse a quien quiera y esto seguramente es una broma.

—John, no tiene gracia.

—¡Va en serio!

Me da miedo volverme para mirar a Gerry otra vez. Estoy roja como un tomate. Preferiría con mucho sentarme en la última fila, donde podría mirar a Gerry siempre que quisiera. Cae bien a todo el mundo, y es guapísimo, incluso con su chándal nuevo, y siempre huele bien. Por supuesto que me gusta Gerry, a casi todas las chicas, y a Peter, les gusta. Ahora bien, ¿Gerry y yo? Pensaba que él ni siquiera sabía que yo existía.

—Holly, va en serio —insiste John—. Murphy volverá dentro de nada. ¿Sí o no?

Trago saliva. Si digo que sí y es una broma, me moriré de vergüenza. Pero si digo que no y no es una broma, nunca me lo perdonaré.

—Sí —digo, y me sale una voz muy rara.

—Guay.

John sonríe y regresa corriendo a su sitio.

Espero que se burlen de mí, que todos se rían y me digan que es una broma. Espero que me humillen, convencida de que todos están riéndose de mí para sus adentros. Se oye un golpe contra la puerta abierta y me llevo un susto de muerte. El señor Murphy ha vuelto, con su plátano y su navaja, apestando a tabaco.

Todo el mundo se calla.

—¿Habéis terminado?

Un coro de síes.

Me mira.

—¿Holly?

—No.

—Pues revisémoslo, ¿no?

Me cohíbe tanto que todos me estén mirando que ni siquiera puedo pensar. Y Gerry debe de estar pensando que soy una tonta de remate.

—Bien, comencemos por la primera parte —dice el señor Murphy, mientras pela el plátano y le rebana la punta. Nunca se come la punta, odia ese trozo negro puntiagudo. Corta una rodaja fina de plátano y se la lleva a la boca con la navaja.

—John tiene treinta y dos chocolatinas —dice despacio, con condescendencia, y unos cuantos compañeros se ríen—. Se come veintiocho. ¿Qué le queda?

—Una diabetes —grita Gerry, y todos se parten de risa.

Incluso el señor Murphy se ríe.

—Gracias, Gerry.

—No hay de qué, señor.

—Puesto que te crees tan listo, termina tú el ejercicio.

Y lo hace. Así, sin más. Estoy salvada. También agradecida, pero me da demasiada vergüenza darme la vuelta. Algo me golpea la pierna y aterriza a mis pies. Bajo la vista y veo un trozo de papel arrugado. Finjo que me agacho para sacar algo del bolso y mientras el señor Murphy nos da la espalda para escribir en la pizarra abro la bola de papel en mi regazo.

No era una broma. Hacía siglos que quería pedírtelo.

Me alegra que dijeras que sí.

GERRY

Posdata: ¿nos vemos luego?

Sonrío, el corazón me palpita, siento un cosquilleo en el vientre. Meto la carta en el bolso y miro a hurtadillas hacia atrás. Gerry me está observando con sus grandes ojos azules, un tanto nervioso. Sonrío, y sonríe a su vez. Como si compartiéramos una broma de la que nadie más está al tanto.

Epílogo

Estoy en Magpie, en mi zona favorita, la de la cómoda con las baratijas, puliendo y clasificando, como si jugara, cuando Ciara interrumpe mis pensamientos. Está en el escaparate, vistiendo maniquíes.

—Se me ha ocurrido poner nombre a los maniquíes. Cuanto más tiempo paso con ellos, más convencida estoy de que cada uno tiene su propia personalidad.

Me río.

—Si les presto atención, puedo utilizarlos de la forma más ventajosa para todos. Quizá venda más. Por ejemplo, esta es Naomi. —Da la vuelta al maniquí y hace que me salude con la mano—. Es una chica de escaparate. Le gusta llamar la atención. Estar en escena. A diferencia de... Mags, la de allí, que lo detesta. —Salta de la plataforma y va hasta el maniquí de la zona de accesorios—. A Mags le gusta esconderse. Le gustan las pelucas, las gafas de sol, los sombreros, los guantes, los bolsos, las bufandas, lo que se te ocurra.

—Eso es porque Mags está huyendo —digo.

—¡Claro! —Ciara abre bien los ojos y estudia el maniquí—. No eres nada tímida, ¿verdad? Estás huyendo.

Suena la campanilla al abrirse la puerta.

—¿De quién huyes, Mags? ¿Es por algo que has visto o por algo que has hecho? —Ciara se baja las gafas y la mira fijamente. Da un grito ahogado—. ¿Qué has hecho, picarona?

El cliente carraspea y dirigimos nuestra atención a la puerta, donde hay un hombre joven con una bolsa de basura negra a medio llenar en la mano.

El corazón me late descontroladamente. Me agarro a la cómoda. Ciara me mira sorprendida y luego mira al joven. Su reacción me dice que ella también lo ve; es la viva imagen de Gerry.

—Hola —dice Ciara—. Perdón... Nos ha pillado... Estábamos hablando con... Cielos, se parece mucho a alguien que conocemos. Que conocíamos. Conocemos. —Ladea la cabeza y lo observa—. ¿En qué puedo ayudarlo?

—Estoy buscando a Holly Kennedy —dice—, del Club Posdata: te quiero.

—Soy Ciara. Esta es Mags. Suponiendo que sea su verdadero nombre. Tiene un oscuro pasado. Ah, y esa es Holly.

Intento volver a la realidad. No es Gerry. Está claro que no es él. Solo es un tío joven, guapo e increíblemente parecido, a Gerry, tan parecido que ha conseguido dejarnos sin aliento a Ciara y a mí. Pelo negro, ojos azules, un aspecto irlandés de lo más común, pero, Dios mío, está cortado por el mismo patrón.

—Hola, soy Holly.

—Hola, soy Jack.

—Encantada de conocerte, Jack —digo, estrechándole la mano. Es muy joven, calculo que diez años más joven que yo, pero tal como era Gerry antes del final—. Acompáñame.

Lo conduzco al almacén, que he reformado para organizar un espacio acogedor para el club, y nos sentamos en el sofá. Mira a su alrededor. He colgado en las paredes fotografías enmarcadas de los primeros componentes del Club Posdata: te quiero. Angela, Joy, Bert, Paul y Ginika. He añadido a Gerry al grupo, pues me pareció apropiado, habida cuenta de que fue el auténtico fundador. Los ojos de Jack se detienen en el retrato de Gerry. Me pregunto si él también ve el parecido. Le paso una botella de agua. Nervioso, se bebe la mitad de un trago.

—¿En qué puedo ayudarte?

—Leí un artículo sobre las cartas Posdata: te quiero en una revista, mientras esperaba en el hospital. Ironías del destino.

Sé a qué artículo se refiere; somos una fundación nueva, no hay muchos que confundir. Apareció en una revista sobre salud, con una fotografía mía y de Gerry. Tal vez fue Gerry quien lo atrajo al club.

—Tengo cáncer —dice, con los ojos llorosos. Carraspea y baja la vista—. Quiero hacer algo para mi esposa. Nos casamos el año pasado. He leído tu historia. Quiero hacer algo divertido para ella, cada mes a lo largo de un año, tal como lo hizo tu marido.

Sonrío.

—Será un honor ayudarte.

—Tú... Él... Fue... —Se esfuerza en dar con la pregunta. Suspira—. Obviamente piensas que es buena idea, de lo contrario no habrías montado esto. ¿Le gustará a ella? —pregunta finalmente.

Hay muchos niveles en esta experiencia, muchas capas que explicar. Su esposa sentirá tantas cosas acerca de estas cartas y tareas con las que su marido la sorprenderá que me cuesta expresarlo con palabras. Tendrá sentimientos de pérdida y de aflicción, pero también de vínculo y de amor, de espíritu y oscuridad, tinieblas y enojo, luz y esperanza, risa y miedo. Y todo lo intermedio, un caleidoscopio de emociones que brillan y destellan de un momento al siguiente.

—Jack, gran parte de lo que va a suceder cambiará su vida para siempre —digo al final—. Estas cartas, planteadas correctamente, garantizarán que estés a su lado en cada paso del camino. ¿Crees que es lo que ella quiere?

—Sí. Claro que sí. —Sonríe, convencido—. Bien. Hagámoslo. Oye, le he dicho que solo entraba un momento, que iba a dejar unas cosas viejas de mi madre. —Mira la bolsa de basura que ha dejado en el suelo—. Son periódicos viejos, lo siento.

—Bien, lo mejor será no hacerla esperar. —Me levanto y pasamos a la tienda—. Podemos volver a vernos pronto, y entonces me darás más pistas sobre su personalidad. ¿Cómo se llama?

—Molly —responde, y sonríe.

—Molly.

—Adiós, Jack —dice Ciara.

—Adiós, Ciara, adiós, Mags —se despide Jack con simpatía.

La puerta se cierra y Ciara me mira como si hubiese visto un fantasma. Corro al escaparate y le veo subir en el coche al lado de una joven muy guapa. Molly. Charlan mientras él pone el coche en marcha.

Molly me ve y sonríe. Con esa mirada, esa breve conexión, me transporta al pasado, a un pasado lejano, me siento como si atravesara un agujero negro a toda velocidad y mi corazón apenas pudiera soportar el viaje. Me siento protectora, como un padre, como un amigo. Quiero cuidarla, tenderle la mano, abrazarla. Quiero decirle que exprima a Jack, que lo abrace estrechamente, que respire su aliento, que atesore cada segundo. Quiero dejarla a solas y darle el espacio que tanto desea, dejar que construya un muro a su alrededor mientras escucha pacientemente desde el otro lado. Quiero ayudarla a construir ese muro, quiero ayudarla a derribarlo. Quiero alertarla, quiero darle esperanza. Quiero que siga adelante, quiero decirle que dé media vuelta y regrese por otro camino. Tengo la sensación de conocerla muy bien. Sé quién es y dónde está ahora, el viaje en el que está a punto de embarcarse y la distancia que recorrerá. Y, sin embargo, me consta que debo mantenerme al margen y dejar que llegue por su cuenta.

Quizá le envidio un poco este momento, viéndolos juntos, pero no le envidio el viaje que tiene por delante. Yo lo hice, y estaré arraigada y aguardándola en el otro lado.

Correspondo a su sonrisa.

Y luego se van.

La última carta de Cecelia Ahern
se terminó de imprimir en diciembre de 2019
en los talleres de
Impresora y Editora Infagon, S.A. de C.V.
en Escobillería número 3, Colonia Paseos de Churubusco,
Ciudad de México, C.P. 09030